ハヤカワ文庫NV

〈NV1459〉

七人の暗殺者

エイダン・トルーヘン

三角和代訳

早川書房

8421

THE PRICE YOU PAY

by

Aidan Truhen

Translated by

Kazuyo Misumi

First published 2019 in Japan by

HAYAKAWA PUBLISHING, INC.

This book is published in Japan by

arrangement with

PEW LITERARY AGENCY LIMITED

and CONVILLE & WALSH LIMITED

through THE ENGLISH AGENCY (JAPAN) LTD.

本書を頼りになる善良な男たち、
わたしの兄弟に捧げる。

そして手遅れになってからわたしがどれだけ
だめ人間かに気づいたすべての人たちに捧げる。

なんでそんなに時間がかかったんだ？

七人の暗殺者

登場人物

ジャック・プライス……………………ドラッグ・ディーラー。元コーヒー・ディーラー

ディディ（デスデモーナ）・フレイザー……ジャックの階下に住む老婆

チャーリー（シャーリーン）………ジャック配下のデザイナー。デジタル犯罪者

セーラ・ケスラー………………………ジャックの弁護士

タッカー…………………………………ジャックの財務関係の協力者

ビリー……………………………………建設業者。ジャックの顧客

レックス…………………………………ビリーの弟。解体業者

ルシール…………………………………ジャックが電車で出会ったいかれた男

ショーン・ハーパー……………………金持ちの子息

ミスター・フライデイ／ミズ・クイント……………〈ポルターガイスト〉のメンバー

フレッド（フレデリック）…………〈セヴン・デーモンズ〉のリーダー。狙撃手。広報担当

ジョニー・キュバーノ………………〈セヴン・デーモンズ〉のメンバー。腕力担当

イ・ドンハ………………………………〈セヴン・デーモンズ〉のメンバー。武闘担当

トゥッカ・マネキン……………………〈セヴン・デーモンズ〉のメンバー。拷問担当

アキレス・マネキン……………………トゥッカの弟。〈セヴン・デーモンズ〉のメンバー

ドク………………………………………〈セヴン・デーモンズ〉の女性メンバー。人体実験担当

カレリーナ………………………………〈セヴン・デーモンズ〉の見習いメンバー。デジタル／セキュリティ担当。ジャックの元協力者

ヴォロドヤ………………………………〈セヴン・デーモンズ〉の元リーダー。狙撃手

第一部

ラテ・マキアートを注文しているのはディディが死んで悲しいからだ。ものすごく悲しくはないが悲しい。彼女は老婦人で、保険数理の視点からすればそろそろお迎えが来そうだったが何者かは待てなかったようだ。近所で起こるといたたまれなくなる類《たぐい》のことでビジネスにもよくない類のことであり、だいたいこんなふざけた真似を望む奴がいるか？　答えの出ない疑問が残ったって言っているわけで、答えの出ない疑問はある類の人間を混乱させ、その類の人間というのはおれのような類だ。だからコーヒーしながら気に入らないこの状況を思案する。

おれはあらゆる類の思案のかたまりだ。宇宙をじっくり静観する。深慮の具合がヤバいってことだ。

まあとにかく振り返りといくとして、話が始まる前のおれはこうだ。機嫌のいい朝。全人類への愛で浮かれているのはおれというのがそういう性分だから。部屋をあとにしてちょっとした歌を歌いながら廊下を歩くが、なんもわかっていないからなぜかと訊くな。悲しい事件が起こったなんてわかっちゃいないから、ちょっとした歌を歌っている。

エレベーターに乗るおれがちょっとした歌をもう歌っていないその理由は——エレベーター・ミュージック。ボタンを押してエグゼクティヴっぽいタンブラーに手もみのオーガニックのハニー・シーソルト・ルイボスなんたら持参。いつもの一日を始めるところってことだ。

このエレベーターはエレベーターがよくやる扉をさっさと閉めてしまいますかそれとも扉のところに太った男がいて尻がはみだしていることにしますか、ってのをやる。今日のおれたちは架空男のパーソナル尻スペースに敬意を払ってやることにして、いいや、男を追いだして扉を閉めることはしないで、かわりにぐずぐずして時間を無駄にする。うーんうんうんうーんうん、でも大丈夫。すべて世はこともなし。エレベーター・ミュージックさえも悪くない。こうして扉は閉まっておれたちは下へ。毎朝のことだが十八階のあいだこの建物でこの時間帯に出かける者はほかにいないからたいていはおれひとりで、毎朝エレベーターとおれだけで〈サン・ディエゴ〉のインストゥルメンタルの鼻笛カリプソ・バージョンを聴きながら一階めざして降りる。

おれはといえば手もみのオーガニックのハニー・シーソルト・ルイボスを飲んでナッツのような野趣あふれるコクとイルカのザーメンの刺激を味わって、エレベーターはといえばおれの階のすぐ下でとまってピーンと音を出す。予想外のわくわくすることがあるんじゃないかと期待してほほえむおれ。

ピーン。

十七階には宇宙の警官どもがひとり残らず集まっていて、宇宙服姿のふたりが証拠を集めていて、目の前にいるのは警官である友人のレオで、それはつまり誰かが死んだってことだ。誰かがおれの建物で死んだ。誰かがおれの建物のおれの部屋の真下で死んだ。誰かがおれの建物のおれの部屋の真下で死んで、宇宙の全警官とレオもいる状況ということは、暴力的で悪意による死がおれの建物のおれの部屋の真下で発生したわけで、そういう類のことが起これば否応《いやおう》なしに警戒すべきだ。

警官たちがおれを見る。おれは警官たちを見る。おれは首を伸ばして様子を探ろうとはしない。ピーンと鳴ってバイバイを待つ。

あのちょっとよろしいですか！

うん。やあ巡査さんどうも。やあレオ。

おやこちらご存じのかただったんですか。

やあジャック、そうだよ巡査、こいつは知り合いだ。

レオ、何事だ？

ここにデズデモーナという老婦人が住んでいるな？

嘘だろ。デズデモーナ？

そういうことだ。

デズデモーナ？

そうらしい。

ディディだよ。

ディディ？

ディディでとおっていた。

彼女は死んだ。

ああそれはわかる。彼女はひどい人間だったが殺されるほどじゃなかったと言っておく。

ジャックゆうべなにか物音を聞かなかったか？

いいや。

そうか。

たしかにディディが狙いだったのか？

誰の仕業か知らんが、たしかに彼女がやられた。

おれはレオを見る。レオはおれを見る。おれは言う。またあとでなレオ、どちらにしてもおれの調書がいるんだろ。レオは適当にこしらえておくと言う。近くの若造が少々ショックを受けた顔をしているが、おれたちは当然ダークなユーモアとしてただふざけているだけだ。レオがそんなことをするはずもなく、彼の高潔な市民である友人がそのようなことをしてくれと頼むはずもない。

ピーン、バイバイ。

ディディが死んだ。

下に着くまでずっとエグゼクティヴっぽいタンブラーを見つめて結局そいつをエレベーターの片隅に置く。イルカのザーメンなんかいまの気分にふさわしくない。

カウンターの男はマイクという。バリスタではなく〈コーヒー・カウンターで働く男〉であり、それがありのままの描写だからでも彼がコーヒーを愛しているからでもなく、七八年に彼が男の膝を撃ち抜いてその後の職探しがむずかしくなったからだ。彼は然るべき手順でおれのマキアートを注いで層を作っている――ミルク、エスプレッソ、泡。薄いの、濃いの、白いの。

コーヒーは人を判断する材料だ。誰がどんなコーヒーを飲んでいるかを知りさえすればすべてわかるもので、たとえばおれはマキアートを飲もうとしているがそれはなぜか？　こいつはシンプルな喜びのコーヒー、草原を裸で走るようなコーヒーって感じだからだ。意外にも統計上、苦いコーヒーを好むのは誰か？　サイコパスだ。彼らは苦い食物を好み、それは科学ではあるが、苦味に深遠《しんえん》な部分はまったくないとおれは言いたい。

いやいやチョコレート・パウダーなしで頼むよマイク、限界ってもんがある。

そうだおれは彼が男を撃ったと言った。膝を。膝だからってリノでのギャングの抗争なんかじゃなかったし、彼のターゲットから推測するに、死ぬのが見たかったんじゃなかったようだ。相手の男が釣り竿《ざお》を盗もうとしたことに不快感を表明したかっただけだった。それは高価な品で、当時のマイクはローカル番組のフライ・フィッシングの王であり、二回目のギャラの小切手を使って品揃え豊富なディスカウント・ショップでじつにいい道具を買ったわけだ。マイクがやるべき次のステップはスポンサー契約を取りにいくことだったけれど、歩く煽《あお》り野郎が顔にナイフを突きだしてきた――刺しちゃいないが、そよ風を感じる程度にすれすれで――おや大変。

マイク・サンビーは――それがカウンターの男のフルネーム――そのナイフを奪って放り投げて、不運なことに頭にきたあげく偶然手にした三八口径で煽り野郎の膝小僧を撃ち抜いた。害といえば基本たかがファックな不快感を抱いただけなのに、判事はそれを正当防衛の定義には含められないと言った。

判事は本当にファックと言ったのだが、それは七〇年代の話だからだ。

こうしてその後のマイクが〈コーヒー・カウンターで働く男〉になってテレビのパーソナリティでなくなったのは、フライ・フィッシングが銃暴力に対して取りすました態度を取る、なよなよ業界だとわかったからだった。

おれはマキアートを味わう。

マイクが言う。そいつを注文する奴は〇〇年以来だ。

だろうな、ディディが死んで彼女は処刑スタイルで撃たれて、そんなのには追悼《ついとう》ってやつが必要だが、じっくり考える必要もあるからさ。おれは声に出してマイクにそう言いはしない。

マイクに言うのは、おれも〇〇年以来コーヒーを飲んでいなかったよ、であるが、それは嘘だ。おれは〇一年以来コーヒーを飲んでいなかった。九四年から〇一年のあいだはコーヒー・ジャンキーだったが職業としてコーヒーにかかわる人間でもあった。おれは世界中でコーヒーの売買を手がけてそいつを飲んでそいつを味わった女たちとだけ寝た。ベチバーとブラック・コーヒーのコロンをつけてコーヒー色の服を着た。おれはコーヒーを支配した。誰もおれを〈コーヒーの王〉と呼ばなかったのは当時あの業界の者はみな〈コーヒーの王〉だったからだ。サッカー・チームを作れるくらい〈コーヒーの王〉がうじゃうじゃいた。心臓の問題が出始めているセックスの癖がひどい、青白くてデスクにへばりつく腐れどもが二チームぶんだ。おれは〈枢機卿《すうきけい》〉だった。〈コーヒーの枢機卿〉じゃないのは、わざわざコーヒーとつけなくてもつうじたからだ。〈枢機卿〉に会いにいくだとか〈枢機卿〉はこの品がこれぞ最低——あるいはただの最低でもなんでもいいが——と思っていると言えば、みんな誰のことかわかった。コーヒーにからんでいる者なら誰のことかわかった。いわゆる〈コーヒーの王〉たちはみんな、おれの指輪にキスした。

そんなある年の秋、ロンドンにいたおれのところに午後なかば、友人がオフィスから電話をかけてきてこう言う。誰かがぼくのいるビルに飛行機で突っこんだのか？

なんだと。なんでおれに訊くんだ？

そいつは言う。ここじゃなにが起こっているかわからないんだ。エレベーターを使うなと言われているが、ぼくたちはこんなに上層の階にいるんだぞ。

いいから腐れエレベーターを使え。

でも使うなと言われてるのに？

そいつを使え（どうして使えと言ったのかは自分でもわからないが、おれはそう言った。本当は理由がわかっていたのか、頭が悪すぎて使っちゃいけない理由がわからなかったのか。とにかく。おれは「そいつを使え」と言った）。

使ってもしもなにかあったら――

そいつを使えって。

……わかった。わかったよ、使うから！

アホな友人は腐れエレベーターを使わなかった。オチは言わなくてもわかるな。それからどうなったと思う？　おれがその週ずっと泣きつづけて、〇四年までセラピストに診《み》てもらわなくてはいけなくなって、セラピストは治療のために腐れ電気ショックを使いたがったことを除いてだが？　おれのマジでアホな友人は階段を降りながらリアルタイムでショートメッセージを送りつづけて最後のでこう語った。ぼくは燃えてる。そんなことを言われてどうしろと？　だいたいそんなメッセージをなぜ人に送る？　おれにどんな返事をしてほしいんだよ？

あいつは親友なんかじゃなかった。知り合いってだけだった。

そのときおれはバッキンガム宮殿近くのグリーン・パークで腰を下ろして飲んでいたが――なにを飲んでいたかはわかるな――彼のメッセージを受けとって突然マキアートは灰になる。別におれって詩人だと気取ってるんじゃない。口のなかでニューヨークの空気と灰の味がするようだってことだ。空からマンハッタン中に降るおそろしい灰をおれは飲んでいる。

カップを覗《のぞ》くと薄い灰色だった。女のバッグのかけら入り。ゴールドのストラップのついた薄いバッグの焼け焦げてただひとつ残ったパーツ。カップの底にへばりついていたソーサーは落下した。何十階も叫びながら落ちていってついには地面にぶつかったが、割れなかったのはケータリングだったからだ。割れやしないケータリング用の磁器。

てことで、これが言ってみれば人生を変えた日で、そういう話をおれはしているってこと。ディディが死んだ。礼儀知らずな老婦人で彼女を大好きだったわけではないが、何者かは彼女の胸を二発と頭を一発撃つという、最近アホたれどもがドラッグを密輸しているこの国のどこかしけた町のドラッグ・ディーラーにするような仕打ちをした。おれはそれをよしと見なさない。

おれの名はジャック・プライスで、これはおれについての物語だ。

次にやるのはビッグ・ビリーに会うこと。ビリーは物知りでビリーがビッグ・ビリーとして知られている理由、それはひねりなんかクソくらえで、この男はとにかく大きいからだ。ビリーはつてをもっているって話をしているんだが、なぜって建設業界にいるし、とにかく奴はビリーだからな。地元の裏社交界みたいな既存の犯罪基盤につてをもっていて、それはビリーが法破りの不届き者たちをいくらか知っていて、法破りというのはある種クールなものだから犯罪者が自分の悪徳行為について沈黙を守れず、それを聞きつけたビリーも沈黙を守れないという意味のほめ言葉だ。

ビリーが専門とする建設は足場用チューブを組み立てて撤去すること。ビリーはその言葉にすごいこだわりがある。チューブに。足場はバーとかロッドとかそんなので作られているんじゃない。とりわけ足場にはパイプなどなく、それは足場がどんな種類の導管でもないからだ。ビリーは人が建設まわりの話をするときに〝パイプ〟と言うのを嫌う。とくに自分の家を所有している者はこの言葉を使う。ビリーはそれを嫌う。悪い男ではないが、やや強調して自分の意見を表明しがちで、それは業界の者たちと同じように働きながら大量のコカインを摂取するのが好きだからだ。それで彼は熱い男になる。

〈淡いペルーの種馬《ペール・ペルヴィアン・スタリオン》〉——ビリーと部下たちが愛用しているコカインのブランドで、到着時に包まれている小さなセロファンにそう印字されている——に乗りながら足場チューブの仕事をするときに忘れちゃいけないのはガチの微妙な線引き《ファイン・ライン》。いや、すばらしいプレミアもので最高級かつ受賞歴があってマイリー・サイラスでも吸いたくなるコカインだが、極上の商品《ファイン・ライン》だ、すばらしいコカインだって言っているんじゃなく、どんな行動まで許されるかというハードリミットはあるって話だ。使い走りや見習いにどなりつけるのはいい。その頃にはすでに雇用契約はすんでいるからな。そこまでよくないのは、重さ百ポンドの圧延鋼材でお手玉しようとして二階下に落としてビション・フリーゼ犬を串刺しにすることだ。工期をぶっちぎって、トラックで離れに突っこんで、なにかに放火した？　あるあるだ。けれど子犬《パピー》相手にシシケバブならぬシシパピーを作れば、想像もできないような困った事態となる。

人になにかを落とせば警察沙汰《ざた》だ。刑務所行きになるだろう。けれど犬の場合は？　全国ニュースに顔が出る。人生は〈百万の怒れるばあちゃんたち〉のものになって彼女たちにとことん吊るしあげられるだろう。実際彼女たちはほかにすることがない。

ビリーの部下のひとりが二カ月前にうっかりする瞬間があって、あわやそうなりかけた。つまり一匹の犬市民がフリーフォール中の標準的な長さの仮支柱によって有害な状態で身体の一部に影響を受けた。言いかえると十二フィート（四メートル弱）の槍《やり》が工事中の足場から転がりおちて輸入コーギーの左後ろ脚を削除した。外科的な意味で。そういうことだ。

その出来事が起こったときの関係者一同はマジ幸運で、おれが居合わせてビリーに包帯で止血させ——信じられないかもしれないがビリーは〇三年に衛生兵だった——やるべきことをすべてやったため、すばやい良識によって、いまのビリーの会社はペット殺しの悪名ではなく三本脚のマスコットと名声を手にして、現に仕事が舞いこんでいて、それは〈獣医の従軍経験者が窮地の犬を救護〉という願ってもない報道のおかげだ。

だが一方でそれからというもの、チューブの全作業員たちにとっては煉獄《れんごく》で、この自省すべき、かつ法執行機関がおだやかに監視しているデリケートな時期に、当然コカインでとっちらかっていると見なされるわけにはいかなかった。この期間がとにかくじれったいほど長く続いたのはビリーの従業員たちは完全にはというか、ほんの少しも白くなかったからで、この文明の開化した時代にあって驚きかもしれないが、おれたちは現代でも人種差別を解決しているとは言えず、白い警官たちは茶色の者たちをいたぶる機会を愛する例がいまだに多いからだ。

それでビリーの部下たちはみんな我慢を強いられることになった。これはコカインを使っているならヘロイン大好きよりもじつは簡単で——足場の作業員にヘロイン依存症を雇う者がいるとは言ってないからな。そんなの想像できるか？——コカインなら数日で身体からすっかり消えるし体毛さえなければ使用していると証明する方法なんかない。ビリーの部下たちはポンコツじゃない。みんな雇用契約をかわしてから頭をすっかり剃《そ》りあげている。なかにはタマまで含めて体毛を完全に処理している者もいる。おい二十一世紀だぞ。おれが判断することじゃないだろうが？

この干魃《かんばつ》でも平気だったのはヨナ・ジョーンズ、別名〈鯨《くじら》〉（聖書で預言者ヨナは大魚にのみこまれたと描かれている）だ。〈鯨〉は信仰心厚いおいぼれ常勤者。誰彼なしに足場の仕事はコカインが高価な頃のほうがよかったと語る。彼はおそらく正しい。かつてチューブの作業員たちはたっぷり給料をもらって貯金したものだった。上をめざせる社会的流動性ってやつが働いていたのさ。いまではコカインのために給料をかなり使って、ガールズ・バーに行く。ハイになってムラムラして脱毛して、同じ社会的立場のストリッパーとベッドにしけこめば、ほーら《ヴォワラ》こうなる！新世代の貧しくて希望のないボンクラたちが生まれて、チューブ作業員とストリッパーが年老いてくたばったら世代交代だ。停滞、どんづまり、夢の死だ。

自由経済なんかタコ。それがこの世の本質だ。

あきらかにこの状況において作業員たちとどっこいどっこいのろくでなしは奴らのコカイ

ン・ディーラーで、価格を下げて容量を減らせば業界全体を騙《だま》せると考えたせこい奴だ。〈ペール・ペルーの種馬〉はペルー産ですらない。国内で育てて加工したものだ。しかもこの地元で。供給連鎖などはないに等しいから、警察に情報が漏れる可能性も少なくなる。トレーダーや銀行や投機家やローンの分割返済で人生を区分けする全機関に対し、利益をごまかして小数点を切りあげて成長しているというイリュージョンを生みだせるのはおまえたちが悪いと指さすつもりがなければ、この男はチューブ作業員たちの打ち砕かれた人生について責任がある。この男はチューブ作業員たちとその身辺に起こるすべての責めを負うべきで、輸入コーギーの太腿《ふともも》が切断されたことや、その切断面をビリーが包帯で縛りながら顔じゅうを犬の血だらけにしたこともそこに含まれる。全部この男が悪い。心的外傷後ストレス障害《PTSD》の引き金がいたるところにあっても、この男は冷酷だった。ビリーはかつてある男の上半身が自身の血が噴射する勢いで地面から浮かびあがったのを見た。ビリーは二度と血を扱うべきじゃなかった。それだから彼を医学部に入れようという陸軍の申し出を断った。本来ならビリーはカウンセリングをしっかり受けて裕福で役立つ男になれるはずだった。それなのにお役所仕事が半年ちんたらしたせいでその機会を逸して社会復帰プログラムはカットされたんだが、当時の彼はそんなことを知るよしもなかったってわけだ。要点はビリーがこんな経験をしないでもよかったことおよびこのディーラーがビリーを戦いに送り返した男であることだ。この男はケツの穴だ。

その男……おれはそいつを憎んでいる。

そうおれだ。

当然——もう言わないでも誰だってわかっているよな？——当然おれはスパイっぽいメタルのスーツケースに十万相当のコカインを詰めてビリーのオフィスに立ち寄るつもりはなくて、それは人生を刑務所で送ろうとくわだててはいないからだ。おれは自分ではデリバリーしない。アウトソースしている。かつては青少年を使ったし現在でも従来型のディーラーたちはそうしているが、たとえそういうガキを本物の刑務所送りにすることはまずなくても、同じ子供たちを繰り返し使っていれば彼らはディーラーがどんな人間でどう働くか感覚をつかんでくるから、情報を手に入れてリークしがちになる。子供はやたらと忠実だがバカでもない。裏切りどきをわかっているし自分が死ぬなどと信じていないから、こちらのことをおそれていない。若年労働者はチクタクいう時限爆弾だし使うのは倫理に反する。そうした子供たちはチューブ作業員やストリッパーにならないよう学校にいるべきだ。念のため、どちらの職業も概念としては非の打ちどころのないキャリアだが近年のネオリベラル寡頭制《かとうせい》のいびつな圧力に左右されるから、教育と就活と小さくても欠かせないある程度の運によって成し遂げられる職業にくらべると得られる成果が妥当じゃない。

もっと言えばいまはデジタル時代だ。おれの運び屋は相乗り《ライドシェア》。ゼロアワー・ワーカー（不定期の短時間就労をおこなう労働形態）でギグ・エコノミー（インターネットで単発の仕事を請け負う経済形態）の最小単位のジョブだ。イースト・ハーバーからポイントまで十五キロのファイルボックスを移動させたい？ そのためにびったりのアプリがある。正確にはいくつものアプリやサイトやリストやP2P通信サービスがあって、シティ・フェッチみたいに忙しい個人秘書のために使い走りをしてくれるまともで合法でちゃんとした連中、1ブロークITのようにうっかりだめにしたもののコピーをとってヘマが誰にも知られないようにしてくれるサービス、あるいは友好的な第三者をまじえての親密なひとときを求めるエグゼクティヴのカップルやホワイトカラーのファイトクラブや依存症のカウンセリングのためのプライベートなメッシュ・ネットワークまである。こまかい仕組みは気にしないでよし、要点はこれだ——こっちが何者なのかあるいはエンドユーザーが何者なのかなんて知らないまま、フリーランスで必要なときだけ働いてくれる人々がいくらでもいるのにわざわざ従業員を維持しないでいいってことで、次の三つを保証できるならばなおさらだ。

1　サービス提供側はテロ行為の実行に手を貸しているのではない（取引を破綻《はたん》させる要素。この点についてはよくよく安心させる必要がある）。

2　サービス提供側が捕まっても故意に加担したのではないというもっともな否認を主張できる（こちらが悪事中だと推測されているということじゃないぞ。だが念のために）。

3　サービス提供側がどちらにしても基本としておこなっている仕事に対してちゃんと報酬を払う（A地点からB地点への往復だとか、近くのデリにコーヒーを買いにいくだとか、あたらしい人に会うだとか）。

世界を股《また》にかける薄暗い密売の世界に新人を引きこむことはせず、まっとうな市民がすでに存在する個人経済の裏側を収入源に変えられるようにするんだ。進化は黄金であり、おれはアマゾンだ。おれは違法ドラッグのウーバーだ。BMWに乗ったエグゼクティヴから腰の曲がったじいさんたちまでおれのためにコカインを運んでくれている。自分たちがなにをしているか本当のところはわかっているけれど確証が得られないかぎり気にしないのは、金とたぶんスリルのため。おれは彼らが気分よく感じないことをさせはしない。彼らが行きたくないエリアでは商売しない。ビリーと彼のチューブ作業員に供給しているのは彼らが治安のいいエリアで仕事をしているからでしかなく、だからこそ落下したチューブが直撃したのはビション・フリーゼの犬であってホームレスの人間ではなかった。おれはノルウェーの航空会社みたいなものだと思ってくれ——出発空港に比較して著《いちじる》しくヤバい目的地には飛ばない。

今日のおれはコカインの話をするためにここまで来たのでさえない。コカインの話をするしかなくなるだろうが、それはビリーが大量のコカインを摂取していて、そんなことをする者たちはコカインの話をするのが好きだからで、おれはコカインの話に興味はなく、ビリーの屹立《きつりつ》やビリーの以前の屹立や足場を屹立させることを選んだ驚くようなさまざまな場所の話にはいつも以上に興味がない。おれはここにディディの話をするために来た。

ディディは千歳ぐらいで見た目はそれよりいっていて、機嫌が悪く偏屈で、ひどいにおいがした。めちゃくちゃ老いた御婦人たちがしている気色悪い人形のような化粧をしていた。彼女が帰宅して彼女に出くわしたことがあって、ホラー映画に迷いこんだと本気で思ったね。彼女の首がとれておれの目玉を噛《か》みちぎるか、彼女が爆発して無数のゴキブリに変身しておれの全身を這《は》いまわるんじゃないかと考えた。ディディを毛嫌いしていた。彼女が存在して、おれの建物をぞっとするにおいにして、おれが女たちを連れてきて高層階からの景色を見せてバルコニーで一発やってウイスキーを飲もうと舞いあがっていると、おれの女たちにカサカサと変な声をかけて——ゴキブリみたいに彼女はカサカサと言った——女たちを尻軽と呼んで、おれのことはおれが悪い奴だという意味のあらゆる言葉で呼んだ。その点でディディを責めはしないけどな。全部あたってた。ハードウッドの集成材の床でデンマーク人のモデルたちと一発やるおれのたてる音をディディが下の階で聞いていておれを憎んでいるのが、おれは好きだった。おれも彼女を憎むのが好きで、おたがいそうだったはずだ。

クソババアだったが、れっきとした金銭的価値はあった。むかしの映画に出てくるような、鮫《さめ》のやってくる勢いで手をはさむ貝っぽい本物のいにしえのモンスターを求めてマーケットにやってきたならば、彼女こそ百パーセントあんたにお薦《すす》めできる子だった。強情でしぶとくて獰猛《どうもう》だった。それなのに何者がやったにしても彼女はそいつを一言もディスらなかった。彼女なら絶対に大声をあげたはずだが犯人はひとつのことだけに集中した。彼女にふれなかった。彼女から盗まなかった。ただ殺した。物音ひとつたてず。おれは事件のあいだずっと寝ていた。

てことで、おれはめっちゃ悩むことになるわけだ。犯人は同じことをおれにやれたか？　それがすべての焦点？　なにかしらの警告だったのか？　だとしたらポインターでその方向を指し示すべきだ。なぜならおれは途方に暮れているから。たぶん無差別だった。頭のおかしい腐れ人殺しが世界的な暗殺者を気取った。殺し屋ジャッカルになって、ディディがアトランティスの秘密の大統領で、殺さないと海に沈んだ住民たちにマンハッタンが食われてしまうと空想したか。適当に言ってみた。

あるいは彼女が本当にターゲットだったのかもしれない。あるいはおれだったのかも。

ディディが死んだのが気に入らない。

だからこいつはおれのヤワな面が出たのでも贖《あがな》いの使命感でもなく、マネジメントだ。

だからおれはビリーに話をしようとしている。正確には彼はもうおれの得意先筆頭じゃない。彼はこの街の法破りの不届き者たちとのコネクションを保っているため深入りは禁物、じきにビリーと部下たちをおれの身辺から切り離すときが訪れるからだ。彼らはおれの最初のクライアントだったが、おれたちの行動範囲と利益は今後、分岐するだろう。その一方でビリーはおれについてきて上をめざせる可能性もある。おれはそうなるよう働きかけてきた。かりにあいつがエネルギーをコカイン以外に向けるようになれば、彼とのコカインの取引は自然消滅して、どちらもネガティヴな感情をもつことはないだろう。

ビリーがおれに犯罪関係の話をしてもいいと考えているのは、おれが利潤を追及するためにたくさん人を殺しているに違いないと考えているせいだ。これはテレビや映画の影響だな。おれのビジネスではたくさん人を殺さずに注意深く利口に立ちまわって、子供を絶望と依存症に導かず、議員やデイ・トレーダーだけに商品を売っているかぎりは誰も気にしない。たとえ警察に気づかれたとしても、あいつらにはほかにやるべきことがある。もしも捕まったとしても警察と取引すればすむ話で、こっちがしたことというのは——あいつらが○・一グラムかそこらの所持を証明できたとして——需要に応えただけだからだ。

おれはインフラだ。おれは基盤だ。波風たてず礼儀正しい。おれのすることから二次的派生物はない。ひとつも。警察が処罰の対象からはずせば——きっとそうするが——おれはフォーブス誌にプレス・リリースを送るだけで場所替えする。フォーブスに登場する奴らの半数はすでにおれのクライアントリストにのっていそうだが、おれは確認しない。クライアントのデータはダブルハッシュで安全性を高め、それぞれ個人のデバイスに保存されている。プライバシーはサービスに追加するものではなく組みこまれているものだからだ。おれはシームレスな体験そのもの。雑音は入れない。

だからおれはビリーにディディのことを訊《たず》ねる。

おれは言う。いまなにか起こってるのか？

どんな？　建設でか？

抗争とかそういうふうな。誰かが動いているとか。

彼は首を振る。いいや。全然。みんなハッピーで文句なし。安定。みんなビルを建て、みんな儲《もう》けてる。労働者のことじゃないぞ。この国の合法的な労働者はしいたげられてる。だろ？　けど上役の連中はみんな儲けてる。

言いたいことはわかるよ。

だろだろ。犯罪もてっぺんの一パーセントだけが高所得者だ。それにひでえ残酷な中間管理層がいるから、それもアウトソースする理由になるし。人的資源だなんつって指詰めさせる暇があるかよなあ？　そんなものなんの足しになる？　指の関節をどうしろってんだ？　ネックレスにするか？

おれがあれこれやるのはカネのためだ。ビリーがあれこれやるのはおれがそうしろと言ったからだ。あれは彼のオフィスにいたときで——おれは彼のオフィスにコカインをデリバリーせず工事現場に直接送るから、あそこで会ったのは一度きりだ——そこは街のなかでもすさんだエリアにあった。いまじゃあのエリアは少しばかり洗練されて先端をいくアートな感じになって、彼のオフィスの煉瓦《れんが》と漆喰《しっくい》のインテリアは貫禄《かんろく》らしきものがある。彼はそこを売却して現金にするつもりだったが、おれは頼むからそこにとどまってスペースを貸せと言った。コンサルタントだ。そんなわけでいまの彼はデザインのコンサルタント業も手がけ、人が彼のオフィスにやってきてインスピレーションを得てから帰り、彼が指定したじつに高価な材料を使って再現し、彼はまったくなにもしていないのに手数料を得てるってわけだ。これも追加の収入源だ。ビリーはサロンまで所有していて、そこで部下たちは全身脱毛できるから二重の意味で経済的で、なぜってコカインに汚染された体毛がすべて適切に除去されて、検挙率を高めたい麻薬取締班のカスどもがいまいましい証拠袋にこそぎいれることもないとビリーは安心できるからだ。

そのサロンをおれ自身が購入しようかとも検討したが、つながりは作りたくなかった。ビリーの部下たちがおれの所有するサロンで、ゆうべのホットなダンスのナンバーを歌ってストリッパーの濡れ汁のにおいの息を吐いて、じつに賢いさまざまな方法でおれが彼らに売っているコカインの包み紙を落とすのはいやだ。ビジネスの場がそんなものと結びつけられるのはごめんだ。尻の毛をこそぎとるという形で証拠を除去するドタバタ騒ぎも好ましくない。ぞっとする考えだ。そんな負の堂々めぐりだった。それでビリーにおまえがやれと言って、もしもうまくいったならば今後の情報という形でおれにコンサルタント料を支払えよと伝え、たしかにそれはうまくいって彼は情報を落としている。彼はおれには至極正直で、それはおれたちの持ち場、すなわちおたがいのビジネスにおいてまったく衝突する部分がなく、おたがいにとって有利ってことがどちらもわかっているからだ。

いつの日か彼がなにかでおれをがっかりさせて、おれたちはいささかの大荒れを経験するのではないかと想像している。だがみんな知っているように、おれは暴力的な男じゃないから別に心配をする必要なんかない。おれは冷静にビジネスの面から処理するだろう。とにかくだ。なんでもそうだが摩擦はないほうがいい。

一度ビリーにそれを伝えたら、いまではサロンの窓の内側にこう書いてある。#摩擦なし。自分が老《ふ》けてついていけないと感じることがある。

ハッシュタグ。

ビリーが言う。だからいいやあんた、問題なしだってこと。誰も動いてない、なんもないって。いたって好調さジャック。なんでそんなこと訊くんだ？

おれの建物のいかれたばあさんが頭を撃ち抜かれたが、彼女はいかれたばあさんでしかなかったからだ。

遺産狙いじゃないか?

ああ、かもな。

だってさジャック、人ってのは年寄りが死ぬのをいまかいまかと待ってるからな。若い頃って残酷なことを考えるものさ。うちのじいちゃんはせいぜい七十ちょいまでしかもたないし、マジでそこまでもったとしても自分にはたっぷり時間があるからヨユーさって。そんなこんなで、じいちゃんが七十歳になったとき自分はもう三十歳で、やがてじいちゃんは死なずに九十歳になって自分はなんと五十歳だ。冗談きついぜ? そんなもんで急に、なあじいちゃんシュノーケルに行こう! ドラッグを試してみようぜじいちゃん、うしなうものはないだろ? ってそんなことばかり口走るんだ。

嘘だろ、ビリー。

だってそうなんだよ。

嘘だろ、そんなことをする奴らがいるのか?

そんなことってどんなことだよ、ジャック?

みんな自分の祖父母を死なせたくてドラッグを摂取させるのか?

心臓発作狙いとか? そうだよジャック、みんな――まあみんなとはいかないかもしれないが――まちがいなくそんなことをするさ。

おれが思いつきもしなかった行動というのがある。だからこそおれとビリーとの関係は有益なんだ。彼はまあ完璧にいかれている。だから複雑なのも単純なのもいかれ野郎どもを惹《ひ》きつけて、そいつらのことをおれに説明してくれる。そしておれは頭のなかにこう刻む。コカインの販売には年齢制限か、ある種の健康チェックのようなものが必要だ。実際うまくいくだろう。ビリーがサロンを経営しているように、おれもスパかフィットネス・クラブのようなものを経営してトレーナーと医療スタッフを雇ってもいい。悪事からおれを遠ざけ、まともに見せてくれる隠れみのがもうひとつというわけだ。どう転ぶかわからないだろう？　懸命に働けば、コカイン稼業は納屋に入れて合法になるその日まで封印できるかもしれない。もっともテクノロジーだとか、消費者だとかに対しては、時代を先取りしておきたいものだ。おそらくこの稼業を手放さないほうがいい。さらにはおれがコカインを好きなのは吸うのが好きだからじゃなくてこいつが優雅だからだ。大きな看板にでかでかと書いてあるとおりだ。コークはあなたをだめにする。

ディディの話にもどろう。

誰かがディディの家賃を払っているのはたしかだ。払っていいたのは。その人物がただ節約のために暗殺したのじゃなさそうだ。そんな決断をしたらあれこれと思わぬ出費がかさんで逆効果なのに、なんでリスクをおかす？　たぶん何者かが別の何者かにメッセージを送っていて、おれがたまたま電話の近くにいるだけとか？

ビリーが弟のレックスに会いに行けとおれに言う。解体作業でビルを爆破するんだと。ザ

・トライアングルと呼ばれる場所で——そうさ三つのビルが三角形に配置されていて、それは中心街の民間建築というのはがっかりするほどありきたりでないといけないから——レックスたちはそのなかでいちばん高層のビルを爆破して、ビルは真下の地面へと垂直に崩れるらしい。レックスはみんなにデート相手も連れてこいと勧めている。どうやらビルの崩れる光景を見れば十中八九、性交にいきつくという。あまり深く考えたくないから理由は訊かないでくれ。

レックスはビリーとほぼ同じことをしているが彼は破壊してビリーは創造しているから、彼は陰《イン》でビリーが陽《ヤング》のようなものだが、絶対ビリーに奴の男根《ヤング》について訊ねたりするなよ。レックスと仲間たちはビリーの部下たちよりも〈ペール・ペルーの種馬〉に夢中なくらいで、破壊を常としてる連中がそうだなんて自由世界の者たちを全員恐怖におとしいれるはずだ。

おれは言う。ありがとうビリー、スケジュールに入れておく。

ビリーはなんでもないことさと言って、おれはじゃあなと告げてクロスタウン・トレインに乗って聞いたばかりのことを考える。

シュノーケルだと。人間はゴミ。

クロスタウン・トレイン。この街で最古のものとなりつつあるが、それでもそこまで古くない。ここがかつてはどんな街だったか知らなくても地元の人なんですねと言われる。最近じゃどこに行っても基本みんな新顔だ。ニューヨークでも同じことが言われていて、どんなことになっているか見てみろよ。

　時間に追われる。進歩があたえる衝撃。情報過多。ありとあらゆる飾った言いかたでおれたちは世界の流れが速くなるばかりだと自分に言い聞かせる。そうじゃない。自分がただ歳をとっているだけだ。たくさんのものを見すぎて、ただ腰を下ろして一杯のコーヒーを飲みたくなるだけだ。

　クロスタウンはなんのドラマもない死のようだ。平和と静けさだけでみんな灰色。ブリーフケースと傘とロングコート。あらゆる類の人がいて、ここはそういう類の街なんだ。白、黒、茶の人々、ドイツ人とアンゴラ人とブラジル人とアメリカ先住民とオランダ人と満州族と琉球民族。バスケットのなかの世界、みぞれが降ればみんな灰色だ。

　おれの故郷は都会というのが汚らわしい言葉か寝かしつけのとき読み聞かせて我が子をびびらせる物語かなんかだと思われている場所で、うちは農家だった。おそらくそれでおれはコーヒーの道に、続いてコカインの道に進むことになったんだろう。おれは作物のことがわかっている。いつもそうだった。母親の家をまだ手放さずに家畜も少し飼っている。泥んこで転げまわる豚。いまおれが送りだしているのはイメージ的にはこうだ。オーガニックな農産物とこだわりの職人の生みだす逸品。生物学的に発酵《はっこう》させたソフトドリンクとハーブのレメディ。スモークしたベーコン。おれの気の向くままになんでも。

　この仕組みがどう働くかわかるな？　おれは化学薬品を購入して所有することができる。旅をして販売することができる。粉末状のサンプルをもちあるくことができる。おれがマスタードの瓶にコカインを詰めて運んだことがあるかどうか知りたいか？　**あるわけないだろ！**　十点。さあ、わかってきただろう。あんたがコカインをさばくとしたらやるはずのことをおれはすべてやっているが、あんたと同じようにはコカインをさばいていない。完璧にクリーンにして危ないものはきっちり分けている。出入国管理局や大臣たちからの証書をもっていて、そこにはおれがハイエンドな食料の合法的な貿易商だと現地の法執行機関に説明されている。ドラッグをもって国境を越えているように見えても、ものを移動させるという途切れることのない、たいしておもしろくもない日常の業務をこなしているのだと。コカインの密輸業者に見えるかもしれないがそうじゃないとみんな知っているが、じつはおれはずっと前から密輸業者だ。捕まることがあればみんなこんな感じだろう。やっぱり！　やられた、そのように見ておくべきだった。おもしろい犯罪映画みたいに。見ておくべきだった。そして自分たちのキャリアが終わりを告げると気づく。裁判だ。なにひとつ見返りを受けとらないままおれのために自分の身をあやうくして、おれを推薦し、人物証明をした。彼らはおしまいだ。

あるいはそうならないように彼らは当然おれのささやかな問題を消し去ることもできる。条件がそろえばおれはたっぷり金銭面で補償できる。あるいはそうならないかもしれない。

クロスタウンに乗っている。この列車が好きだ。

灰色のクロスタウンの乗客たちと外の雨、ガタンゴトンという列車で穏やかに腰を落ち着けて向かいに座る女の新聞を読みながら、おれはリラックスした感じで満ち足りてハッピーな場所にいるというのにマジな話その日はこうなった。

うぎゃああああああああああ

何事——

てめえをぶっ殺してやる

おい勘弁——

ぶっ殺してやるてめええええええ

なんだよ、ここじゃけっして雨は降らないが、降ればなんとかかよ。

この男は、手に——あれはなんだ？　まさか本物の銃？　ヤバい。すごくまずいことになりそうだ。ここでなにが起こっている？　クロスタウンのコンパートメントで、ってことじゃない。このコンパートメントで起こっていることならわかる。おれが訊いてるのはこういうことだ。いまおれの人生になにが起こっている？　統計的にどれだけ確率が低いかわかるか？　ディディがおれの下の階で処刑されて、犬が串刺しにされて、今度はこの男が、この残念な奴が、大きな銃を手にして**ぶっ殺してやるてめええええええ**と叫ぶ確率は。

こんなことを言うのは何者だ？　あんなサイズの銃を手にしてるのは何者——いやそんなのどうでもいいだろ、こいつが誰かに発砲したら——まいったぜ、あの足場のポールが子馬に落下していても同じ確率でこんなことが起こったのか——

あっやらかした、ポールじゃなくてチューブだ、わかってるって。この状況なのにマジでそこを指摘するか？

皆殺しにしてやる。いますぐドタマ撃ち抜いてやる。

そんなふうに話しているのは何者だ？　だいたいこいつは自分の言葉が聞こえているのか？

リビアの独裁者の金メッキの銃。マイアミのクラブ・オーナーの銃。ジェームズ・ボンドの悪役の銃。とにかく定番のやつ。デカい。マジもんの。銃。こいつが現実なんだ。

おれのクロスタウンで。おれのこのクロスタウンで。この列車が好きな者は大勢いるが、こいつはおれのだ。だいたいなにが目的だよ？　カネをよこせと言いたいのか？

おれは言う。おい！　カネの話か？　カネがほしいのか？

同席した乗客たちはうれしくない表情だ。にぶすぎる。なにもしなくてもこいつが立ち去ると思っているのか？　あいつを無視してよダーリン、デカいハンドガンをもっているただの不潔ないかれ野郎でしょ。気にしないで。

本気かよ？　誰がそんなこと考える？　この状況で自分の判断基準を押しとおしたいと？

プロトコルがあるんだ。手順てやつがあるんだよ。方法と手段がある。

まず接触をはかる。相手があんたを人混みにまぎれたひとつの顔ではなくて、ひとりの人間だと考えるようにする。

おれの名はジャック。あんたは？

返事なし。それはもうまん丸な目だけ。この男はクロスタウンではなく幽霊列車に乗っている。幽霊を見ている。どんな？　邪悪なエイリアンのトカゲとか。うまくいかないかも。おれは声をかける。さあ、こう言え。やあジャック、おれはあんたのカネが全部ほしいと。いいな？　おれがいまから近づいてあるだけカネを渡す。そうしたらここにいるこの男も同じことをする。それがおまえの望みか？

てめえを殺すこと？

おそらくおれじゃない。あんたとおれは同じ列車に乗り合わせただけだろう？

だな。

誰か殺そうと思った人がいるのか？　本気で？

くたばれルシール。

可能性は半々だ。ルシールとやらが実在して彼女はたぶん死ぬことになるか、あるいはこいつが重装備のいかれ野郎なだけじゃなくて〈ルシール〉を歌うケニー・ロジャースの大ファンでもあるか。こう言っちゃなんだが、最初の仮説のほうがずっと好ましい。

ところでみんなどこにいきやがったんだよ？　いま彼は銃口を床にむけている。誰も歩みでて銃を奪いとらないのか？　無茶言うなよ、おれにはできない！　おれはプロの犯罪者だ。おれの立場ではマスコミへの露出に制限がある。

くたばれルシール！

ふたたび銃口があがる。冗談抜きにおれの旅仲間たちにはがっかりだ。男がおれにどデカい銃を向けていて大声で叫んでいる。おれがなにをしたという？　銃口がおれに向く。おれから離れる。向く。離れる。向く。離れる。ピアノ教師のピアノの上でチクタクしていたチクタク言いたがり屋みたいだ。おれはピアノが大嫌いだったけれど先生はホットで、おれはおっぱいがとても興味深いものだとわかる程度の歳にはなっていた。アホかジャック、いまそんなこと考えるときじゃないだろ？　チクタクは続きやがる。

ルシーーーーーーーーール。

クソにはクソになりきってつきあってやるか。

おれはその曲を歌った。四人の腹をすかせた《ハングリー》子供たち、畑の作物。おれはいつもその歌詞をフォー・ハンドレッドだと思っていた。四百人の子供たち。歌に出てくる男が子供たちを市民農園で育てて、地面から生えた子供たちを収穫してワゴン車の荷台で売るみたいに。

これがピンク・フロイドのお蔵入りした田舎風ゴス・アルバムならまだしも、ケニー・ロジャースが歌ったせいだとはあまり思えないが、おれはたしかに十五歳のとき一年のあいだ毎週この歌の悪夢を見た。銃の男はおれたちが神と対話中みたいにおれを見つめている。

そのときおれは次の歌詞を忘れる。

ルシール！

もういいかげんにしろよ**ビンタ**。

ルシール！

ビンタ。

ドサッ。

ビンタ、ビンタビンタ、いいかげんにしろよ、ビンタビンタビンタ、このしょっぱいみじめなビンタかまされ野郎め。確率はどのくらいだ？　天文学的な数字だ。天文学的とはよく言ったもので、おれが隕石《いんせき》に直撃されるより一週間のうちにこのレベルのいざこざをこれだけ何度も処理するはめになる確率のほうが低そうだ。報道とは違ってこの街が本気の無秩序状態にスライドしているのでないかぎり。犯罪の件数は減少していて、ヤバい犯罪者たちはこれを歓迎している。ライバル減少、安定、収益アップ。意外性などない。淡々とした事実あるのみ。

ルシーーーーーーーーール！

まだ意識があるだけでも謎だぞ？　頼むぜ。

黒の革手袋。おれは冬にはいつも手袋をはめている。好きなだけ強く彼をぶっても、肝炎に感染だとかの心配をしないでいいのは手袋のおかげだ。銃なんかもった負け犬め。おれのクロスタウンに穴を開けやがって、しかも警察やらおれが望まないあれこれのせいで予定に遅れそうだ。もちろん人生にやましい秘密はなくて、おれはどこから見てもまっとうな市民で地域を支える柱であり、そこはいくらでも語れるが警察署で過ごして目立ちたくはないものさ、ヘマするかもしれないからな。

ビンタビンタ**ビンタ**、おまけしとくぜこのケツの穴め。

ザッザッというのは靴音で、おれは引き離される。おれのクロスタウンのおれの旅仲間たち。こいつ気絶してる！　もうやめろ。ああそうだな、あんたたちはみんなヒーローだよ、もう終わったんだからな。今夜のニュースにはそこのデブ男が登場して、銃をもった相手に先陣きっていかに突進しておれの前座を務めたか語るだろうよ。でたらめだらけ。

なにもかもでたらめだらけだ。統計的にあり得ない。ばかげている。

この問題はおれの抱える問題に関連しているのか？　ディディの件にからんだものか？　何者かがおれをいたぶってるのか？　おれがいたぶるならこんなふうにはしないだろうが、たぶんそこがポイントだ。

灰の味ふたたびだが今度はおれ自身のものだ。火にまかれているとかじゃなく、おれから生まれたもの。おれは炎となってサラマンダーふうに火を吐いている。脳がどんなふうに働くか理解なんぞできるか？

まず現場に駆けつけた警官におれはそう語る。彼女はええそうですね、大丈夫ですよと言って、おれを車のバックシートに乗せて落ち着かせる。少ししてから巡査部長が調書を取って、あなたは帰っていいと言う。とてもいい働きをしてくれたと言う。もっと手加減してもよかっただろうが、あなたは一般市民で訓練を受けていないのだし、正直言ってこの状況では、もっと徹底的にやったほうがよかったくらいでしょうね、半端にやると撃たれていたかもしれないんですからね。

そのとおりだ。たんなる一般市民。

おれが〈枢機卿〉（「コーヒーの」だがみんな知っているから「コーヒーの」とはつけな

い）だった頃にはなんでも賭《か》けにする者たちが大勢いた。そもそもコーヒーの取引がサイコパス的に変わっているのに、それでも刺激が足りないみたいで、立派な病気だ。あいつらはボウルからどの実蠅《みばえ》がいちばん先に飛ぶかなんてことに五十ユーロか五十ドルか五十九・七スイスフランを賭けずにいられなかった。このヘタレどもは金を賭けて、それから誰かが儲けてまた金を賭けて、それが広まっていって、じきに奴らのひとりが一万とか手にするようになって、ほかの者たちはそいつにもう金を使わせないかストリッパーたちに貢《みつ》がせるかする。女たちでさえも同じようなものだった。もしもその環境で女たちはヘタレみたいな行動はしないと誰かに聞いたことがあるとしたら、そんなことはないって感じだ。ストレートな女たちはさっき話したヘタレな男の同僚たちを男性ストリッパーのいるクラブに行かせて、青いベルベットのラウンジチェアに座るマッチョなドンを気取った〈コーヒーの王〉（ちなみにデラウェアの）の鼻先にあり得ない九インチの竿をつきつけた写真が何枚も撮れるようにするし、もちろんお次はどのストリッパーがもっともあり得ない竿を手に入れられるか賭けをしないではいられない。この話でじつは重要なのはあんた自身の竿のサイズだが、誰もそいつに賭けはしない。現実を知ってしまったら、それからどうするんだよ？

　こいつらがほかになにを賭けの対象にすると思う？　誰が最初に小便を我慢できなくなるか。誰が小便をまっすぐに長く飛ばせるか。日々の株価を誰がたくさん暗記できるか。誰が携帯電話の着信音から番号を推測できるか。手当たり次第だ。なんでも賭けにできて、それは遅かれ早かれこいつらはヘリコプターに乗ってジャングルのどこかのヘリパッドに着陸して、そのヘリパッドには鉤十字《かぎ》が描いてあって、それがその日に話をする相手だからだ。ジャングルのコーヒーを扱うナチスども。コーヒーのせい。人類のせい。ゲスい人類め。

こいつらがそんなことをするのはおれがこいつらにそんなことをしたからで、おれは〈枢機卿〉でいつも勝っていたから、賭けをする必要がなかった。おれは一九九八年のすべての日の株価の最初にあがった十項目を教えてやれる。いまだに。そんなくだらないことを頭から追いだしたいのに追いだせない。まあいいさ。

ゲスい人類はゲスい腐れ行為をする。ちゃんとした理由もなくおれのおそるべきご近所さんを殺すような。放っておくべきか？人類のせいにして忘れるか？

でも気になって仕方がない。理由を知る必要がある。好奇心から知りたいっていうんじゃない。なんていうか、知ることがなければいつまでも気になって実際問題そいつはよくないからだ。集中が大切だ。ディディは生産性をじゃまする。彼女は〈キャンディークラッシュ〉ゲームのような時間泥棒で、その原因は殺人。

ある種の誘惑を感じずにはいられない。おれは犯罪者だから、この件についてハードボイルドになれる。タガをはずすか。凶暴になれ。この糞溜めの街におれがキレたらどうなるか見せつけろ。用心深く正しいおこないをずっとしてきた。おとなしかった。おれが解放されたらどうなる？突き抜ける。理性が吹き飛ぶ。クレイジー・ジャック・プライス。ファァァァァァック・イェー。西部劇な感じで至福の輝きに包まれて旅立つアウトローになろうじゃないか、おい。おれがいたぶられているかどうかには一考の余地があり、それはあきらかにそんなことは考えづらいのと、一連の流れは誰かが計画してできるようなことではなさそうだからだ。

だがこのままではビジネスにとってよくないってのがだめな点。おれはビジネス中心の男だ。

クレイジー・ジャック・プライス。

頭のなかでいつも冗談めかして言ってみる決めゼリフというのがある。マジ西部劇にありそうな感じで、割った酒瓶を手にしてバーカウンターに立ってこう。

おれの名はジャック。言うとおりにしないと、おれはおまえの支払う代償《プライス》になるぞ！

そんなことをしたらルシールの黄金の銃にやられるかもしれないが。おれはあのいかれ野郎をルシールと呼んでいる。別にいいだろ。奴の口にする名前はそれしかないってわかったんだから。

こうしておれは警察署にいて、これから説明する顔は警官の顔だ。あごばかり目立つ、クラプキ巡査どの（《ウエスト・サイド物語》の登場人物）。レオは見当たらない。この警官もまた、おれが幸運なド素人《しろうと》だと思っている奴だ。彼はディディについて話しているが普通に話しているような話しかたじゃなくて、外部の人間に説明しているようだ。それでいい。おれは外部の人間だ。おれはまっとうな市民そのものだから犯罪まわりのことにはまったくなじみがない。

巡査が言う。まあ、この事件がそうじゃないことはお話しできますよ。無差別殺人じゃありませんでした。こんなことをやりそうな犯人に心当たりはなく、見つかりそうもないんですよね、誰にしろこれは初めての犯行じゃありません。躊躇《ちゅうちょ》なくなんのミスもしていない。ですからあなたも本件についてかかわらないように。この犯人がふたたび現場にもどることも、あなたに興味をいだくこともないはずですが、あなたとミス・フレイザーがつながっていたら別ですけれど、そんなつながりはないですよね。

(ディディ・フレイザー。デズデモーナ・フレイザー。フルネームはたしか知っていたはずだ。エントランス横の郵便ボックスに書いてある。書いてあった。管理会社がすでに名前を消していた。いまではなにも書かれていないプレートがあるだけだ。)

自宅所有者ジャックの言葉。おれが思うにな巡査。思うにな、ディディとおれにつながりはないが上と下で暮らしていたんだ。いわゆる眺望のいい地点として何者かがおれたちの建物を利用するつもりでいたとは思わないか？　まだなにかのたくらみが実行中だったら――はっきりこうとは言えないが――おれは危険な立場とか？

巡査がちょっとばかり上から目線の笑みを向けてくるんだが、おれはなにか、六歳児か？　奴はこう言う。狙撃手の拠点とかそういうことですか？　ええ、わたしたち警官もテレビは観ますよ。ですからこちらとしてもその件はちらりと考えたんですがね、ミスター・プライス。ですがそうだという証拠はまったくなにもありません。近くには政府のビルの類もありませんし、とくに憎しみを買っている人も住んでいない。銀行もありませんから強盗狙いということもない。政治家の線もないんですよ、あなたの住む通りに自動車パレードがやってくる予定もありませんし。それから何者かがランダムに人混みへ発砲しようとしているのだと考えているとしたら角度が悪いですし、こんな事件を起こしたのですから、あなたの建物へはもう入れませんよ、わたしたちが目をつけている。ようするに、犯人がそんなことをたくらんでいるのならば、イベントまでわたしたちに気づかれないままにしておくほうが得策でしょう。

（イベントのイがたしかに強調される。）

ですからまったくのところ謎な事件なのですが、それはあなたの問題ではありませんので。警官の顔は働き者で協力的であり、口にされない気持ちが伝わる。彼は話せる範囲でできるかぎりの情報をおれに与えている。おれはクロスタウンの一件で目覚ましい活躍をしたばかりと言えそうだが、警官は内心では丸腰なのに軽率だったと考えていて、命があって幸運であるが、だからといっておれは警官と同じ立場にはならないので知っていることを全部は伝えられないと。それでも彼は真実を語っている。あとでレオに裏を取ることはできるが、全然意味のわからない事件だ。

ありがとう巡査、どうも。いくらか気が晴れたよ。

ルシールについて訊ねようと思いだす。ほら問題を起こした市民のこと。こんな感じで質問。ああ、あの哀れな男は治療を受けているかな？　素手でぼこぼこに殴るしかなくて心苦しかったんだ。

ルシールは犯罪者用の病院に入れられていた。あいつはいつも狂気の谷間の向こう側で暮らしているようだが爆弾のようにドカンといってしまうことがあって、おれが市民としての行動のどでかい鑑《かがみ》となったわけだ。本当はほかの奴にその役割を担ってほしかった。二席隣に体格のいい大学の体育会系の奴が座っていた。奴ならルシールをとめられたはずだが、ただじっと座っていやがった。

巡査がおれを送りだす。表面上はお別れのキスをして手を振る感じで。ディディの件は心配するなと言う。おれはこう読み解く。あんたには敬意を表するが、もうもどってきてあれこれ訊ねるなよ、そういうことだ、警察に任せろ。

そうかい。

おれのペントハウス。おれの家はディディ・フレイザーが胸を二発と顔を一発撃たれた家の真上だ。この最上階自体に入るには鍵がいる。おれが一本もっている。ほかには誰ももっていない。

連中はおれがエレベーターから出たところを襲ってくる。いくつもの重い手と警棒かじつに古めかしい棍棒《こんぼう》が一本。連中はおれを伸《の》す。白じゃなく黄色い光が見えて、**ボカッ**みたいな音が後頭部から響いて、生温かいものが高価なシャツの襟にたれる。床に倒れながらゴムマスクを見る。人物とか怪物とかじゃなく、キモい無機質な肌質のやつ。こんなゴムマスクなんぞ、犯行中に顔を隠すためじゃなかったらなんのためにある？

不可避。誰かがおれのタマを蹴る。一瞬意識がもうろうとして胃の中身を吐く。いちばん近いブーツが毒づきながら踊るように逃げる。マジな話な、誰かをフルボッコにするんだったらヘドには注意だ。反撃としてはクソ弱い。ここに倒れて、おれの武器はコーヒーの息だけ。

次の一撃は口だ。歯が折れる。黄色い光は緑っぽい茶に変わって、頭のまわりでトンネルがバグってるみたいだ。緑っぽい茶のなかを這ってヒー・ヤー・ヒー・ヤーとロバかヴァイオリンみたいな音を出してる香ばしいおれ。ふざけんな、なんだよこれは、連中はおれを壊していて壊れていくのをおれは感じていて、その感じは**うぜえ**ってふうで、それはこの経験がどんなものか今後いつもついてまわるだろうからだ。永遠にこの瞬間を覚えているだろう。これがダメージを受けた身体。これがもろさであり命の限界であり〝血が流れるとき死ぬとする〟という境界条件であり、うざすぎる。

のっぺりしたゴムマスクに隠れているのは誰だ？　少しは敬意を見せろ。ピエロの面だとかゴジラだとかなんとかそんなものをかぶれ。怪物になれよ、括弧《かっこ》じゃなく。

うぜえ。殴る蹴るはとまらない。肋骨《ろっこつ》が折れてなんでもかんでも折れやがって、痛くて、その痛みの下でわかっていることがひとつ。おまえたちはおれになにかを言いたいんだろ、それはわかっているし、おれは聞き分けのいい男なんだからなんで電話じゃだめなんだ**うぜえなおい**？

うぜえ。

実際ひとつのメッセージがおれの耳に飛びこんでくる。言葉によるメッセージ。ディディのことは忘れろ。放っておけ。

連中はもう突っ立っておれをかこんで見つめ、おれは廊下を這っていく。冷たい。冷酷の極み。連中はおれがテーブルから電話を落とすのを見ている。電話をかけようとして数字を押しまちがえてまたやり直すのを見ている。警察に電話するのを見ている。

さっきの巡査が、あの熱心な男が電話に出る。さっさとパトカーをよこせ、よこせよ、おれは自分のフロアで血を流してる。三人組。マスク。

口から出てきた言葉は違っている。マフク。マフクのひゃんにんふみ。いふんのフロアでいをなはしてる。

マスクのひとりがじつにわざとらしく、みずからのスマホを取りだす。電話をかける。終わったと何者かに言う。それだけだ、映画に出てくるプロみたいに。いや笑わせるなよ。おまえは自分が有能だって信じていると、おれは信じそうになったぞ。うぜえ。腹の立つマスクの次はこれか。無礼すぎる。そんなの全然必要ないだろうが。

そんなのへんへん必要ないあろうあ。

電話の男が肩をすくめて連中は背を向ける。

うせえ。うせえ。へんっへんっ必要ないあろうあ。うせえうせえ。

自分自身の声に耳を傾ける。胸がいままでになく変な感じ。肺に入っているのはおれの肋骨か？　心臓にも？　そこで待っているのはおれの死か？

まさか。まだ感じる。そいつはなんだ？

なあこれはなんだ？　お告げでもあったみたいなまさに禅の境地。死の対極である誕生、それも完璧におれとして誕生したような気持ち。灰がさかさまに下から上へ降って石と金属に変わるような感じ。エスプレッソから豆を作るような。おれはちょっとばかりぼんやりしてきて――

連中がいままでおしゃべりとビールのためにちょっと休憩でもしていたみたいにふたたび殴る蹴るを始め、そのときおれはそれがなにかわかる、それは――

明晰《めいせき》。

消音《ミュート》ボタンのような、乾いた暑さのなかの冷たい水のような明晰。おれは赤ん坊にもどる。もうヒッピーめいた禅だのなんだのくだらない言い草はなし。いいさ、おれを蹴ればいいのさ、そうだよやれ。おれは忙しくてかかずらっている暇はないぞ。

この若造たちは自分たちが負け犬をどれだけひどく痛めつけたかわかっていない。負け犬が激しく痛めつけられれば隣の猫のやつが悲鳴をあげる。遠くカナダの狼《おおかみ》たちが、まさにいまおたがいのケツの穴を**うぜえ**《ファアック》くらい見つめて落ち着かなくなってるのさ、本物の**ファック**ってなんだったかって。

マスクの男たち。おれが誰か知っているか？

いいや。さっぱり。

でもいま、さんざんぶちのめしてくれただろ、わが友人たちよ。誰かをぶちのめすときは相手が誰かわかってやるもんじゃないか？　おれは――

そうだ、怒ってなければもっとクールにセリフを決めた。だがまだこれからだ。自分のフロアに横たわっている。おれ自身の血でおおわれたクソ高価なカーペット。おれは小便たれてるが、あんたでもそうなる。この部分は誰にも言うな。折れた何本かの指のことは話していいが、腫《は》れてのたうちまわるほど痛いタマの話はするな。タマに血がたまっていないことを願う。

だが。

まだ。

これからだ。

よくなってきた。これからが楽しみだな。セリフがおもしろくなるかどうか期待してくれ。いやまさか。自分が死にかけていないことを祈る。死が迫ってくるのがわかる。赤と黒のデカい影だが正確には黒じゃない。茶のほうが近い。おれは停《ブラックアウト》電するところじゃない。節《ブラウンアウト》電だ。盲腸の手術をしたとき麻酔をされたが、こんな感じじゃなかった。波みたいにおれのなかが冷たくなってから、ふたたび意識がもどって、浮かれ騒いでナースたちといちゃついた。

あの感じとは違う。温かい茶色が視界の端からじりじりと近づいてきて心地よく誘いかけるが、これが終わりだとしたらどうする？　七〇年代の幾何学《きかがく》模様のカーペット。フランク・ロイド・ライトの遺物みたいなカーペットだ。このカーペットは大好きだったが自信がなくなってくる。ちょっとばかり狙いすぎな感じがするし、じつはただイケてないだけに思えるんだが、結局血まみれで使い物にならないだろ？　復活させられるはずがない。まいった。ディディのことは放っておけ？　彼女のことは忘れろだと？　ディディめ。おまえたちクソふざけているのか？　このおれの家でそんなこと言うのか？　クソふざけているんだよな。こんなことをしておいておれが放っておくとでも思うか？　あのなあ、おまえたちは観客さまのことをミスリードしているぞ。

チンカスどもめ、おまえたちはおれに死を見せた。おれは怖い。自分の家の床で死んでいくのが、そしてファンクでサイケなヴィンテージのカーペットが死んでくのが怖い。

でも死んでたまるか。こいつは私生活まわりで起こった事件だが、それだけじゃない。ビジネスがからんでるに違いなく、ビジネスはけっして死なない。犯罪には縄張りと名声という問題がつきものだ。

カネはけっして眠らず、おれはおまえが支払う代償《プライス》だ。

しばらく天井を見つめていたら、意識がすっかり小奇麗《こぎれい》になるのがわかる。ハイスペックな医療用麻酔薬のおかげ、特産物みたいなものだ。病院へ行って、ラベルをしっかり見ることもないまま恐ろしいほど強烈な鎮痛剤で感覚をなくす。セックスがあまりによくて離れられない腐れ縁と似ていて、目覚めたら女が肉切り包丁を手にしてこっちを見おろし、へべれけに酔っ払っていて、聞いたこともないようなありとあらゆる汚い言葉で罵《のの》られて、クソ感謝されて、もうたくさん、二度とあんたとはやりたくないと言われても気にしないレベルの依存度。

まだ天井を見つめている。マジで女の顔の輪郭《りんかく》を見たときがよみがえって、そいつは落ち着き払っている。顔とあごと胸と包丁、ひれ伏したくなる女神みたいな曲線、それは寺院にあるものみたいで、手と目と乳首と刃に深い意味と永遠性を備えているようだ。おれはしばらく金縛りを体験していた頃があって、そんな時期の話だ。女はおれが目を開けたまま眠っていると思っていた。ルシア。それが彼女の名前だった。ゴージャスなルシア、ミラノ住まいのブロンドで生まれはコネティカット。おれはその日のうちに別れたさ、錠を取り替えた記憶があるから、あれはあんたじゃなくておれの話だって覚えている。〈枢機卿〉以前のおれはほんのガキだった。二年後にルシアは折りたたみナイフで男の喉を切り裂いてから自分自身をズタズタに切り刻んだ。ふたりともその場で死亡して、ふたりの救急隊員がその場で辞職した。

だが、病院のドラッグは最高で、おれはあの一件の前を思いだして彼女がおれに腕をまわす感触があって、そいつはすごくいい。

明日になればおれは憎しみをまきちらすようになる。そうなったら病院の奴らは薬をとめるはずだ。あなた自身のためです、依存症にさせたくないと言い、イブプロフェンなんぞをあたえはじめる。勘弁しろ。たしかにあいつらは正しい。それでもおれはそんな処置を憎むだろう。もっとも明日にはなにもかもを憎みはじめるが。

女がやってくる。フランス系アフリカ人、母親のような顔。ベッド脇に立つその態度でおれのことが好きじゃないと伝わる。いいさ。その手の態度ならおなじみだ。彼女はこっちが死ぬときのために同情を温存しているのさ。おれはほほえみかける。

やめておきなさい、と彼女は言う。わたしにそんなことをしても無駄よ。あなたみたいなタイプは知ってる。

どんなタイプだ？　ただし実際には口に出して言えない。口に唾液が一滴もないからだ。いいいいいおんあアイフあ？

そんなふうに殴られて運ばれてくるタイプよ、と彼女は言う。そうされて当然のことをしたんでしょ。

いや。だが、これからそうしてやるさ（んあおえああおーいえあうあ）。

水を飲みなさい、タフガイ。

おれは水を飲む。

もうハミングしてないのは救いね。

おれがハミングしていたのか？

そりゃもうずっと。

おお、そうだな。覚えている。

それでこそご立派なタフガイね。

ンン・ンン・ンン・フーン・フーン・フーン・フーン。

ご立派なこと。

おれはちょっとしたハミングをする。

数日後。またしゃべれるようになる。電話をかける。リンリンリリリン。

チャーリー、起きているか？

うんボス、オフィスにいるよ。

チャーリーことシャーリーンはフレックス制で働いている。彼女は朝が大の苦手だ。統計の話をしよう。知性のある人々ほどだらしなくて夜更かしするのを好む。おれは彼女が働く時間帯を気にしないから、彼女はおれのために働いている。それとコカインのために。シャーリーンはデザイナーで、セミプロのデジタル犯罪者であり、コカインを愛用している。彼女とコカインはもたれあった関係ではなく、相互に利益のある友人同士だ。彼女はおれが出会ったなかで、誇張ではなく明日にでも喜んでコカインの摂取をやめられるただひとりの人間だ。仕事中はコカインをやらない。仕事が暇に近いときだけやるのだ。そうするとコカインをやるのに退屈してしまって、外に出てもっと仕事を見つけてくる。

カードのスキマーの組み立てや、インターネットと呼ばれる栄誉あるあたらしい犯罪の祖国経由で追跡不可能な低級の銀行詐欺《さぎ》をしていないときに、シャーリーンは〈ペール・ペルーの種馬〉のためのラッピングなどのブランディングをデザインする。ネーミングも彼女の発案だ。八〇年代の典型的な麻薬王《エスコバル》の大胆さが皮肉な自己認識やかすかなポルノっぽさと結合した感じを連想させ、洗練された人々は絶対にこれを鼻先にもっていくと彼女は語った。

まったくそのとおりだった。

チャーリー、おれは模様替えが必要なんだ。完全にあたらしい顔がいる。

まるっと？

そうだがまずいことでも？

イケメンになるには限度ってものが。

チャーリー、おれの鼻は折れて何本か歯も折れているんだよ、どんな手が打てる？

ヤバ。ボス、ガチで？

ガチったらガチのガチー。

あたしの妹っちみたいな切り返しやめて。

で、どうなんだ。

わかったよじゃあ、たぶん海賊版ぽくなるけど——待って鼻も処置するの、外科手術みたく？

すぐには無理だ。腫れが引くまで十日は必要だから今回はとりあえず歯の処置で。

わかった、んじゃ海賊版で決まり。せっかくなら金歯どう？

拒否だチャーリー、おれは夜間も目につかないように動きまわる必要がある。刺激的に輝く歯でおれの名を知られることも、おれだと悟られることも避けたい。

そう、じゃあ普通の歯ってことで。調整には二日かかるけどいい？

そいつができたらチャーリー、一週間休みを取ってくれ。街を離れろ。というかおれが連絡するまでもどってくるな。デカい厄介事が起きている。

荒っぽいことになりそう？

対策を講じるつもりさ、チャーリー。どんな結果になるかまったくわからないが、あんたが近くにいる理由はないな。

把握したボス。出ていく。

じゃあな、チャーリー。

おれは〈枢機卿〉だった。いまではジャック・プライスだ。ちょっとしたウザいハミングをする。

病院の事務局はおれをチェックアウトさせた。刑務所みたいだが高くつく。というのは適当な意見で、じつはおれは出所するのがどんなものかまったくわかっていない。刑務所に入ったことはないし今後も入るつもりはないからな。

あなたは退院となりますよ、ミスター・プライス、残念ながら——最後のはもちろんちょっとした冗談ですよ、ワハハハ。患者さんが退院されるのはいつでもうれしいものですからね、ここここにサインをお願いします、治療上のアドバスに反して早く退院されたことで、いかなる結果が生じても病院に責任を問わないという書類ですからね、ここで摂取されていた薬品類を今後も処方してもらおうなどとはけっして考えられませんように、あなたのカルテにそのむね注意書きを添えていますからね。

おっさんたちよ、これ以上この妖精のジュースを血管に入れようだなんて思うか。おれは睡眠薬が嫌いだ。手がかりはその名にある。人を眠らせる薬、だぞ。人生の大半を眠りに費やす者たちが多すぎる。退屈だから学校ではずっと眠って、ほかの連中が意地悪だから大学でも初めての職場でも眠り、結婚と離婚の期間も眠る。自分の死を迎えるあいだも眠る。睡眠薬はカス。それに覚せい剤とコカインもカス。使えば、興奮しすぎて自分が目覚めていることにも気づかない。LSDもカス、一般人には詳細を教えてくれない医療用として使っているんなら別だが、あれはヒッピー連中の反体制のためのドラッグってことになっているが、誰だってドラッグというのは富裕層への課税強化を訴えたウォール街占拠運動のためじゃなく高所得者一パーセントのためのものとわかってるだろ。それが自然の法則だ。ドラッグの類は全部カス。おれに酒とコーヒーとアドレナリンとセックスをくれたら、あんたに本物の人間をあたえるし、生きたダライ・ラマだろうがガンジーだろうがアインシュタインだろうがいくらでもあたえてやるさ、アーメン。

おっさんたちはおれにサインさせて疑わしそうな目を向けるが、それはおれが恨みをはらそうと両手でバットをもってアル・カポネを探す男みたいによろけていたからで、それがまさしくおれだった。おれはメッセージを受けとった男であり、おれには言いたいことがある。言いたいことがあり、反応したいことや表現したい感情もあって、詩のようにそいつに声をあたえたい。

質問してまわるなと言われた。自分のことだけ考えていろと言われた。あの三人組の拳と足でそう言われた。感じよくそう頼めばよかっただろうが。こんなことをする必要は全然なかった。こんなグダる真似をする必要は全然なかった。

おれにまったく手を出さないか、殺すか、どちらかにすべきだったとおれは言っている。マジで誰を相手にしているのか見誤ったな。おれはおそらくディディについて質問してまわるのに飽きて自分自身に嫌気がさして終わっただろうに。いや正直になれば、たぶんそうはならなかったか。だがブランドもののコカインをデジタル・シティに流通させることにかかわる事業で、おれは手一杯だった。奴らはこんなことをする必要はなかった。そこが鍵だ。この折れた肋骨。そしてみっともなく半端に曲がった鼻はおれがずっと大切に守りつづけて、たかり屋の父ちゃんやうざくて粘着質で裏表のある中間管理職のインポで脇汗かいてストリップクラブの最前列でマスをかくじいちゃんみたいに見えないようにと心がけてきたもので、いつのことだったかふたりは遅れている支払いについて話しあいながら、おたがいの顔を拳で配列しなおしていた。

こんな。

必要は。

なかった。

そしていままでは認識の問題、すでにふれたビジネスでの問題というのが浮上している。すなわち誰が誰のタマを蹴りあげるかという方向性の問題だ。たしかにおれは完全なる霧のようなものだ。次世代の犯罪経営者であって、構造も階級も従来の組織なんてのももたないが、それでもおれこそがタマを蹴りあげるほうだと周知させておく必要はある。ハンドルを動かすのはこのおれ。だが目下のところさっきも言ったように認識の問題があって、おれの私生活とでも言えそうな時間に何者かが――あきらかに自分たちなりの立派で有効な理由があるという誤った考えで――人類に起こる自然な出来事の序列というものをひっくり返した。それは神話の問題だ。現実ではないって意味じゃなく典型だと言いたいのさ。ジョーゼフ・キャンベル的な問題だってことだ。宇宙のすべての物事の序列が基盤から崩されれば、序列が回復されないかぎり破壊の渦《うず》が現われるだろう。魚の雨、生け垣に密告者、警官たちの異常発生。

だからこれは神聖なる探求ってことだ。傷ついた土地で氾濫《はんらん》する川を天命として回復させる。

だがその前にどう考えても。歯。

ここはとにかくクソ白い。スーパー反射みたいに目を引く白い壁。なにもかもが白。鏡に映る自分の歯が真っ黄色に見えて、それが奴らの狙いだ。顔色がとても悪くて病的に見えて、それが奴らの狙いだ。美容の地獄へようこそ。もちろんここの連中は美の天国へあんたを誘うことができる――代償を支払えば。

プライスを。フフン。

どうもミスター・モーブレー、どのようなご用件でしょうか。

言ってみれば緊急の金銭的な用件でドクター・グリーンに五分、時間をいただきたい。通常どおりの手続きではないことはわかっているが、ミス……いやいいんだ、実際通常どおりではないことはよくわかっているんだよソーニャ、だが重要な話で、ここに現金で一万ドルの用意があり、もしおれがドクター・グリーンと話すことになって、あんたが少しでもおれに無礼を働かれたと感じたり、あるいはドクターと仕事を続ける上で職業的立場が脅かされたと感じたりしたなら、この現金はあんたのものになるぞ、いいか？ どうするか判断するのは全面的に任せるから、どうぞ決めてくれ。

わたしには本当にどうにも――うわどうしよう――

こいつは担保と呼ばれるものだよソーニャ、おれがおれに対抗した賭け金みたいなものだが、心配するなよ大丈夫だから。いまちょうど患者と患者の合間なんだろ、だからおれが直接診察室に行ってみるよ、いいだろ？

どうしよう、それじゃ待っていますので――

ありがとうソーニャ。

やあドクター・グリーン、十分間で五十万稼ぎたくないか？

なんと言われまし――

こんな五十万だ。合法なカネで完全に足のついていないもので、あんたが不利になる要素はまったくない。めちゃくちゃ重いからたぶんタクシーかなにか呼びたくなるだろうね。おれの望みは口のなかの歯を――ここにおれが書き留めておいたもので固定してほしいってことだ。永遠にとれない接着剤みたいなもので、光で活性化する接着用のレーザーの機械かなにかでなんとかできると思うんだが？

ええ、当院にその設備はありますね。

だったらよかったよ、この歯なんだが、最近怪我《けが》をして特別にあつらえた差し歯で、その手の接着剤でくっつければいいんだが、おれには自分でそんなことできないから、あんたに提案したいのはこの椅子におれが座って、あんたがこいつをくっつけたら、おれはカネを置いて帰るってことだ。だからどうするかは完全にあんた次第。ああ、ところでソーニャは優しいから一万ドルを手元に残せる。

ソーニャ、助手のミズ・マイルズを呼んでこの紳士の手当をすることになったと伝えてくれないかね、それから残念ながらミスター・クロフツにはお待ちいただかないといけない。もし来られたら十分ほどかかるので申し訳ないとわたしが言っていたと伝えてくれ。さて、しっかり手当いたしましょう。おや。意外ときちんと作ってありますね。当院の最高級品のラインほどエレガントではありませんが、たしかに――ええこれならば申し分ないでしょうし、もちろん高い耐久性がありますね、ええ、圧力を分散させるフレームのようなものがありまして、これがよくできています。もしよければどなたがデザインしたものか教えてもらえないでしょうかね、この手法はめずらしいですがかなり――

作った女性には連絡しておくし、彼女は大変頭がよくて先生も気に入るだろうが、おれにはあまり時間がないもので、その点を配慮してもらえると――

ああそうでした。さて始めましょう……あのよろしいですか？

なんだい？

ちょっとハミングをやめていただけますか？

ああもちろん、すまない。

始めましょう。

あたらしい口にあたらしい服、髪型。床屋はおれがライス・ペーパーでできてるみたいに散髪したし、おれにはたくさんアザがある。まるでフランケンシュタイン。言うな、言うなよ、それは教授の名だと、知ってるから。あの怪物は名前をあたえられることがなかった。おれには名前がある。名前と、紫の靴跡のついた細くていかつい顔がある。笑うと歯がキルトか、たぶん地層みたいに見えて、三カ所が切れた薄いくちびるがある。まぶたが腫れて半分閉じているが、女を誘うような茶色の目もあって、鼻は、いまいましい鼻はいまではなんだか歴史は繰り返すって感じで、髪をサイゴンで伸ばして二十三階で仕事をうしなって〈クロスロード・ギター〉という馬に下手な投資をしたに違いないって感じに見える。遺伝なんか知るか、歴史なんか知るか、なによりあんたたちみんな知るかよ、おれには考えがある。見解がある。共有の椅子に腰を下ろして話を聞かせてやろう。

床屋には余分に支払う。頭皮の縫い目のせいで彼女に吐き気を催《もよお》させたからだ。いまのおれはド派手な見た目のろくでなしだ。

ンン・ンン・ンン・フーン・フーン・フーン・フーン……

なにかわかったか？　途絶えることのないおれのちょっとしたハミングだ。ちょっとしたしあわせのハミング。ほかにも意味があるのを知っているか？　こいつは携帯の番号の音だ。おれは〈枢機卿〉だったからな。おれはジャック・プライスだ。一九九八年のすべての日の株価の最初にあがった十項目を覚えている。いまではこの音も覚えている。

おれはジャック・プライスだ。

その番号にかける。オフィスの感じのいいレディ、大企業のように高級そうな雰囲気のあるミッドタウンの音。そのオフィスにはフェイクではない本物の壁がある。音の質からそれがわかる。ここの連中は自社ビルをもっている。

なるほど。いいね。

おれはブリーフケースを手にして男に会いに行く。

やあ、スイートハート。

受付の男はいまのがまったくもって気に入らなかったらしい。根底に流れる腐れ同性愛嫌悪というのがいまだにおれたちの社会には受け継がれているってことで、もし彼が腰を下ろしてじっくり考えて自分の魂《たましい》を精査したら恥じ入ることだろうし、そうすれば彼はもっといい人間になれると思うが、現代社会でそんなことをする時間は誰にもないから、ある意味ではおれが彼を助けてやっているんだ。

この男はテキサスで畑を作っているみたいに大柄で、丸い頭に丸い顔に丸い腕をしている。吊り輪をたっぷりやったようなジムで鍛えた筋肉。話題にするような髪はなく、動くと筋肉が伸び縮みするのが周囲に見えるようほんの少しだけサイズの小さなジャケットを着て、へえすげえ（スイートハート）あんたって本当に強い男なんだなって感じ。テッドかブッチかチャックといういかにも筋肉男っぽい名前で呼ばれていそうだ。

どうも、テッドかブッチかチャックが言う。お客様《サー》。ここにやってくる折れた鼻と地獄のような見た目の男というのはたいてい誰かと面会することもコーヒーを出されることもなく去っていくのだと伝えるだけの間を置いてつけたす。

おれはジャック・プライスでミスター・リンデンと約束がある。

実際、ミスター・リンデンの派遣のアシスタントに電話をかけてこれから立ち寄ると伝え、彼女はだめですと言ったがおれは五分だけ時間を作ってほしくて、それはディディ・フレイザーにかんすることであって、おれが行くことはミスター・リンデンに伝えるべきで、とりあえず伝えればあんたの責任はそこでなくなるだろうとゴリ押すと、彼女はいいでしょうと言った。派遣というのは世の中の摂理を正社員よりよくわかっている。

おれはテッドかブッチかチャックにうんざりした顔をくれてやる。向こうも返してくる。

おれは言う。男性用トイレは？

そのドアの奥になります、サー。ドロシー？　ああ、待っているのでつないでくれ。

おれは男性用トイレで小をする。そして待合室へもどる。

あんたの名前を訊いていなかったな、おれはテッドかブッチかチャックに言う。

オリヴァーです、サー。

はあ、なんとね。そうか、あんたの名前はオリヴァー。フェリーニやトリュフォーのファンでもあってポストモダンの建築が好きか？

いいえ、サー。

いいえだと？

好きではありません。トリュフォーは過大評価されていて、それは成功したと認めざるをえないプロモーションをみずからおこなって、ソシオパスのアルフレッド・ヒッチコックを神格化した結果ですよ。フェリーニの根強い評判は映画学校が学生たちに観せなければならない《8½》の一場面に依存していて、ポストモダン派はみずからを完全に表現することはできないモダニストのフォルムに否定的に縛られていて、それは材料工学が追いつかずに最高のフォルムを現実に作りあげることができなかったからです。彼らはこれから花ひらくものを事前に散らしているんです。サー。

おれをおちょくっているのか、オリヴァー？

とんでもございません、サー。

ここの警備担当なのか、それともロースクールに通ってる見習いか？

両方です、ミスター・プライス。お待ちください（イヤピースにふれて）。ああ、ドロシー。そうだ。わかった。ミスター・プライス、おそれながらミスター・リンデンはあなたには会いません。申し訳ございません、サー。お引取り願わないとなりません。

ブリーフケースを開ける。フラスクを取りだす。そいつを見せる。奇術の始まり。

オリヴァー、あんたはそのデカいケツを椅子からあげてデスクの奥から離れたくなるぞ。

なぜですか、サー？

これから三つ数えたらな、オリヴァー、おれは騒ぎを起こすからだ。雇い主たちが駆けつけたとき、あんたはデスクのこっち側にいたいはずだ。そうすればあんたが努力したことは見ればわかる。さもないとあんたは首になる。心配するな――

痛くはないと言おうとしたんだが、残念なことに、痛くなりそうだ。

オリヴァーが立ちあがる。のっそり。実際はビッグ・ビリーほどデカくないようだが、危険をはらむ熱意を満たすことでそこを補っている。横幅はかなりあってミニバンみたいだ。まちがいなく、地元のミニシアターでは二席、ひょっとしたら三席ぶんに座ってフランク・キャプラの映画を観て、おれの体重ぶんのポップコーンを食べている。おれが大きく一歩下がると奴もついてきて、おれはさらに一歩うしろへ。こうしてあとずさっていき背中がドアにくっつきそうになる。

オリヴァー、なにか武器を携帯しているのか、それとも肉だけか？

オリヴァーは伸縮式警棒の類をもっていて、本来もっていてはいけないものだがそれは構わない。おれはロック解除ボタンを親指で探って外に出なければと考えているふうにドアを軽く揺り動かす。ドアは開かない。開くはずがない。ボタンを完全に押しこんでいないからだ。フラスクを振る。ぐびりと口に含んでまたフラスクに吐きもどす。別におかしな液体じゃない。高アルコールのマウスウォッシュと低毒性の消毒薬だ。飲みこむな。

オリヴァーは惑わされない。

サー。こんなことはされないようお勧めします。

ほほう。

最近身体的にただごとならぬことがあったようですが、あなたにとってよい結果が出たようには見えませんからね、サー。

三人がおれに飛びかかってきたんだ、オリヴァー。オフの夜におれ自身の家でおれしか鍵をもっていない場所でだ。

よくわかりました、サー。かかってきなさい。

は？　かかってきなさい。なに言ってる？　おれはフラスクから一口含んで口のなかに液体をとどめておく。

ここでわかってほしいのは、オリヴァーとおれは穏やかに会話してきたということだ。いまのおれたちはまだ友好的で、並の人間にはまさかここからひとりがもうひとりの耳を食べることになると判断するのはよっぽどでないとむずかしい。そしてまさにオリヴァーは並の人間だ。彼はおれが躍りかかってくると予想しているか、もしかしたら脚を払いにくると思っている。なにかしらのスポーツのイベントだったらそれは優れた戦術だよな。まちがいなく、足元をすくえばそいつは倒れることになる。すばしこいジャックのうまい強打が数発、かたやデカくてのろいオリヴァーのぐるぐる腕をまわして繰りだすパンチはテレビ映えしそうだ。もちろん、オリヴァーがのろいという保証はない。ようするに、彼はデカいが、それでクレイ・アニメーションのパペットだということにはならない。彼は時間をかけて自分がどれだけのろいかおれに暴露する。つまり、自分はのろくなんかないと思っている証拠だ。

まあ、それはいい。おれは世に知られていないシレジア地方風の戦闘スタイルで勇姿を披露《ひろう》するためにここへ来たんじゃない。リンデンと話がしたいから来たのであって、そのための手っ取り早い方法はオリヴァー山の北斜面を登って皮膚の一部をこの歯で引きちぎることだ。

それに例の認識の問題があるから、その件を宣言してやらないとな。ジャック・プライスが警備員にしたことを見たか？　プライスも警備員のことはすっかり気に入っていたのに！

まあ、ビジネスはビジネスで、このおれがビジネスだ。

おれは彼の胸に飛びこむ。聖母みたいに問題を解決しようとしているわけだ。グループ・ハグ！　オリヴァーはなにが起こっているのか全然わかっていない。彼のようにデカい男というのはみんな抱きしめたがらない。ためらいがある。すっかり混乱して、ハグを力づくの押さえつけに変えるまで、どれだけ時間がかかるか想像もつかない。おれはカーテンのようにひらりと彼に登る。ジャック・プライスが彼にしたことを見たか？　どちらが思い知らせるほうかっていうクソ認識の問題を？　これを認めろ。

しっかり抱擁《ほうよう》されて噛みつく。一度。二度。三度。ガブリとやってひねって吐きだす。リピート。折れた歯が痛む。修復はしたが癒《い》えてはいない。等価交換と呼んでくれ。おれとおれの歯のあいだでの取引だ。オリヴァーにとってはクソな日だ。クソまみれの日。このせいでありとあらゆる種類の不幸の詰め合わせになり、その様相は横幅のあるトム・クルーズの雰囲気から、もしも彼がラッキーならいつの日かトニー・アメンドーラみたいにクールな傷をもつ男へと一秒半で変わった。それにほら。むきだしの傷にマウスウォッシュ。地獄の刺激だ。

そうとも彼はたっぷりわめいて叫んでいる。水牛みたいにどなっている。**ムーー・マーー・ムーーー！　グワー・ムーー！**　うんそういう感じで。ディスカバリー・チャンネルをつけてみろよ、おれの言うとおりだってわかるから。で、いまのおれは本当に彼をハグしている。だっていまはプロとして行動しなければならない状況だ。人でなしの怪物になる理由なんかないし。よしよし、思い切り痛みを吐きだせばいい。

ムーーー・マーーー・アーーーー・ムンーーームーー。

おう、はっきり言ったほうがすっきりするぞ。

（ただしわかりきったことに彼は目下たくさんの問題を抱えている。生きるってつらいな。）

おれのシャツは血まみれだ。フラスクからマウスウォッシュをすばやく口に含み、カーペットに吐きだす。歯で戦うときは良好な衛生基準を維持することがとても重要で、汚いものをもらいたくなんかない。バーで本気の喧嘩《けんか》をする奴らは定期的に歯磨きをして歯周病なんかを避けるようにしている。おれはさらに念には念を入れて肝炎なんかの対策も考えていて、オリヴァーみたいな男が相手ならそんな心配はなさそうではあるが、C型肝炎はサイレントキラーだからな。

フラスクをブリーフケースにもどして留め金をカチッと閉める。それがビジネスマンのすることだから。鏡で身だしなみチェック。赤に染まる白シャツ。すばらしい。ネクタイを正す。おれがなにをしたかわかったか？　いいや、そんなはずはない。手は目を騙すってことさ。注意力散漫だな。血痕にばかり目が行って、ディテールを認めることができない。ビジネスはディテールあってこそのものだ。

派遣のアシスタントがやってくる。やあ、ドロシー。ミスター・プライスがミスター・リンデンに会うぞ、向こうもおれと会う気になっているよな。

ええ、サー、そうですとも。

リンデンをいくらかでも評価してやれば、いたって冷静な表情を保っている。ドロシーが部屋の外で警察に通報しているのは知っているから、時間稼ぎが必要だと推察している。それでミスター・プライス、どのようなご用件で？

うん、よし、こういうことだ。最近、暴力のからむ誤解があった。

いましがた起こったことをそのようには表現できないがね――

いいや、それじゃない。それは全部おれが悪かった。オリヴァーの治療費の請求書はおれにまわしてくれ、いいな？　彼はいい奴のようだ。

にっかり笑う。おれのきれいな歯、ロックスターみたいにな。

いや、ミスター・リンデン。おれが言ってるのは数日前の夜、あんたと職業的な結びつきのある何者かに雇われた数名の紳士たちが誤っておれのアパートメントに侵入し、おれを襲ってカーペットに押し倒して面《つら》を汚したんだよリアルに。おれが不満なことはあんたもわかるだろう。おれが不満だっていう全体としてのオーラを認められるはずだ。

リンデンがうなずく。

おれは黙っているわけにはいかないな、ミスター・リンデン。

うなずき。

でもな、それは誤解があったんだとわかっているんだ。いいか？　おれはいっぱしの思慮分別のある男だからわかっている。あんたの協力者——いや、ミスター・リンデン、残念なことにおれの鼻を配置しなおした紳士たちのひとりがどうかと思う決断をしたんだよな、あんたのオフィスに直接電話をかけて任務をまっとうしたと知らせるっていう。おれはたまま立ち聞きしてさ、そうだよ、ダイヤル音から番号をつきとめるのを趣味みたいにしてるからさ、ミスター・リンデン、サー、その情報は警察には漏らしていない。こいつを手配したのはあんたのクライアントだったとは言わずにおこうぜ、あんたはただちに次のように言うしかないのはわかっている。じつに痛ましいことに、かつ不幸なことに、問題の夜に犯行のための中継地点としてあんたの罪のないオフィスを使ったのは、あんたのクライアントではなく協力者であって、あんたの預かり知らないところで起こったんだと。その人間——あんたの協力者——はおれのことを、あんたが警戒するような人間だと受けとった。おれはそんな男じゃないぞ、ミスター・リンデン。おれはディディ・フレイザーについて質問してまわっていた。彼女はおれの建物に住んでいて、おれは彼女が好きじゃなかったが、彼女は風景の一部みたいなものだったんだよ、わかるか？　おれの私生活の試金石ってとこかな、だから彼女になにが起こったのか知りたかった。すると、そのことがあんたの協力者を動揺させた。かならずしもあんたのクライアントとはかぎらない者だな、それを前提として話を進めよう。そこでそいつは行動に移し、いまではまちがいなく早計だったと見なしているはずだと言っても不躾《ぶしつけ》ではないはずで、おれはそんなふうに注目されるような男じゃないと、すでにはっきりとわかっているはずだ。そこは絶対にクリアだと信じている。よし。でもなミスター・リンデン、それはおれの楽しみじゃないし、おれの道理でもないし、世界におけるおれのありかた、原初の魂なんかでもない。そうじゃないんだ。おれは拳ではなく取引を好むことを表明しているんだよミスター・リンデン、それはじゅうぶん明確だと思う。すべてがまずいことになりそうな空気になっている。けれどおれは思慮分別のある男で、回復された正義とあんたが言いそうなささやかな結果を出すことで納得する。わかるか？　オリヴァーの治療費をもつことで、おれはすでにその方向へ動きかけているくらいだ。こうしたことは起こるもので、誰でも失敗はするものだとわかっているよ。あんたの法律事務所はさまざまな形態の富裕層の不動産管理を専門にしていると考えてまちがいないか？　並の富裕層じゃなく、退屈だから富裕国でもひとつ買うかみたいなレベルの。

それは正確な査定かもしれないね。

そう思ったよ。実際のところ、おれはあんたのところみたいな法律事務所と仕事をする手合のリスト的なものを保管とかしていて、アパルトヘイト時代のダイアモンド鉱山を一区画相続したドリスコルって名前のクライアントがいたりするか？　筋金入りの老嬢好きの？それかバーンズって名前の一本脚で、前世紀にとても裕福な連中がとても貧乏な連中の目玉を突いていた頃に一財産を築いた奴なんかは？

わたしには答えられないね、ミスター・プライス。

わたしには答えられないね、ミスター・プライス。

ポーカーフェイスの得意な奴だ。

そうかいいだろうミスター・リンデン、おれの状況について話そうじゃないか。おれは襲われた。繰り返し襲われて鼻まで折られ、個人的な理由からとても不愉快に感じるくらい顔のラインが台無しになっている。もっと言えばおれの身体はざっと五十の箇所がダメージを受けたんだ。それらを合わせておれたちは代償を設定するのが適切じゃないかと信じている。

それはもっともなようだね。

いいだろう。いまでもディディ・フレイザーについて知りたいと思っているが、礼儀としてその点は要求を放棄しよう。礼儀が肝心だからなミスター・リンデン。二匹の捕食動物が森で礼儀正しくにらみあいながらステップを踏んでいて、それはどちらも相手にどんなことができるかはっきりとわかっていないってことだ。おれたちのひとりが熊で、もうひとりがヘラジカかもしれないし、ふたりとも狼かもしれないし、どちらかひとりがクロコダイルかもしれない。ひょっとしたらどちらかひとりが現在の科学では命名されていない動物かもしれない。現時点でどちらもそこをたしかめる方法はとにかくない。おれたちの利益がこれまでに交差したことはないから、異なる領域においてあるいは別個の層で自分たちが活動していると仮定して差し支えなく、それゆえにおれたちの目下の対立は例外的なものだ。おれたちが礼儀正しくあるかぎりはそこに固執する理由はない。

まったくだね。

だからおれから提案するのは、ざっと合計五十個あるおれの傷ひとつにつき百万、トータルで五千万をあんたが支払い、おれたちは森で別々の方角へ向かうことにして、これ以上の対立はやめて、当然おれはディディ・フレイザーが存在したことさえもきれいさっぱり忘れるというものだ。そしておれはオリヴァーの治療費を支払う。この話し合いは早めに結論を出すべきだな、警察がいますぐにでもやってくるから、警察の刺激というフィルターをとおしておれたちの問題を追いたくはないと思うが。

わたしは警察についてはなにもできかねるがね、ミスター・プライス。

その件はおれが喜んで自分で始末をつけるからな、ミスター・リンデン。あんたが詳細を黙っているかぎりは。なんならあんたは防犯カメラの記録をなくす手はずまで整えるといいかもな。

そうなると残された問題は金額だけだね、ミスター・プライス。わたしは高いと思う。

そうなのか、ミスター・リンデン？

そうだよ、ミスター・プライス。

続行中の礼儀正しい協議にかんして、あんたのほうから対案を出してくれないか？

二十《トウエンティ》でじゅうぶんすぎるのでないかと言っておく。
二　千　万《トウエンティ・ミリオン》。傷ひとつに対して四十万はおれにとってはした金に思えるな、ミスター・リンデン。血のメッキとして二千万、さらに鼻と必然的に生じる精神的なトラウマに対する特別配慮をして合計三千万といこうじゃないか。
申し訳ないが誤解しているようだ、ミスター・プライス。省略はしていない。ただの二十だ。トゥエンティ・ミリオンではなく。

おっとミスター・リンデン。おれがたしかに誤解していた。いいさ。今夜〇時までおれの提案は有効にしておく。

わたしたちの返答は変わることはないがね。

〇時にどうなるか楽しみにしておこうミスター・リンデン。どうせ世界は変更で構成されているからな。失礼するよミスター・リンデン。

わたしは興味深いのだがね、ミスター・プライス。きみが警察に出会わずにどうやってこのビルを離れるつもりかという点が。

おやミスター・リンデン。なんでおれが警察を避けたがらないといけないんだ？

あなたを逮捕します。

おう、ありがとう。

あなたには黙秘する権利が——なんちゃらかんちゃら。

ファンミーティングの準備だ。

警察署でジャックの認識の問題の説を実証するおれを、レオがくたびれたテレビで観ていて、目下おれは視聴者に熱く説明している。

なんたる卑劣なことをしてるんだプライス。おいまさかあれは耳か？

大部分は耳たぶだぞ、なんてことない。

それは軟骨じゃないか、人でなしめ。

いや待てよ違うぞ、あれはただの——いやそうかレオ、おまえの言うとおりでおれが悪かった。うん。そうなんだが、絶対に鼓膜は含まれてないからな、おれは実際に見たことがあって——

黙れ黙れ——

法律事務所ってのは防犯カメラの映像を残しているが、あきらかな理由から音声は録音していない。だから映像はおれがオリヴァーと話をしてから彼が立ちあがっておれに近づき、おれはあとずさるけれど部屋を出ることができず、おもむろに彼が不法な武器を取りだしておれはマウスウォッシュをがぶ飲みして彼の耳を食いちぎる。だからおれはちょっとばかり気がふれたように見えるが、別に犯罪者のようには見えず、今頃リンデン・カーヴァーの法律事務所でもそういう話になっていてオリヴァーを首にするだろうし（すまんな、だが悪いときに居合わせたのはあんただし、耳の再建手術の費用は本当に払うから）警察もそれを見てたぶんこう言う——

プライス！　なにしでかしてやがる？

すまないレオ。

そう、レオはそういう警官だ。レオはおれの知る汚職警官なんだ。じつを言えばおれがカネを払っている。レオはおれの警官であり、それゆえに本当のところレオは警官じゃなくて警官のふりをしている犯罪者であって、それが彼の不法な収入源の中心であるが、本人はそのようには見ていなくて、そうじゃないぞと彼に説教してもなんの効用もないからおれは言わない。レオはおれを逮捕しない理由を報告書にどう書こうか必死になっているところだ。レオはあきらかにおれの顔を繰り返し殴りたがっている。ただしレオは自分が警官だと思っているから、おれがとてもおとなしくしているのに顔を殴ることはできない。

これがレオの人生だ。レオのために悲しむな。彼の人生は彼をとても金持ちにしているんだ。それに彼はヒーローでもある。誰もシッポをつかめない昔っからのドラッグ業界の売人たち——すなわちおれの商売敵たち——について最高の情報源をもっているからだ。おれが内部情報を教えた範囲のことでだが、レオは捜査チームのエースで職務上のこととしてそいつを撃つか裁判にかけ、おれがレオにカネを支払う。

おれは男の耳を噛んで大変申し訳なかったとレオに語っているが、形式だけのようなところがあった。レオはおもしろがらないようにしている。おれはレオが好きだ。それに彼はおもしろがらずにいられず、それはこの話がわずかにおもしろいからだ。

いいかげんにしろよプライス。

すまないレオ。

この件ではかばってやれないぞ、それはわかってるな?

それはわかっているよレオ。埋め合わせはする。

絶対そうしろ。法律事務所で男の耳を噛むとはどういう了見だ?

個人的な事情。耳の件はおれが治療費をもつ。

その鼻はいったいどうした?

個人的な事情だ。

いま話題になってるのも同じ個人的な事情か?

そうらしい。

わけがわからん。

そりゃそうだよな、どこから話そうか? おれはまっとうな理由もなく叩きのめされ、その件を文化人らしく話しあおうと出かけたが、それに応じる者がいなかった。正義の回復、おれが提案したのはそれなんだぞ、レオ。おれはずっと紳士的な態度をとってたくらいだったんだからな、鼻がこれだけ――前にこの鼻のことは話をしたはずだが、この鼻がどんな感じかわかるかレオ。

ああプライス、わかるし、鼻の話をしたことも思いだしたが、それでもおまえがこのオリヴァーという男にしたことは解せん。ひどすぎる。

十万。

二十万。

十五万。

プラス経費。

合計で十六万、それに酒をおごる。

よし。

よし？

よし。

で、どうする？

そんなのまだわかるか？

なにより簡単なのは、あんたがおれの権利を侵害することだな。

それだとわたしは首になるぞ。

必要のない警官ならいくらでもいるだろう。

たしかに新人がたくさんいて不足はないが、組合が――

ほうわかったよ、あんたはおれの心を粉々にするんだな。合計十七万、そして生けにえには収入の手段を見つけてやるよ。建設、全身脱毛、なんでも。

全身脱毛？　なに言ってるんだプライス？　警官から男たちのタマの脱毛係に転職しろってなんだ、そのクソ話は？

収入はいいぞ。

いくらだ？

教えてやると、レオはメトロノームのようにクソ話だと言いつづけて、そこにおれの弁護士がやってくる。

どうもジャック。

どうもセーラ。

セーラは弁護士だ。彼女はレオとは違う。彼女はちゃんとした人間で、誠意や正しい行動や悪人のためにも法的代理人が存在すべきといったことを信じている。倫理みたいなものを信じているから、セーラはちっぽけな法律事務所で小口の仕事をおこなっている。セーラはおれが好きではないが、おれには彼女が必要だから、彼女は義務感を抱いている。おれはセーラが大好きで、彼女はそれを知っているせいでハッピーではなくなっている。おれはセーラに彼女のほかのクライアントの合計額より高い弁護料を払っていて、そのために本来彼女を雇う余裕のない者たちのぶんもまかなえるから、そのせいでおれが憎いような憎くないような両方の気持ちを抱いている。

事情は複雑だ。おれは声をかける。

会えてうれしいよセーラ。

あなたは男を食べた。

おれは男のほんのかけらをかじりとっただけで、食べたなんて——とにかく大半は耳たぶだった。

レオから聞いた。

おれを出してくれてありがとう。

あなたが自力で出たんでしょ。八十二回目くらいのミランダ警告侵害の話をしたところよ。高くついたの？

ここに来てくれて八十二回目くらいのミランダ警告侵害の話をしてくれてありがとう。

どういたしまして。

一杯やって、八十二回目くらいのミランダ警告侵害の話をどれだけエレガントに話したかお祝いしたいだろ？

いいえジャック。

じゃあ一杯やるだけでも？

いいえ。

おれはちょっとばかりあんたに惚《ほ》れているんだよセーラ。

わたしはちょっとばかりも惚れていないのジャック、でもそう言ってくれるのはいいことね。

そうなのか？

いいえ本当言うとそんなことないけれど、あなたが努力しているのはわかってる。

ありがとうセーラ。

おやすみジャック。

セーラは違法なくらいの頬骨の持ち主で、スウェーデンとハイチとレバノンが混ざった黒魔術みたいなヤバい魅力があって、おれの頭のなかは抑えが利かなくなる。免疫システムは補いあうスキルをもつ別のシステムに出会うことを望むと読んだ。そうかな。おれが望むのはセーラだ。セーラが望んでいないものはおれ。つまり。痛み。

自分の家にもどり、セーラはいない。いまもこれからもセーラはいない。おれがどんな人間か彼女は正確に知っているからな。彼女のことはあきらめるべきだが、おれが努力すると彼女はあの笑みを向けてくれて、おれが彼女のほかのクライアントのぶんも支払っているからそうするのか、おれたちのあいだのどこかにこれからなにかに発展できそうななにかがあるからなのか、正直なところわからない。

セーラはいない。気にするな。おれには仕事がある。仕事はいつもそこにいてくれる。

十時三十一分。リンデンがおれのもとにもどってくるまであと一時間二十九分。おれの調子があがれば彼は落ちていく、それがビジネスの通常の流れだ。実際リンデンは今頃たぶん物事を決断する中心からはずされている。おれは次に直接クライアントと取引することになるから、まあ楽しみにするか。おれが相手の立場だったら、立ちどまって吟味《ぎんみ》してやるべき仕事がないかたしかめたい。おれは五千万の取引をするだろう。最恵国なみの待遇とアクセスで。おれに五千万は必要ない。おれはカネのかかる人間ではないし一人暮らしだ。すでにいくら手にしているかさえ知らない。たっぷりだ。じゅうぶんなだけ。問題は繰り返し言ってるように認識ってことだ。要点はおれがますます裕福になるように見せること。そこが鍵。なにがあってもジャックが優位に立っているから、人は彼と対立するんじゃなく手を組んで働きたがる。

電話をかける。暗号化されたＶｏＩＰの通話で、場所が特定できないサービスであり、クリーンな電話。これが最近の通信手段の基本の衛生学だ。

誰だよ《クトー・タム》？

やあシスター。

ジャック・プライス？

カレーニナはセキュリティだ。彼女は元ロシアの衛星国の出身で、理性も正気もないことをなんでもやっていた。そういうちっぽけな国がＫＧＢされたりＦＳＢ（ロシア連邦保安庁）されたりスペツナズされたりしてモスクワの卵のバスケットにもどされないためにやるしかないことだ。母なるロシアはひとり立ちさせない。ヒヨコたちを手元に置きたがる。

カレーニナとは。五十五で四十に見えるが、銀髪で色の薄いハムみたいな拳の持ち主。コンピュータもエストニアのストリート仕込みの柔道も、ありとあらゆる分野のスキルを習得した。

おれはスパイ映画のように低くて凄《すご》みのある声で言う。そうだ《ダー》。

おれのロシア語に鼻を鳴らして。あんた便秘みたいな声だから二度と言わないこと、耳、痛くなる。どんな用だよ、ジャック？

カレーニナおれは短期であんたを雇いたい。大暴れしてくれ。兵装使用自由で〇時に開始。

ダーメ。できないねジャック、二日前からあたらしいコラボやってるから。デリケートな。

ほかの誰かと仕事を始めたのか？　カレーニナおれは傷ついた。

近所の小さな仕事じゃないんだよジャック、たいてい海外でやる長期の仕事。とびきり一流だから全力であたんなくちゃだし、それにまだ見習い期間なんだ。あたしたち相性がいいかもしれないし、そうじゃないかもしれない。

誰と組んでいるのか教えてもらえるか、それとも嫌かな？

いや全然構わないよ、あたしたち宣伝してるし。逆にあんたもあたしたちを使いたいんじゃないの。

部隊全部は必要ない。

こういうビジネスではそんなこと言い切れないよジャック。

それで誰なんだ？

〈セヴン・デーモンズ〉だよ。すっごいだろ。

ハッタリはいい加減にしろよ。

真面目も大真面目さ。

本当に〈セヴン・デーモンズ〉？　ブダペストの銀行強盗の？

誰の仕業か証明されてないだろ。

わかった、でもアンコール・ワットの襲撃の？

そう、あたしたちだった。あの人たちだった。いまはあたしも仲間。去年のロンドンの地下鉄の件も知ってるだろ？

嘘だろ、あれはバスク分離派だった。

雇われたんだよ。あたしたち、五〇パーセント、手に入れた。

そいつは知らなかった。

あたしも。でもアクションカメラ《GoPro》の映像、見た。崩落のあとでだってめっちゃスムーズな工作で。すばらしい臨機応変ぶり。

それはめっちゃクールだな。

一週間前に電話あって、内密に面接したいって言われて。あんたが言ったみたいに自分たちがバスクみたいなふりしてさ。どのように改善できるか？　って。正しい準備をしたら崩落はなかったのにってあたしは言った。大笑いされた。そしたら全部映像で見せてくれてさ、あたし初見でコメントしていったんだよ。優れたパフォーマンスだけどロジスティックスの観点からは全然なってないって言ってやった。緊急通報システムにホワイトノイズ流しておくのが最適だった、戦場の霧を作るんだよ。それに基本的な理解も必要で——まあそういうのあたし全部わかるから。向こうはだからこそあたしがほしいって。

それはえらいクールだな。

うまくいけばクールだよ。双方のお試し期間を設定したんだ。あたしは、あの人たちがヴェガスすぎたり香港映画すぎたりして、ちゃんと計画できないんじゃなかって不安。むこうはあたしが歳をとりすぎてると思ってたけど、あの人たちの奇襲兵より一万倍速く走れるとこ見せたら考えなおしてた。いまはラウンジしてるだけ。

ラウンジ、ラウンジするってどういうことだ？

ラウンジでおしゃべりするみたいな。それで人柄見るみたいだよ。あたしストリッパーに札びらまくのも、デザート用フォークを使うのも、いいワインを見わけるのもできるってあの人たちに言われた。

ワインのテイスティング？　マジでか？

いいや。冗談。でもそんな感じ。

あんたはヨーロッパの人間だからそんなの全部できて当たり前だろ。

ダーメ。あたしは泳ぎを覚えないといけないみたい。

なんでだよ？

必須なんだって。言い分はわかる。だからいまは毎日〈サーフ・シャークス〉のマルコのクラスに通ってる。あたしと八歳以下の子供四人のクラス。あたしがいちばん下手。あんたの仕事していいか打診してみる？

ああ頼む。大量殺戮《さつりく》の連中でも、たぶんスケジュールに空きのひとつくらいはあって、おれと契約できるだろ。

訊く。また電話して。

通話終了。

〈セヴン・デーモンズ〉だと。抱腹絶倒。もちろん申し分ないだろうが、まったく必要ない。キッチンでネズミを一匹見かけて家そのものにナパーム弾をお見舞いしてから灰に千匹の飢えた大蛇を解き放つようなもんだ。カネがかかりすぎてもったいないかもしれないが、認識の問題をここで再度はっきりと主張できることになるし、あたらしい関係を築くのはいつでも歓迎だ。今回はソフトボールみたいに柔らかく楽に稼げるカネってわけで、おたがい笑顔で歩き去って、次回もっとヤバい機会があればたがいに見知った仲ってことになる。相互に満足できる実績が残る。

ビングルビングルボングルボングル。おれは着信音を変えていない。工場出荷状態のデフォルトで上等だ。デフォルトからは持ち主についての結論を引きだせる者はいない。

カレーニナ？

ハイ、ジャック。あんたはあたしたちの次の契約。

うんじゃあ条件について話しあおうか。

ダーメ。あんたが契約主になるとは言ってない。あんたが対象。〈セヴン・デーモンズ〉の契約の対象。最高料金で手段に制限なしだよ、ジャック。

なるほど。

ダー。

おれが標的ってことなんだな。

ごめんねジャック。あたし気づいてなかったんだ。

もう切ったほうがいいぞカレーニナ。教えてくれてどうもな。あんたがあたらしい仲間たちと面倒なことになるのは望まない。

サービス可能かどうかの問い合わせに返事するのはなにもおかしくない。契約は深夜〇時から。それまでのあたしたちは友達だよ。そのあとは、プロとしての基準が適用される。

当然だな。

その前に問題を解決するか、街を離れるのがいちばんだろうね。

どうかな。おれは先方にオファーしておいたんだが。

ジャック、あたしたちが雇われたんだから、あんたのオファーは断られたと仮定するのが安全だよ。

消えるときの第一のルールは消えてなくなるように消えることだ。コートに袖をとおしてドアから出ていく。それは特別なコートだ。まさにこのときのために保管しておいたコートで、長すぎないから走ることができて、どこに行っても目撃されるのだから特徴のないもの。バッグなしなのは荷物があると身軽に動けなくなるから。このコートを着たら必要なものはすべて入っている。パスポートにカード類。ほかの電話を買ったことのない場所で買って封に入ったままの電話。このコートを着たら消える。

そして消えてなくなる。

裏口から建物を離れて塀を乗り越えて裏路地へ、向こう側はかつて倉庫として使われていたが、いまじゃすでにギャラリーをもっているアーティストたちのための高級住宅になっている。簡単モードだ。毎月この動きの訓練をしている。クロスタウン・トレインに飛び乗ってバスターミナルで目撃される。うつむきながらその場を去り、空港で防犯カメラに映る。ポルトガルのマーティンハル行きのチケットをクレジットカードで買い、現金でマーティンハルからフランクフルト行きのチケット一枚、そこからパリ行きの高速鉄道のチケットを複数買えばしめたもので、もうごちゃごちゃだ、パリからどこへ行ってもおかしくない。実際は最初の空港で乗客たちにまぎれて出国審査を抜けてから、到着組ともどってくる。パスポートをひとつポイして、別のをひらいて人混みに消える。奴らはそっちのほうは絶対に探さない。あきらかな理由からおれはできるだけ遠くへ逃げたがっていると奴らは想定し、契約があるからおれを逃がしたくはないからだ。

アップタウンのホテル、グラスノチ・パーク。ようこそミスター・カザレル、おひさしぶりです、もどってきてくださって光栄です。

パオロ・カザレルはこれまでふたつのことしかしていない。ベリーズで銀行口座をふたつ開設し、グラスノチ・パークに二週間滞在した。他人とまじわらない人間で、このホテルは喜んで彼のリクエストに応じ、彼の写真を記録として残していない。同じことを望むクライアントが多い。パオロはホットストーンのマッサージ、サム・アダムズのビール、職人技のチーズステーキ・サンドを好む。本日の彼はふたつ三つのことにしか関心を示さないが、週末にかけてスパとオスロ出身のソーニャの予約を入れて、彼女はあきらかに石をあたためて余計にベチバーの精油を使うよう言われていたようだ。

バルコニーでビールとチーズステーキ・サンド、問題ないだろ？　ジャック・プライスはマーティンハルに向かっているところだ。契約は深夜〇時のスタート。まだ余裕だ。〈セヴン・デーモンズ〉なんか知るか。だいたい何者だって話だろ？　皿にのせて差しだされたから考慮して、おれは彼らと契約できると思ったが、敵の連中が奴らを探して相場の料金を払いやがった。事態はやたらアホみたいにエスカレートしてきた。まるでこんな感じだ。よう、卓球やらないか？　**やらない、このポンコツめが、おまえの全世界死すべし！**

いやわかったよあんた、ただの卓球でそこまで騒ぐなって。

このような反応をする理由なんかない。全。然。

敵はおれを始末したくて、すぐにそうしたくて、それも最悪の方法でやりたがっている。そこまで手をかける必要はまったくないわけで、ある意味いい感じにも受けとれる。〈セヴン・デーモンズ〉に追われるのだから、犯罪社会での名声という点ではおれにとっても大きな一歩になるからだ。そんなことをされるのはラスボス級の大物だけだ。不利な面は……まあ言うまでもない。おれという存在が軌道から核爆弾で弾《はじ》き飛ばされる。ジャック・プライスの国家はガラスそして溶岩に変わろうとしている。

○時五分。おれの住まいがある建物に火がつく。

○時三十分、リンデンはおそらく死んでいる。オリヴァーが夜は仕事をしていないことを祈る。

チャーリー、本当に街を出たと言ってくれ。消えた女になっていろよ。

○時五十一分におれの表のオンラインでの存在が全焼する。売買のための使い捨てのメール・アカウントとフードビジネスのためのサイト。カレーニナが生命の兆候を求めて徹底的に調べたのだ。おれがアウトソースで使っているキッズのなかにはクソ最低な夜を過ごしている者たちがまちがいなくいるし、夜明けまでにはそのうち数人が悲劇的にもクスリのやりすぎか行きずりの射殺でくたばるだろう。ほかにはおれのことをタレこんで墓穴を掘る奴らもいて、それはじつのところなんの情報ももっていないからだ。〈セヴン・デーモンズ〉はそれをわかっていて、それでも手がかりを追いかけてガキどもを生かしておく言い訳に使う。要点はすでに伝わっているし、誰もそこを蒸し返したくないし、さらにはこの街でその手の仕事をしている全員を殺してしまったらいざ仕事を頼みたくなったとき誰がその手の仕事をしてくれるんだ？　なにもかも身内ですませるのか？　嘘つけそんなことはしない。カレーニナがロジスティックスをまわしているのにそれはない。どうやって罠を仕掛けるか、おれが誰に教わったと思う？　彼女はストリート・レベルでの長期雇用には超アレルギーだ。

夜明けになって、おれは存在するのをやめていた。マーティンハルのモーテルで三人が死亡。該当のフライトの誰かがおれに割と似ていたらしい。敵はそれがおれじゃないと知るだろうし今頃はどんづまりになっていて、それはフランクフルトのことは乗継便が出発するまでわからないからだ。いずれはパリのことをかぎだすが、そんなことになんの意味もないと奴らは知る。列車では搭乗手続きなんかない。防犯カメラのない場所は多い。警備員が顔を覚えているかもしれないし、覚えていないかもしれない。その記憶は正確かもしれないし、そうでないかもしれない。おれはバーで腰を下ろしていたかもしれない。国境を越えたかもしれないし、ディジョン、ロンドン、トリエステ行きの乗り継ぎ列車に乗ったかもしれない。アナログだベイビー。アナログ最高。奴らはおれが姿をくらましたと認めるしかなく、探しだすための長めのゲームの準備をする。おれが逃げているとしたら、まあ逃げているわけだが、これでうまくいくはずだ。

敵にとって厄介なのは、おれにA級のゲームのやりかたを教えたのはカレーニナであること。おれはカネを払って彼女に伝授してもらってから、おれの協力者のタッカーにしっかり学ばせた上で都合のいいようにアレンジした。十年もコーヒーの貿易をしていたら、自分の利益のためにシステムをいかに曲げるかわかるようになるからな。倉庫を消す方法、コンテナをからっぽにする方法、たったひとつのロットを目の前にしながら、この街と世界からすっかり消えたみたいに隠す方法を知ることができる。鋭ければそうしたことを学べるもので、おれは鋭い。おれがいかに鋭いか。インターネットにはおれの写真はほぼない。載せる必要があるか？　おれの家族経営のフードビジネスには俳優の顔写真が使ってあり、九〇年代の粗《あら》いチーム写真があるかもしれず、現物のフィルムも残っているという線が濃い。でもそれ以来おれはとにかく目に見えない存在だ。最近では出入国の係員が数枚おれの写真を撮っているかもしれないが古い鼻と古い歯のもので、現在のおれの顔認証はすっかり台無しになっている。だからおれと一度も会ったことがなければ、おれがどんな顔をしているのかさっぱりわからない。カレーニナはもちろんおれに会った――でもいいか、あんたがよく知り愛している者を思い浮かべてみろ。そいつらの顔を心にとどめようとして、どんなふうに細部が薄れていくものかを観察してみろ。あんたはそいつらをよく知っている。だがあんたが特別な類の人間でないかぎり、そいつらがどんな顔つきなのか本当にはわかっていない。

つまりおれがどんな顔つきなのかわからない。

フランクフルト駅でさらに二名が死亡。感情を制御できる情動強度高し、そう言いたくなる。真面目な連中〈セヴン・デーモンズ〉。ひたむきで完全に限界なしってことだ。〈セヴン・デーモンズ〉はおれを追いつづけてけっしてやめようとしないだろう。契約を請け負ったから遂行するのみ。けっして、絶対にやめない。いまのおれは狩られる男、ウォーキング・デッド。友達はもてず、ビジネスはもてず、いずれは連中がなにかを見つけてそこからおれを見つけるだろう。リマかどこかの腐れバーでいつの日か。背中をパシッ。おやすみジャック。

おれは死人だ。

これがどんな感じかわかるか？　おれは腰を下ろす。どんな感じかわかるか？　こいつは。

おれの人生の。

最高の。

日だ。

マジクソそのとおり。

おれはじっと腰を下ろして、自分が何者でなにをやるべきかはっきりわかる時が訪れるのをずっと待っていて、こうしてその時がやってきて圧倒されそうだ。この瞬間のおれはまさに完璧。おれを包むこの瞬間はまさに完璧。

おれに耐えられないものがなにかわかるか？　灰色ってやつ、明確な線引き、嫡出子認知混乱の問題だ。おれは人が自分自身に課す抑制が嫌いだ。礼儀正しく分別をもたなきゃならなくてとりわけ身の丈が大事だからって理由でさ。おれはそういうのが得意だが、そういうのは心臓を石炭に変える。人は本気ではないなにかを言うたびに実際に心筋がダメージを受けると医学論文で読んだ。嘘をつくと、とは言っていない点に注意。嘘をついても本気ということはある。あんたは自分が善人で、望みといえばしあわせになることだと言って、それは本気だけど嘘というのは成り立つ。プロのギャングの場合も同じだ。善人ではないが善人だと口にするときは本気だ。その同じ人間が法廷に立って判事の前で自分のしたことを後悔していると言い、その嘘で自分自身の命を数年削っている。ストレスでコルチゾールの分泌がへんなふうに増加するのを感じても、それがどれだけ自分を傷つけているのか知りもしない。

おれは〈セヴン・デーモンズ〉の監視下にある。いますぐセーラに連絡すれば彼女は電話を切って次は通じさえしないはずだ。彼女はうしろめたく思うだろうが彼女の頭はまともだからそうする。おれがビリーに連絡すれば彼は一杯やろうと言ってくれて、おれが駆けつけて彼に会えば、彼はおれを殴って気絶させて発見者として報酬を要求するだろう。おれは世界でひとりぼっち。ジャックの狩猟シーズン解禁。

おれの人生の最高の日だ。

いつもしたかったこと、身の丈じゃないこと、思いつきだけのものをいまなら全部試せるから。まず必要なのはグラスノチ・パークのビジネス・スイートでのちょっとばかりのオンラインの時間だ。

午前七時三十分。レオに電話する。レオの仕事は〈セヴン・デーモンズ〉みたいな腐れ連中を逮捕することだが、実際のところ絶対にそんなことは起きない。だからといって目くらましをまいておく価値はないというわけじゃない。それに別件もある。こっちはレオの意向に大きく依存だ。

レオ、ある腐れ連中をＳＷＡＴしてくれ。

ジャック――

SWATしてほしい、それもきつく。真剣な愛国者としての熱意で隊員をたきつけて、生命の危機を相手にしていると信じさせてくれ。大量の死傷者。その後、出動を正当化する証拠が必要になるだろうが、おれから提供できるから心配するな、だが――

いやレオ冗談抜きにSWAT――

ジャック――

ジャック、おれは第四条項を宣言する。

第なんだって？

第四条項だジャック、裁決の木槌《きづち》が振り下ろされるんだよ。政府が出てきた、世界の終わりが来やがったから、おれと会っておれの逃亡先をよこせよ、そうしたら詳細を全部おまえに話してからおれは消える。おれは破滅だジャック。まだ知られてないが、やがておれのことはバレるから、そうしたらおれは破滅だ。

たしかなのか？

ああジャック、たしかだ。

レオ――

終わりなんだよジャック、おれはおしまいだ。

わかったレオ、理解した。

本当か？

本当だ。約束どおり。約束は守る。

よかったジャック。恩に着る。助かる。

おれの言葉はおれの保証だレオ。有言実行あるのみ。人はその言葉が拠りどころだ。そうでなきゃ世界中がただの焼け野原になる。

わかった。

この裏には職人芸のにおいがする。〈セヴン・デーモンズ〉はおれが国を離れたと思っているが同時にすべてを手配していて、おれが火のにおいをかぎつける前におれの存在が燃え尽きるようにしている。おれがあのタイミングで逃亡してなければ――兵隊たちをかきあつめて組織だった退却みたいなものを戦う計画をしていたとしても――おれはやられていたはずだよ。よかった。だがレオはやはり悲しそうだ。

すまないがこれ以上おれにはなにもできんぞジャック、だが――

いいんだレオ、わかったよ、第四条項。約束は守るし、あんたの先の見通しがつくまではリーナと子供たちのことは面倒を見るから。大学だとかな。それは厚意からだ。おれたちは友人であってただの仕事仲間じゃないから。永遠にこの街を去って人と接触しないと心にとめておけよ、ただいなくなるだけだとは思うな。コートは着たか？

ああ。

じゃあいい。

どこで待ち合わせにするんだ？　おれはもう身体があいてる。

散歩にでろ。

どこへ？

気にするな、おれがあんたを見つける。

どうやってそんなことできるんだよ？

あんたの電話をハッキングした。

なんだと？

通話は聞かないぞレオ、あんたの居場所を知りたいだけだ。

ふざけるなよジャック、おまえって奴は――

おれは人でなしだよレオ、それが困りものだ。

（ハッタリ。おれは空きオフィスから彼を観察している。もう誰もこんなことは考えず、決まって国家安全保障局の活動のようなものを想像するが、じつは大都市では空きスペースを見つけて誰かに又貸ししてもらうほうがずっと簡単だ。不動産業者の言い値はまず五百ドルで、この日の終わりにプラス千五百ドルだった。業者には、詳しくは伏せるがおれはマネジメントをやっていて、セレブのセックステープ事件について極秘のクライアントと会うのだと説明した。だがいまおれはレオを見つめていて、レオは自分の電話がたったいま彼の耳に舌を入れようとしたみたいにそいつを見つめている。）

レオ頼むからはっきり言ってもらいたいね、あんたまさか――

いいやジャック――

二重スパイでおれにも連中にも情報を売ろうとしてないと言ってもらいたいな――いいやジャック、おれのはみだし者はおまえであって、あの腐れ連中はクレイジーすぎるからそれはあり得ない。

よし。

よし。

よし、ボタンを押したからこれですんだ。あんたのカネは送金中であんたはそれを追うことになるからな、家には届かないから。もどるという選択肢は全然ないぞレオ。さあさっさと街を出てヒーローにはなるな、いまはそのときじゃない。

またなジャック。

そして彼は言われたようにコートを着て荷物はもたない。いい子だレオ。いい子だ。

第四条項はおやすみなさいだ。レオのしていることがばれたらおれが彼の面倒を見るのであり、何者かが彼に有罪答弁をオファーした瞬間にカウンター・オファーをする優先権をもつという意味。おれのもとに駆けこめばおれが世話をして、エクアドルに逃がして隠れ家にかくまう。おれたちはその件で冗談を言いあったが、おれたちのあいだには厳粛な誓いがあった。レオはおれの要石だ。彼をはずせば、おれの犯罪生態系の絶妙なバランスがぶれてアーチが崩れる。第四条項があるから彼は強かった。そんな彼の上に空が落ちてくる。彼の歩きかたは、この噴水の前でいまにも何者かが彼の右肩に手を置いて逮捕されるのを待つ男みたいだ。

よう。

すまんジャック、ばれた。なんでか知らんがおれの税金に目をつけられた。

なんだとレオ、まさか税金を払っていたなんて言わないよな?

おれは——

冗談だレオ。タッカーを紹介しただろ、覚えているか?

タッカーはカネを扱う。ふしぎの世界に出入りして桑の木をぐるりとまわる。タッカーはカネをドレスアップすることも、踊らせることも、死んだものみたいに静かに横たわらせることもできる。タッカーは奇術師《フーディーニ》で催眠術師《スヴェンガーリ》でドン・ペリニヨンだ。

ああ、そのとおりだ。おまえはタッカーを紹介した。

じゃあこの件にはすでにタッカーが乗りだしてるんだな? ならあんたの問題はもう過去のものだから、ジェット機で国を出ろ。歌って弾《はず》む足取りで顔に笑みを浮かべろよ、あんたはロックフェラーばりにカネの面では自立していて、とんずらの件は数時間のうちに酒を酌《く》み交わしながら話すのにぴったりのネタになるが、あんたは絶対に誰にも話しかけちゃだめだ。ダイキリを片手にウェイトレスに気取って笑ってみせるだけにしろ。酒にくっついてきた小さな紙の傘を広げるかどうかは好きにして。

ジャック、おまえは〈セヴン・デーモンズ〉に手を出したのか?

まあそうだが違うとも言えるし、やっぱりそうでもありそうだけど、連中はたった六人プラス、ロシア人がひとりなんだぞ。彼女は試用期間だ。

ジャック、〈セヴン・デーモンズ〉だぞ。

気づいているけどなレオ。

あの〈セヴン・デーモンズ〉なんだぞ、ジャック。

そうだレオ。〈セヴン・デーモンズ〉がおれを追っていて、それは連中の問題であって、あんたのじゃない。あんたはもう抜けるんだから大丈夫で問題なし。だが連中の家でたったいまなにが起こってるか知ってるか？　〈デーモンズ〉のひとり、ドンハ・イと言っておこうか、そいつが家に電話したらママがドンハ・イ、あたしの聞いたこの話はどういうことだいって言うんだよな、あんたがなにをしてるか聞いたよって。そうしたらドンハ・イはいやああああママアアアア！　って大慌てでさ。けど彼女は怒るんだよレオ！　高潔な怒りだ。

ママ・ドンハが息子になんて言うと思う？

あのなジャック、いまのには異議を申し立てたいところがあるな、韓国ではイ・ドンハが正しいっておまえは知ることになるだろうよ。だからおふくろさんはミセス・ドンハじゃなくてミセス・イのはずだが、韓国の女は夫の名字を使わないし、血族結婚的な観点から同じ名字の者と結婚しないから、実際はイ・ドンハのおふくろさんはミセス・パクだとかそんな名前ってのがありそうだ。そいつは韓国でとても多い名字なんだ。

ありがとうレオ、とても建設的な意見だった。

おれの話にまちがいはないはずだ。

いいさ、あとできっと調べてみるが、とりあえずこの件であんたが正しいとしてもだ、そこはたぶんあんたに語っている内容のもっとも重要な局面じゃないだろ。そこを理解するのはむずかしいかレオ？

いいやジャック。

ありがとうレオ、じゃあ話を再開しよう。ママ・パク――レオ指摘をどうも――ママ・パクはこの子ったら！と言う。あんたなにしてるんだい？　もしかしてあんたのしょぼくれ仲間とあんたはその人が重要人物かもしれないってまず考えもしないで誰かに手を出したなんてことがあるのかい？　もしかして、あんた――子供の頃はかなり遅れていてやっと自分で靴紐《ひも》が結べるようになったあたしの愛する息子――とあんたの五人の悪魔の友達とロシア人のお試しが、〈ミスター弾道学〉、〈バッドな拍手野郎〉、〈ウエスト・オースティン・マリオットのぶった切り屋〉、鬼才ジェイコブ・モルゲンシュテルン・プライスその人の揺れる陰嚢《いんのう》を破壊しようとしたどでかくてサイコパスすれすれの鉄球三人組にかかわってるなんてことがあるのかい？

それでイ・ドンハは慌ててこうなるんだ、いいや母さんそんなふうじゃないぜ母さん、そいつはもう過去の誤解でしかない。そうしたらママ・パクはミスター・プライスがそうだと知ってることを祈ったほうがいいよと言って、息子や、あたしはあんたがかわいいし、あんたは生まれながらにおそろしいほど腕力があって隙がないけれどね、あのプライスっていう腐れ男は煙を吐くヒキガエルなみのリチャード・ミルハウス・ニクソンみたいな頭クルクル野郎だから、あんたを痛めつけるよ。あたしから連絡してあんたが……おさめたがってると知らせようか？　いやママ、誓って大丈夫だから！　だったらミスター・プライスに礼儀正しくしないとね。

そんなふうになるはずなんだよレオ、おれが言いたいのはそういうことで、連中があんたのことを調べあげて、あんた自身のビジネスの現場で現実の法と秩序をあんたにもたらそうとしているってことだ。いまいましい税金関係の奴らめ。〈セヴン・デーモンズ〉はおれを捕まえるためだけに手をまわしていて、そんなことをする必要は全然なくて、この残念な流れではそういうのばっかりなんだよレオ。おれはそれについて協議するつもりだし物申してやるつもりだ。おれには見解と意見があるんだよレオ。けどあんたには謝るつもりだレオ、あんたは不適切きわまりない行動の被害者になるんだが、それはおれのせいだ。おれの選んだことじゃないがおれのせいだ。きっとあいつらはジャクージで小便たれるような連中だ。とにかく分別がない。おれはこの街でごく自然な方法でビジネスを展開しているし、持って生まれたものにしたがう男なんだから、連中はとにかく分別がないとしか言いようがない。さて第四条項だな。どこへ逃げたいか希望があるか？

どこが選べる？

あんたが望むならカナダに行かせられるな。バンクーバーだ、しかしあんたは顔を変えないとならなくて、それは永遠にそのままになる。そのうえ北アメリカでは最大限の警戒をしてもリスクの要素があると言わざるを得ない。無数にある楽園の島って選択肢もあるな、バミューダとか。あるいはタークス・カイコスとかな、そうだレオいまのは実在する島だ。生活のペースを変えたければアイスランドもアリだぞ、本物の社会民主主義だ。レオなあいいか、めっちゃすばらしい場所があって、女たちは地熱発電みたいにホットで全身ホットっていう場所がある。

シチリアはどうだ、シチリアはいい場所だと聞いたが？

ああ手配はできるが言語の壁があるし、あんたはビジネスを立ちあげるに決まっているんだから現地で交渉が必要になるだろ。中国は考えていないか？　わかってるわかってる、ぶっ飛んで聞こえるかもしれないが、まあ聞いてくれ……

などと続く。レオとおれは語りあって彼は未来の計画を楽しんでいるが、あきらかにあんたはおれがなにを考えているか考えるべきだ。この計画から友人へのおれの長年の約束を一瞬だけ取っ払ったら、今後彼の命はおれにとって不都合でしかないと気づいたとたんに、生かしてやる価値はあるのかと自問することになる。レオは知りすぎている。おれがまだこの街にいることを知っている。おれが気分屋であること、つまりはおれの性分も知っている。世間でのおれのありかたを大なり小なり知っている男。それから電話について彼をからかったときのあの表情、おれにも連中にも情報を売ろうとしていないかとレオに訊ねたときのこと。まあ問題じゃない気もする。全然問題じゃないな、さっきも言ったじゃないか。人はその言葉が拠りどころで、そうでなきゃ世界中がただの焼け野原になるんだから。いまこの惑星では人生のすべてがデジタル・テキストで、つまり書き換え可能ってことで、自分のした約束を守らなければ足元が崩れてフリーフォールするだけで、そうなれば自分は何者なんだってことになるだろ？

　おれはマジでグラフに表せばいびつな形になるスタートアップ犯罪企業だ。犯罪戦略の交戦においては限定された専門技術をもっている。ホットデスキングでデスクを共有してアウトソースしてフランチャイズするが、おれのいちばんの強みは中心となるコンセプト、推進力、ファイバーグラスのヘアボールよりクレイジーだっていう議論の余地のない事実だ。縄張りなんかどうだっていい。世界が燃えても構わない。おれはみるみる核の一時的自律ゾーン（革命のためにある領域を解放し権力に抑制される前に逃走するゲリラ戦法）を広げていく。

　ようレオ、ブラジルなんかどうだ？　リオの絶倫男になるっていうのは？

　レオの反応はでかいニヤニヤ笑いだ。例の脱毛ワックスの産地ってのは本当なのか、それともただのマーケティングか？

　いやレオその話は本当で、あそこはまさに原産地呼称認定《デノミナツィオーネ・ディ・オリージネ・コントロッラータ》の外陰部に滑りこむ完璧な滑走路さ。

　その認定はイタリアの産物のものだろ。

　アソコはインターナショナルだレオ。

　じゃあ本当の話なんだな？

　そうだともレオ。

　というわけでこの決定的な瞬間、重大局面のおれたちはこんなふうだ。ジョークを言いあい、自分たちが引き返せないルビコン川を渡っていて、過去とはまったく違う人生がこの先に横たわっているのがわかっている。おれたちは兄弟同然だ。
ハグをかわす。そこでおれは彼の顔を撃つ。口径の小さな弾がピュッと飛んで彼の片目が赤くなってそれで終わり。悪いと思わずに悪いな。

盗聴されない通話――
チャーリーおれだ。
ハイ、ボス、てっきり――
ああ当然おれは街を離れたが――待てあんたもう街を離れたんだな?
遠くに。
本当だな?
すっかり遠くに。あたしは夜で誰にも見えない。
まだ街にいるな。
違うけど?
街を離れろチャーリー。
うんボス。
チャーリー街を離れろ。待てまだ切るな、韓国語の用法について質問がある。
ボスこんなこと言うのはなんだけど、あたしが韓国人じゃないのは知ってるよね?

しまった、おれはおバカだったよ。すまないチャーリー、ああそれは知っているが、正直ほかに誰にも訊ける相手がいない。正直この世界に誰もいない。

……ボスかわいそ。

まあな、最低の存在の危機だよ。

だよね。

みじめなおれ。

まあそれはいいさ、質問していいか、あんたがアジアにルーツをもつからじゃなく、いまのおれが話をできるのは世界にあんたひとりだからだ。

いいよ、そりゃ当然の思考だよね。

(韓国の名前についてはレオがまったくもって正しかったとわかる。人は日々なにかを学ぶものだと断言しよう。)


指示による配達。ポーターが部屋まで運んでくる。そいつにチップを渡してありがとうと言う。これがいまの世界だ。人は仕様どおりに動いてそれ以上のことはしない。それ以上のことというのは好奇心であり率先性であり、そうしたものは心意気につながるのだろうが、会社は心意気に対して人に給料を払うのではない。従業員はそれ以上に対して支払いを受けるのではなく感謝をされるのでもない。ポーターは重い箱になにが入っているのか訊ねず、それは金持ち連中は変わり者で、チップが黙っていやがれこの件で話をするなと語って、ポーターはその言語にのっとって話をするからだ。いまじゃおれたちはみなホテルの人間だ。箱になにが入ってるんですか？　いろいろだよ。クライアントに頼まれたものだ。ロボットかもしれないし、びっくりを狙ってデカいケーキに隠れた女の子かもしれない。実際どうでもいい。もしこの荷物がホテルの廊下の塗装をひっかいたら客に請求するし、客への信頼は高い。こういうことだ。箱になにが入っているか誰が気にする？　気にされるのは満足保証であって、誰も中身なんか知る必要がない。

箱になにが入っている？　圧縮された空気と金属パイプ。ビニールパイプはだめだぞ破裂のおそれがある。安全弁は高圧に設定されている。ちゃんとした溶接。あんたにだってワールドクラスのグレープフルーツ砲が手に入る。近頃ではカネを払いさえすればスーパーで買い物するみたく、らくちんに用意できるのさ。コンシェルジュに連絡する、こうだ。なあ、大学の社交クラブの同窓会があって明日の朝までにフルーツ砲が必要なんだが手配してくれるか？　カネのためなら当然彼らには手配できる。おれはいつもの場所からカネを移しているのでなんの問題もない。目下、隠し財産はベリーズの口座から引きだせて数日はこれでいける。ここを去るときにその口座はからにする。昨日まで使っていた複数の口座を片づける手間さえかけず、そのまま放置した。そっちは警察が何カ月も見張ることだろう、奴らはそれだけのカネをただ放っておくというのが想像できないからだ。〈セヴン・デーモンズ〉も同じだろう。関係者全員の時間の大いなる無駄遣いであり、それでいい。おれはそっちのカネも使いつづける。奴らがおれ自身を探すよりもカネの動きを見張るから、カネを使う。

タッカーでさえもこれは理解できない。タッカーはカネのために生きているが、この話が理解できず、それは彼がカネで価値をはかるからだ。カネは能力でありアクセスであるけれど、そうしたものを内在するただひとつの形態じゃない。自分が能力とアクセスをもっていれば、カネはおのずと懐《ふところ》に入ってくる。

おれは運転費用として幽霊資金をもっている。不法でいることとの最大最強の長所は徴税や債務といった俗世間で逃れられないものと切り離されることだ。むずかしい点は白い経済と黒い経済のふたつの世界のインターフェースでいることだが、最近では思うよりたやすい。いまじゃなにもかも実体がないからだ。すべては雲《クラウド》。それが現代の状況だ。それにざっくり言えば、サブプライム問題を経てこれだけたくさんの悪いカネが一片を奪いあうアップルパイ経済になだれこんできて、世界の半分のとびきり純潔な銀行がどこまでも汚れたキャッシュの赤ん坊たちを孕《はら》んだ。

オンラインで調べれば〈セヴン・デーモンズ〉についてはいくらでもわかる。奴らは公式サイトをもっているから。事実上のダーク・ウェブなのは認めるよ。ただそれは行き着くのがむずかしいという意味にしかならず、彼らがなにをしているのかいくらでやるのか完璧にはっきりわかるし、カルトな路線ながらじつにメジャーな存在となっている。奴らのツイッターは百万人ぐらいのフォロワーがいて、週に六回はインスタグラムの投稿もしていて、たいていはパーティのスナップ写真だが、ごくまれに赤外線ゴーグルで見た煙にまかれたボゴタの集合住宅のスナップ写真なんかもアップされる。セレブの暗殺者集団だ。カレーニナがおたがいにお試し中と話していた理由がわかる。奴らはあまりに派手で、それはちっともカレーニナの好みじゃない。

ところでグレープフルーツというのはおれの仕様にしたがえばブンタンと言ったほうが正確だ。ブンタン砲。平床トラックの荷台にボルト付け。水圧式見たまんま《WYSIWYG》照準システム。ぶった切り装置と搾《しぼ》りだし装置つきのベルトコンベヤがあるから、山ほどのフルーツを片端に置くだけで勝手に切り刻まれる。

待機。パーク&ライドならぬパーク&ウェイト。

インスタグラムからはほんの数人の顔しかわからないが、最近じゃありとあらゆる類の超強力な顔認識プログラムが出まわってるから適合するのを待つだけでいい。かつては大国の諜報部の仕事だったものが、暇なガキが半日でやれるものになっている。そんなことでもしていなければ地元のダイナーで給仕するかセックス・カムの仕事をしていただろうガキだよ、前にギグ・エコノミーの話はしたな、そうそうしてる。〈セヴン・デーモンズ〉みたいな組織であっても、そんな形で働くガキたち全員を買収したり脅したりすることはできない。数がバカ多いし、バカ馬鹿だからだ。だからはおれはShermansMarch6969（南北戦争シャーマンの進軍）にジョニー・キューバーノの写真をあたえた。〈セヴン・デーモンズ〉でシナトラ軍団みたいにヴェガスのエンターテイナーを気取った腕力担当で、ただし本名はキューバーノではなくウェクスラーであり、ミシガンくんだりの出身でヒスパニックのふりをした白人野郎で、本人は通り名のほうがぐっとギャングぽいと思っていて、そんな考えは人種差別主義者のもので決まりだ。数時間後にShermansMarch6969が仮想通貨で一万とひきかえにホテル名を教えてくれ、こうしておれはここにいる。

ホテルはあたらしいタイプのものだ。名はヨウジ、クールなアジアン・モダンで、バーには座り心地の悪い椅子。ほらご覧——ジョニー・ウェクスラー＝キュバーノが若くてきれいなパーティ・ピープル、パリピたちをひきつれてドアから外へ現われる。ジョニーは浮かれ騒いでいて少しばかり不用心だが、おれがパリに行ってしまったと思っているからな。青いシルクのシャツがいかにもおれがジョニーだぜいと言っている。

低いアングルから平射弾道に近い感じで。ハートの5からマークをひとつ抜きとるように、一団から彼は引き離される。本当の話、手術かってくらいの正確な一撃で、こんなことはおれもまったく予想していなかった。ブンタン砲はブチャッ！　みたいな音をたてる。

ジョニー最期の言葉はこうだ。なん——

子孫に伝えるべきものはたいしてない。

レオの頭がジョニーの胸にめりこむ。タイガー・ウッズがステロイドとクリスタル・メスをいっぺんにやってぶっ飛んだところで、塗りたての漆喰壁まで十歩の位置からゴルフボールを叩きこんだところを想像するといい。おれが赤いボタンに指を置いたままにしていると、レオのほかの部分がジョニーを彩《いろど》ってヨウジの壁に叩きつける。パリピたちは断じてまぬけではなく床に伏せるから、こいつらに当たらないようにするのは容易になる。ジョニーが少し横へずれたそのときに、二本の脚の骨がホテルのファサードへまさに彼を釘付けにする。

どうやらヨウジの表は植物がさぞかし生い茂りそうなエコの意識が高い物体で覆われたようだ。いまでは掲示板がわりになっている。

ちょっとばかりやりすぎたのはわかっているが、おれと〈セヴン・デーモンズ〉は絶対的なコミュニケーション不足に苦心させられている。おれには正当な視点があることが奴らに見えておらず、その視点はおれたちの話し合いに取り入れられる必要があり、そうしないとこのちょっとした出来事を過去のものにしてあらたな調和を作って前進することはできない。

VoIPの暗号化された通話。番号を押す。通話が受け入れられる。

やあカレーニナ。

どうもジャック。

そっちはどうなってる？

話せないよ、パートナーシップ条件の違反になるから。

おれが電話すると困るか？

ジャック、変な感じだけど、あんたは話したいんだからそれは構わない。あたしたちにどうしても言いたいことがあるの？

すでにあたしたちになったのか？

もうすぐあたしは〈セヴン・デーモンズ〉になるんだよジャック。これはパスポートみたいなもの。気軽に受けとることはできなくて簡単に脇に置けないもの。

英語が上達してきたな。

人の言葉を引用した。広報担当がいて。

ああそれはフレッドだな。全体のナンバーワンみたいな人だろ？　フレッドはむかし狙撃手とかなんかだったたって読んだぞ。

あたしも同じ内容を読んだ。

じゃあ接近戦なら誰がいちばん手強いと思う？

ジャック、あんたのほうが教えられるよね。あんたサイトを読んでるのが見え見えだよ。

おれはジョニー・キューバーノだと思う。しばらくのあいだケープタウンでの非合法な格闘賭博のようなもののキングだったというのを読んだ。サイトには彼が勝ったときのえぐい写真が何枚か貼ってあるな。一度なんかウクライナのリヴィウ出身の男のはらわたを本当に素手で抜いたってな？

そういう話だね。

ヨウジに滞在しているのはそのジョニー・キューバーノかな、それともとことん運の悪い誰かさんか？

ジャック、あんたはジョニー・キューバーノに挑めるレベルじゃないよ。あんたは降伏したくなるから、ほかの手を考えなよ、そうするのがお勧め。誰にとってもそのほうがいい。たぶんあたしが仲介できるかも。あんたもいまよりましな暮らしができるくらいかもよ。

〈セヴン・デーモンズ〉は取引に応じないと読んだ。

クライアントはいつだって取引できるよジャック。ケンタッキーの荒くれカウボーイ集団とは違ってフルサービスだよ。

うん、まあな。

ジョニー・キューバーノには近づくんじゃないよ、ジャック。パリでもどこでもその場にとどまって。

カレーニナ、あんたには正直になろう。おれはパリにいない。おれはちょっとのあいだ息継ぎできる余地がほしかっただけだ。おれはヨウジからだいたい一ブロックのバーにいて、あのホテルへ歩いていこうかと思ってるところさ。あそこの寿司は食べるまで死ねないって聞いた。

まあそんなことをしたら、たぶんあんたは死ぬけどね。

おや、どういうことかな？　おれはこのバーでニュースを観てるんだけどなカレーニナ、どうやら誰かが——ワーオこりゃ普通じゃないぞ——誰かが……こいつをおだやかに表現する方法がないなあ、どうやらそいつは切断された頭部が飛んできて胸にあたって殺されたらしい。いやあ、どういうわけかその襲撃の場面の映像があって、こんなことを言うのはマジでいやなんだがカレーニナ、ひどいもんだ。生き物の身体にこんな最悪のことが起こったのは生まれて初めて見るよ、おれはカウ・ティッピング（立ったまま寝ている牛を転ばせるいたずら）が当たり前の町の出身で十六歳の頃は牛をさばいていたのにな。やっぱりマジでいやなんだが、壁に張りついたハエ取り紙みたいになってる死んだ男がジョニー・キューバーノじゃなかったら、おれの目は終わってるな、完璧なモデルなみの茶色い顔と気取りやがった髪はまちがいないと思うが。たぶんギャング入団の儀式だったんじゃないかなカレーニナ。人間の頭を使ったグレープフルーツ砲による行きずりの襲撃。こんな普通じゃないのはギャングに決まってるよな？　ジョニー・キュバーノ、あいつは地上でもっとも不運な男に違いない。あいつに敵がいたのでなければ。あいつには敵がいたと思うか？　というのも、おれが思いつく敵がひとりはいるからな。

切らないで待ってて。

おーい聞いているのか、母さん熊？

彼らはいまあんたにとても怒ってるよジャック。

えっマジかよ？　残念すぎる。おれの歓迎のマナーとあふれでる人体の可能性に狂喜乱舞するだろうって思っていたのに。奴らに想像できないくらいおれがっかりしているとたしかに伝えてくれ。

〈セヴン・デーモンズ〉はあんたがふざけていい相手じゃないよジャック。

へえ、まあ、それはわかってるさ。ただし……こんなことを言うとあれだが、いまじゃ〈シックス・デーモンズ〉なんじゃないか？

うるさい黙れジャック。

それとも〈ファイヴ・デーモンズ〉と〈控えがひとり《ワン・リザーブ》〉と言ったほうがいいかな？

うるさい黙れジャック、あたしは――

もう切るぞ、カレーニナ、寿司を食べるまでは死ねないからな。

パオロ・カザレルに別れを告げるときだ。バイバイ、パオロ、バイバイ。こういうのは西部劇で見かける自分を主張する飾り胸当て《ディッキー》みたいな、シャツにつける身分証明と同じだ。すでになにかしら身につけているものの上からつければあれよあれよ《リケティ・スプリット》という間に別の誰かになる——タキシードの男に。そうだリケティ・スプリットと言ったが、それがどうした？　西部劇の時代から使われている由緒正しい言葉だ。そうださらにはアダルト映画のタイトルでもあるかもしれないな、じつを言えばまちがいなくそのとおりで、そこに気づくとはあんたって恥ずかしい奴だ（オーラル・セックスの意味もある）。

飾り胸当てのＩＤ。はがせばあっさり存在をやめる。いなくなる。

バイバイ、パオロ。ハロー、ゴットフリート。自分の故郷をうしないつつあるが訊ねる者はいないからどうでもいい。この街で気にする者はいない。バスに乗り、タクシーに乗る、イカすシステム。Ａｉｒｂｎｂは最高の地下牢で、ボタンを押すだけで姿を消せる。客の情報を売る受付はいないしポーターはいないしロビーの防犯カメラもない。おれがキューバーノを見つけたようにおれが見つかることはない。プランクトンのなかの鯨のように映画のなかの潜水艦のようにバイオマスのなかの闇になる。急激に温度が変わる水温躍層に突入。さあ闇になろう。おれはつねに闇だがここはどこよりも暗い闇だ。ここがどんなところか知りたいだろ。おれがいま隠れ家にいて、そこは警察の実録番組で錠前をカットするようなよくあるシャッターつきのコンテナ倉庫だと想像しているんじゃないか？　おれはそういう隠れ家はもっていない。警察や判事を含めてそんな場所に隠れるのがうまくいくと誰もが考えているからで、それっていうのもテレビは人の頭に入るウイルスだからで、実際はそんなふうにならないとわかっている事柄についてテレビから仮定をすりこまれる。みんな喧嘩はシュッ・シャシャ・バシッと思っているみたいだがそんなことはなくて、ドサッ・グリグリ・ゴロン、床で誰かが片目をうしなう、これだ。ジャン＝クロード・ヴァン・ダムみたいにはいかない。痛みだけだ。

だから映画向きのコンテナ倉庫くたばれ、貸し金庫くたばれ。自分たちのシステムでなにが起こるか知る者たちが管理するシステムくたばれ。賄賂《わいろ》を渡したり拷問《ごうもん》したりできる管財人やら世話係やらがいるのではセキュリティではない。そんなのは腐れ中世みたくアリゲーターを放した濠でかためているのと同じ。

おれがアリゲーターを飼っていないのはおれのカネが幽霊資金だからだ。仮想通貨とポスト・ジュネーヴとなる民間財務領域の隙間にある〈どこにもない第一銀行〉に預けてある。パナマやバチカンをスウェーデンみたいに透明に見せるあちこちの場所だ。たぶんあんたは知らないだろうがスウェーデンは世界一透明性の高い中央銀行のある国だ。おそらく透明性指標15のうち14・5のスコアで、ありのままに言えば半ポイント落としたからニュージーランドはそんなに気を悪くすることはない。ウォール街のカネは海賊のカネで、うるさくて愚かで酔っ払っていて、路地裏で襲われて目覚めると海軍に入隊させられている。おれのカネは忍者のカネで、暗闇から不意打ちで姿を現わしては消える。おまえはどこにカネを貯めているんだジャック？　いきなりなんだ、スタクスネットでサイバー攻撃かいベイビー。おれはカネをデジタル通貨で流通する不法なモバイル・ウォレットに貯めている。アメリカ国家安全保障局が作りかけてドイツ人アナーキストか日系北欧人のポストドクター、ポスドクである@LuciferousYestergirl（光ある過ぎ去りし日の少女）によって盗まれた仕組みだ。現金が必要になるとボタンを押せばブリーフケースに入った現金が届くように手数料を払っている。関係者の誰も自分がなにを扱っているのかも、それがどこに向かうのかも知らないのは、おれのコカインと同じだ。一連の作業は水が雨樋《あまどい》を流れるようにただそうなる。卵が鶏のアソコから出てくるようにそうなる。

うん、頭からそのイメージは離れそうにない。

このサービスが〈ポルターガイスト〉と呼ばれているのは、存在していないのに世界を動かすからだ。国民がデジタルな文脈における慎重さを心から気にかけるアイスランドが拠点。雪の下にデータ・センターがあって、なんと溶岩発電なんだぞ、どんだけクールなんだよ？　アイスのように冷たく正真正銘、世界の中心でメラメラ燃える核《コア》で発電だ。だから〈ポルターガイスト〉はオアシス、すべての動物が集まるけれどみんな水が必要だから誰も争わない砂漠の場所みたいなものだ。犯罪者のスイスだよ。実際まさにそこはスイスさ、だって連邦だからな。誰かひとりが〈ポルターガイスト〉なんじゃなくて丸ごと全員がそうであり、みんな氷の下でばらばらの異なる場所に隠れている。なかにはアイスランドにさえいなくて、ずっとずっとずっと北の凍った本物の北極かよみたいな場所にいる者もいると読んだ。まさか〈ポルターガイスト〉が滞在しているとは誰も知らない外国に潜む者もいる。なかには分散コンピューティングみたいにあんたの家にいる者もいる。なんとあんたの電話に。ジェルジンスキー広場のすべての防犯カメラのスクリーンセーバーに。〈ポルターガイスト〉はあらゆる場所であり、そこがすばらしい。だがアイスランドに始まってアイスランドに終わる。暗号技術は地政学で、イデオロギーで、それがあればなんでもできる。ここには手を出すなと語る立法国家の氷の下、そここそが自分の鍵を預ける場所だ。しかもこいつは現実世界の各種サービスと裏でつながっている。コンシェルジュのサービス。タクシー会社。バイク・メッセンジャーのサービス。テイクアウト・フード。すべての立派な電子商取引、ネットワークでつながっている合法な二十一世紀のクール。

思いもかけぬこと。つまりあんたもおれのやっていることができる。犯罪者を使わずに犯罪をまわす。

カレーニナがセットアップを手伝ってくれたのだが、このサービスは非対称暗号方式だから関係ない。人がどんなことをしているのか知ることはできるが、アクセス権がなければそれを潰すことはできず、彼女はアクセス権をもっていない。さらには、どこかはわかってもどうやればいいかわからない。彼女は正しい場所でおれを探すことはできるが、おれはまだ目に見えず、それはどうにもできない。

おれのカネは守られているから、おれも守られている。

それでも奴らはいまおれを探していて、懸命に探している。おれは隠れることはできるが永遠には無理で、人は誰でもミスをするもので、おれも奴らもそうだ。戦場の霧、犯罪の霧。日曜学校に行く頃合いだ。悪魔信仰の話をする頃合いだ。

奴らが〈セヴン・デーモンズ〉と呼ばれているのはそれが殺し屋っぽく聞こえるからだけじゃない。マーケティング的に殺し屋集団として選別されたフォーカス・グループとしての名じゃない。この組織そのものが生まれたての頃に自分たちの力で勝ち取った名だ。悪魔《デーモン》だってやがて老いて引退していくものだから当時のメンバーはもうひとりも残っていないと考えるのが妥当だ。この名を手にしてすべてを始めた連中――おれが生まれる前だぞいいか？ようするに有史以前の、ジェーン・フォンダが世界一ホットな女だった頃だ――当時の〈デーモンズ〉は今頃みんないなくなって、空にある地獄みたいな特大フライパンに飛びこんでいるはずだ。まず基本として不滅のルールは、空席が出れば補充して、けっして活動をとめない七人の集団。この組織はかけらほどの良心もなく、同時代における最高のおそろしさの決定版よりもずっとおそろしいことで定義される。名は体《たい》を表わして〈デーモンズ〉は悪魔そのものであり、雇われれば悪魔になる。現在のメンバーと思われる者は――カレーニナと先ほど頭大砲をくらったジョニー・キュバーノを除くと――前職は拷問とロジスティックスを専門とするフィンランドのフリーランスのチームだった兄弟ふたり、元民間軍事請負人から転身した戦闘指揮官、無許可の人体実験を好むドクター、広報担当の重役だ。この広報の奴が普通の広報以上のどんなことをして邪悪になっているのか誰も知らないが、どうやらほかの者たちに強い感銘をあたえたらしくて、スカウトされていまでは彼が責任者だ。

こうしたことにはリズムがあってそれを受け入れるしかない。おれは絶好調だが永遠に続きはしないとわかっている。この件を切り抜けるなら皮膚をいくらかうしなわないはずがない。おれが気にかけているなにかしらを。そうとも。おれはちょっとばかり老子のように立ちまわった、スピードこそ交戦の要《かなめ》ってことだからな。あるいは孫子のように敵が予想していない場所に現われた。おれの先制点。今度は奴らが点を取るだろう。おれが気にかけているなにかしらを奪う。

おれが気にかけている誰かを。

だがこれは個人的な問題ではなくプロとしてのもので、ビジネスにおいてはそれなりに高潔にやってる。それにだな、いまのおれはアルカイダだ。

アルカイダがなにか知っているか？　アルカイダはビジネス・モデルだ。組織ではないからこそ撲滅するのはおおごとだ。いやいやジャック、わたしたちは洞窟《どうくつ》のにっくき敵を爆撃してみーーーーんな消したぞ！　そいつらはまぬけか？　本当にそうか？　いくつもの圧力鍋が人混みで爆発して消えたのか？　シリアとイラクのあいだに武装したバカ者たちに属する国家があったときに消えたのか？　アルカイダはコンセプトであり、働きかたの一形態だ。特定の将軍たちの命令で特定の地点から攻撃を開始するつもりだと言うかわりに、あそこで戦いが起こっているぞ、大義を信じるならば手に入るどんな武器でも使うべきだ、と人々に告げるだけでいい。雨樋《あまどい》を一部取りはずして釘を詰めたものは正しい場所で使えば戦車なみの効果があると告げ、なんでもターゲットになると告げ、さあ外に出て敵を傷つけろ、きみたちが傷つけたい者なら誰でも敵だと告げる。それがアルカイダだ。神の名において最低のゴミカスになる許可だ。

おれはとっくに最低のゴミカスだ。許可は必要ない。それに絶対に消えてなくなりはしない。

とにかくおれが言いたいのはこういうことだ。〈セヴン・デーモンズ〉はおれを相手にするような仕事はそこまで好まないが、奴らの名声は言うことなしで深く考えるまでもなく、いずれにしてもおれみたいなザコにどれだけのトラブルが引き起こせる？　まあ、グレープフルーツ砲がせいぜいで、その程度というのは笑っちゃうがそれでもだ。奴らの脚本にはこう書いてある——劇場をコントロールせよ。全面的な支配。通信手段のインフラをコントロールしなければならず、地元の各種当局やパトロールの警官を手中に収めねばならず、マスコミと景観もコントロールしなければならない。みずから走りまわる必要はなく街をたばねればいいだけであって、実際奴らはそうした。

次に奴らはこう動くだろう。おれを隔離する。自分たちのコントロールを使っておれのリソース、ノウハウ、兵士たちからできるだけ遠くにおれを切り離そうとするだろう。面が割れている場所へ行けば死が必至。知り合いの誰かと話せば死が必至。奴らはオアシスも有利なポジションも城も奪うだろう。おれの友人たちを殺しておれの味方に裏切らせるだろう。

世界をおれの敵にさせるだろう。最後にはおれが動けるエリアを狭めて、ついには隠れ場所から姿を現わすよう追いこんでから、おれを殺してそれでおしまいとなるだろう。

ただしおれは友人たちも城ももっていない。おれにはおれしかいない。

自分がどんなビジネスに生きているのか人は理解するようになる。おれのはいまどきのビジネスであって過去のビジネスじゃない。足元の地面がどんなふうに見えるかわかっている。土台ってやつをわかっている。おれは土台を知っていて奴らは知らない。カレーニナはたぶんいくらか知っているが、カレーニナは一点集中タイプの人間だ。彼女に全体像、コンセプトは扱えない。ひとつひとつの石の形状を見るのなら完璧だ。モザイク模様全体が見えるまで退《ひ》いてみることはないはずだ。詩的なことを言って悪いな。

だから奴らはいずれおれのもとにたどり着く。だが奴らはこの手の戦争を仕かけるために設立された集団とは言えない。本人たちはそうだと思っているがそうじゃない。奴らは大統領暗殺や大企業へのゆすりや国や犯罪組織での反乱は得意だが、おれはそのどれにもあてはまらない。おれはおれ以外の誰も守らなくていい。おれは歩くビジネス・プラン、そしていまはおれの世紀であって奴らの世紀じゃない。


かつてスコティッシュ・パンクの酒場だったサード・ストリートのバーで、おれは西からやってきた夜逃げ追跡人だと話してビールを注文する。ここにはそんなタイプばかりだ。保釈保証人、警備員と警備員見習い、探偵、詐欺調査人、火災調査人までいて、あとは保険の連中。警官のする仕事をやることになったら立ち寄るべきはこの店だが、警官ではないから本物の警官たちは口をきいてくれない。ぱっとしないオーナーの店というのはある者にとっては高級すぎて、ある者にとっては低俗すぎる。つまりここはこんな店だ。低い天井に暗い照明にやたら水で薄めた酒、くびれのないポリエステルの服や荒れた肌は、特製ドリンクを二杯も飲めばまずまずに見えてくる。

このバーはそんな連中のための店だっておれは言っている。おれはジャック・プライスを探していると言って地質学的にかぶせものをしたあたらしい歯をきらりとやる。頭には中折れ帽。これをかぶるとおれはあからさまによその街からやってきた白人みたいな白人に見えるんだが、人っていうのはそういうのを理由もなく素朴に誇る。この店の客たちはおれを下層の民と判断し、グラデーション上で自分たちよりもわずかに犯罪行為に近い立ち位置と見なしておれと口をきこうとしない。上等だ。構わない。おれはボブ・シモンズでジャック・プライスを探しているんだ、フィラモア・ベイで執行されていない逮捕状の出ている男だ。おれは五年前のジャック・プライスの写真を客たちに見せる。ヒップスター気取り期間のジャックで顔面体毛のアレンジメントつきだが、その点をここで話しあうことはない。

この男と出くわした者はいないか？

出くわす理由があるのか？

こいつはなんかあっという間に成りあがってコカインを売ってさばいていて、とくに組織はもっていないらしいって話だ。逮捕状以外のいくつかの理由があって、たぶんおれたちの業界の人間を使って彼の業界の人間を探している。

（おれは実際過去にそうしたことがある。そのときこうした連中はマジもんのヘタレだと悟ってそれからはやめたが、うん、絶対絶対さ、誰かがそのときのことを覚えているだろ？）

誰も覚えていない。マジもんのヘタレたちはプロとしてチャンスをつかむセンスさえもっていない。

おれは誰かがジャック・プライスについてなにか聞いていたときのために名刺を残す。連絡してくれよ、見つかれば報酬を払うからさ？

さらに三軒のバーをこなす。ヘタレたちのバー。それぞれの店でビールを一口ぐらい飲むが、毛穴で質の悪いビールだと感じられる。

数時間後。着信。ＶｏＩＰへ携帯から。発信元をたどりづらいというのがポイントだ。

ソムリエみたいな声の男が言う。ボブ・シモンズでしょうか？

電話には声をいくらか変える混成器と呼ばれるものをつけている。おれはそのスイッチを入れる。

ああ、おそらく。おそらくおれはシモンズで、それはこいつが彼の電話で、彼のチンポがおれのパンツのなかにあるからで、おれが思うにおれはシモンズであるか、その男を当然のようによーく知っているかどちらかだ。あんた誰だ？

フレデリックとお呼びください。

わかった、フレッド。

あなたがジャック・プライスを探しているのは承知しています。

あんた彼を見つけたのか？

いえいえ。わたしも彼を探しているのです。

なるほどそうなのかフレッド、おれは自分が先に彼を見つけることを祈っているよ。気を悪くしないでほしいが。

ミスター・シモンズ、もしあなたが現在の雇用主ではなくわたしのもとに彼を連れてきたら、八一〇万四九二八と小銭を支払いましょう。

ずいぶんと額を特定してきたがいっそ一千万ではどうだ？

いいでしょう。

おれに一千万ドル払うのか。おれがそれでどうだと交渉するだけで二百万近く余計に払うのか？

わたしはそのように言いましたね。

じゃあ最初のアホみたいな数字はなんだ？

最初に一千万を提示したらあなたは一千二百万を要求したのではないでしょうか？

そうだな。

最初に一千二百万を提示したらあなたは一千五百万を要求したのではないでしょうか？

ああたしかに。

不揃いな数字は集中力を高めるものでしてね。あなたに一千万を払う準備がありますよ、ミスター・シモンズ、一千二百万ではなく。あなたもすでに本能でそれは理解していますね。理由は訊ねないように、わたしには答えられない深い謎ですので。

わかった。条件がある。

あげてください。

おれは犬とは仕事をしない。

いいでしょう。

おれは犬、アイルランド人、ドタマのおかしいシチリア野郎とは仕事をしない。あんたがそのなかのどれかに該当するのと仕事をしているなら、おれは取引しない。

留意しましょう。

支払いは無記名債券。仮想通貨はだめ現金はだめ電信送金はだめ、クルーガーランド金貨はもってのほか。

とてもかぎられた好みをおもちですね。

このバスに乗るのは初めてじゃないからなミスター、前回はとくにヘマしたから、またバスに乗るなら用心第一だろ。前回うまくいっていれば今頃あんたと話さずに、裸のミス・カラカスのへそに酒をたらしてなめとるわ。

とても喚起力のあるイメージですね、ミスター・シモンズ。

それから絶対に女とも仕事はしない。この手のことは男同士でやるもので、女が割りこむ余地はない。

たしかに。

ああたしかにだよそのとおり。わかった彼を見つけたら連絡しよう。この番号でいいか?

一千万。無記名債券。女はだめ、犬、アイルランド人、頭のおかしいシチリア出身者はだめ。この番号に連絡してください。こちらで結構です。

よかろう。

ではそういうことで。

じゃあな。

通常の駆け引きならば犯罪稼業において女に対するネガティヴな態度が相変わらず消えないのはでたらめで根拠もないことだからおれは好きではないのだが、実際問題としておれがかちあいたくない女がひとりいる。カレーニナと顔を合わせたらおれのスタイルが致命的な打撃を受ける。

なぜかと疑問をもたねばならない。そもそも〈セヴン・デーモンズ〉を引きこむ理由はなにか、おれみたいなのにこれだけのカネをかけるとはどんなバカタレなのか? こととバプテスト教会の表のワッフルスタンドのあいだだけでも二十数人の定番おいはぎ連中がいて五万以下でおれの殺しを請け負うだろうし、さらに百人のうだつのあがらない都会のいかれ野郎たちがいて名をあげてそこまで高級じゃないサロンに出入りする鍵を手にするチャンスに感謝するだろう。どう考えてもおかしいのは、あの夜中の〇時の瞬間が過ぎるのを待って朝になってたぶん卵でも食べに出かけていたら、ピシッとやられて今頃おれはたぶんマジで死んでいるはずってことだ。バイバイ、ジャック。

ではなんでだ？

検認事務所で働くマルティーヌという女がいる。遺言とか遺書とかの検認《プロベイト》であって、やらかした奴の保護観察《プロベイション》でも男の尻におさまって勃起に役立つゴルフボールの前立腺《プロステイト》でもない。待合室はスポーツソックスのなかにいるみたいなミントグリーンで、誰かの死を悼《いた》んでいるだけではなく、その誰かは死んだと政府が正式に認めるのを待たされているから怒ってもいる人でいっぱいだ。

やあマルティーヌ元気か？　ビーニー・ポールがあんたは情報バラエティの仕事をするレディだって言っている。

帰ってクソして寝ろ。

マルティーヌそいつは官公庁で一般市民を迎える態度なんかじゃないし、それにおれはあらゆる人類の友人なんだ。

どんな頼みでもわたしはやらないから。

庶民と人類愛のために頼む。

いや。

友情のために頼むマルティーヌ。

わたしに友情とピーナツバターがあれば——

うんあんたはピーナッツバター・サンドイッチを作れるな、もしもいくらかパンもあれば。わたしはこう言おうとしたんだよ、ピーナッツバターを自分の身体中にこすりつけてイッちゃうから残った友情はあんたが好きにすればって。それにね、わたしはあんたの名前も知らない。

シモンズ。ボブ・シモンズ。おれは察するに夜逃げ追跡人だ。

ふうん、じゃあわたしが頼みをきかないことも察すれば。

きみに現金をやるからマルティーヌ。

いやだね。ないない。

宝石。

ありえない、いやいや。

無料の男性用全身脱毛《マンスケーピング》の手配ができるが。きみのパートナーでも友人にでも。

なんて言った？　マンスケーピング？　なによそれ？

ワックスとレーザーやその他の広く知られた、あるいは知られていない方法で男性の身体における表からは見えない部分の体毛を整えたり除去したりすることで、性交中において見た目にも魅力のある形やさらに触り心地のよい表面にするとともに好ましくない体臭を減らす衛生的な方法でもある。

そんなことができるの？　不本意じゃあるけれど、わたしが受けさせたい人の名前を言えばいいわけ？

マルティーヌおれたちは取引を成立させられるようだな。

人類の動機の幅広さを見くびるな。おれたちはたしかに取引を成立させて、マルティーヌはディディ・フレイザーにかんするすべての書類をコピーして、おれのために袋に入れてくれる。白い生物分解性のビニール製で活字みたいな大きく黒い文字が表に書いてある。クロスタウン・トレインでおれはざっとコピーに目をとおす。人生前半のディディはここから二百マイル離れた学校で働いていた。その前は歌手になることにも造園家になることにも失敗している。認定された盲人だったがプライドが高くて盲導犬は飼っていなかったし、見てはならないものを目撃したというのはどう考えてもありそうにない。

彼女は信託ファンドの受益者でもダイアモンド鉱山をもつ会ったこともないおじの相続人でもなかった。いくらかカネはもっていて――興奮するほどのカネではなく中流階級らしいカネだ――それで生活費用をまかなうにはじゅうぶんで、彼女は基本空気と水で生きていて、外出することも買い物することもなかったからだ。彼女のアパートメントの部屋をほしがった者はとくにいなかった。できの悪いテレビ番組みたいに彼女の死に頼る不動産屋の計画はなかったのだ。検認事務所は彼女がケネディかオズワルドかルビーを殺害したという公式な見解をもっていないが、おれもどれだけ想像力を駆使しても同意見だ。

言い換えると何者かがディディ・フレイザーを殺害してその尻拭いに〈セヴン・デーモンズ〉を雇う理由はまったくないとなる。

ディディ・フレイザーは退屈で、まともな、意地悪ババアだった。じゃあなんで殺された。

クロスタウン・トレインの席に座りながらおれは自分がどこかでミスったと気づく。そうだ。そうだよ夜逃げ追跡人としてのバーめぐりと同じく、検認事務所でシモンズの名を使った。ミスだ。

列車にほとんど乗客はいないが、おれの左に座っているのはあのドクターだと確信する。確信したのは砕ける高波のように、送電線にふれているように、宇宙に落下していくようにぞっとするほど寒いからだ。こいつは夕暮れだと確信する。

彼女はきれいな目をしている、このドクターは。磨いた方解石みたいに深みがあって炎に満ちている。蜜におおわれたバラのような口。

おれの死からの逆カウントダウン。

第二部

意識がもどる。こうなるとは思っていなかったという意味ではいいことだ。でも永遠に続くとは思わないからいいことじゃない。バスタブで氷漬けになっているのだと予想しながら片目を開ける。バスルームじゃない。広くて高級でモダニストのリビング、角部屋のながめ。ペントハウスではないとしてもそれに近い。おれは飛び降りることができる。

記憶。おれのアホな友人はエレベーターに乗るべきだった。いまはそのことを考えるな。いまは遁走《とんそう》する余裕はない。淡い色の木の床のことを考えろ。輸入物のシルクのラグ、中国のであってペルシャのじゃなさそうだが、それでも。南アメリカの部族の仮面。それにもうひとつ注目点がある。シチリアの柑橘の花《ザガラ》とスウェーデン・ハイチ・レバノンの髪のにおいがする。

おう、やあセーラ（声には出ない）。

おれがちょっとばかり惚れている弁護士セーラ。おれにちょっとばかりも惚れていないセーラ。びっくりするほど頰骨が高くて手足の長いセーラ、ミステリとヨガとウィートグラスでできているセーラ。セーラセーラ。むかいの椅子にそのセーラ。おれと同じく手錠をされて。すまないセーラ。そしていかにも研究室にいそうな顔をしたドクター。実験する気満々。女たちの背格好は同じだが、かなり違う。セーラは可能性の塊。ドクターは宇宙服を着ているようにボタンをすべてきっちりとめて、つねにレキサン製のバイザー越しにながめてくる。こっちが病原菌みたいに。

いまからおれたちで実験するつもりか？

わたしたちが何者かわかっているのなら話は早いね、ミスター・シモンズ。

ほらな、おれのまぬけめ（声には出ないがとにかく言ってみる）。まぬけ。彼女はおれをミスター・シモンズと呼んでいる。おれの正体がわかっていない。こいつはすばらしい。

セーラはもちろんおれの正体を知っている。それはあまりすばらしくない。

セーラはおれが何者かあえてドクターに話すか？　どうだかわからないが絶対にあり得なくはない。けれどいま絶対避けるべきは、彼女がうっかりおれの正体をしゃべってしまうこと。彼女がおれをジャックと呼べば、おれたちはふたりとも死ぬ。おれが死ぬのは確実だ。おそらく彼女も。おれがドクターなら彼女を殺す。そのほうがきれいに片づく。

このドクターの名前はなんだ。彼女はどんな人生を送ってきて以前はどんな生活をしていたのか。チャームつきのブレスレットを身につけていてチャームには一匹だけ犬の絵だけが描いてある。大事な犬か？

おいドク、犬好きか？　おれは犬が大好きなんだ。ビズラ（ハンガリー原産の狩猟犬）を何頭も飼っていた。ビズラがどれだけすごいか知っているか？　すばらしい愛玩犬で立派な動物なんだぞ。彼女は片眉をあげる――わたしはおまえと犬の話はしないからね、このウジ虫、さあ黙れ、おまえには五秒しかないの、そうしたら黙らせるためにまた気絶させるから。これだけのことを片眉で伝えてきた。

　わかったよドク、おれがいまから状況を少し整理するんで、まちがった方向に行ったら教えてくれるか？

　ドクターはなにも言わないので、こっちはとりあえずいい。じゃあセーラだ。うっかり身元をばらされる前にどれだけ時間がある？　カレーニナがここに姿を現わすまでどのぐらいだ？　〈デーモンズ〉たちはまめに連絡を取りあっているのか？　やるしかない。セーラに話しかけろ。

　よう、そこのお嬢さん。あんたはセーラ・ケスラーに違いない、それであっているか？　ジャック・プライスって奴の法律代理人で、奴はあんたにちょっとばかり惚れているらしいな。そんなふうに聞いている。それがあんただろスイートハート？　そうだよな。おれはボブ・シモンズ、失踪者調査員で、どういうことをしてるかっていうと、失踪したい人々を彼らを見つけたがっている人々のために見つけている。保釈金の踏み倒しを捕まえるバウンティ・ハンターと名乗ってもいいが、テレビ番組で取りあげられすぎて人におちょくられるし、それにおれの頭のなかでは集団ヒステリーぽい響きもあるからな。おれはずっとフランチャイズにしようかとも考えてきた。法律代理人を使ってみてもいいかなって。その代理人が不安定な状況に対して思慮分別のある適切な反応を取れるんなら。あんたは将来について考えてみたことがあるかダーリン？　おそらくいまこそ考えてみるのがふさわしい。ええボブと言ってくれ。

ええボブ。

心底怯《おび》えているのと見たこともないほど怒っているのがまぜこぜになった目、頬骨には涙が流れているけれど、その声は鐘のように澄んでいる。おれのセーラ。麗《うるわ》しのセーラ。おれのセーラじゃない。

そいつはすばらしい。さて、いまこそあんたはそういう状況に置かれている。そこにいるおっかないレディ、彼女は動物に優しくて子供に親切なタイプだと思っているんだが、どうだろう？　またええと言っていいぞ。

ええボブ。

そいつはすばらしい。だったらドクターはまずあんたの冷たい牛乳かシャルドネにミッキー・フィンを入れてくれる。そいつはルーフィの礼儀正しくて紳士的な用語で、ルーフィはなにかっていうと大学の社交クラブの男連中みたいな穀潰《ごく》したちが睡眠導入剤《フルニトラゼパム》と呼んでいるものだ。あんたはミッキー・フィンがわかるにはちょっとばかり若いから、あんたのためにほかの呼び名を教えてみたよ、わかったかい？　とにかくこのレディはあんたのクライアントであるミスター・プライスとかかわるある事業のために働いていて、おれも別件でミスター・プライスを探しているから、考えてみるとおれたちは協力しあえると思った。そこにいるドクター（動物に優しくて子供に親切なタイプ）、彼女はこの部屋ではその事業を代表していて、どうやらカタをつけることについて強硬な意志をもっている。つまりは遅かれ早かれ、彼女はあんたのクライアントとなんとしてでも会うつもりでいる、そうだろドク？

そんなところ。

セーラ、もう一回ええボブと言っていいぞ、そうすればあんたが話についてこれているとわかる。

ええボブ。

よし、さてあんたに偽ることはしない。おれの立場をうまく説明できたかどうかはさておき、おれはいまこの部屋にいる。たぶんあんたと同じ方法でここに連れてこられたのは驚きだが、この人たちの事業と合意したおれの報酬の額を考えればそこは大目に見たい気持ちだけれど、とにかく絶対にあんた、セーラはミスター・プライスと近い関係にあるんだから、おれたちはふたりとも、おれがさっきさりげなく言及した火急の意味合いで目下いくぶん慎重を要する立場にいる。今日のおれたちに善意がたっぷり向けられることはないんだ、いいか？　リンゴ売りの手押し車をひっくり返すようなことをするのは絶対に賢明じゃない。リンゴはすべていまある場所に置いたままにしておこう。さあ、ええボブ。

ええボブ。

そういうことだったら質問させてくれ。じっくり考えて返事をするようにくれぐれも頼むぞ、時間をかけて最初に正しい答えを箱から取りだすのが肝心なんだ、おれたちの友人であるドクターはこの会話次第でどうするか、いくつか考えをもう準備しているはずだからな。ジャック・プライスの居場所を知っているか？

いいえボブ。

なら違う種類の質問をさせてくれよ、ええ／いいえボブだけじゃなくて、返事は多少アレンジしていいんだからな、ここは法廷じゃないから翼を自由に広げろ。あんたの友人のミスター・プライスがどこにいるか見当つくかい？　彼がどこに行きそうだとか、大いに個人的なストレスがかかったときには誰と話をしそうだとか？　あんたと話すんじゃなかったら？

彼はわたしの友人じゃない。

彼はあんたのクライアントに過ぎないからな、それは理解しているよ。

弁護士にとってその区別は重要よ。

わかった。

彼がどこにいるか知らない。彼をよく知っているわけじゃないから。彼って……彼ってクズ野郎なの。わたしは自分の法律事務所をもっている。彼はクライアント。彼はわたしをつうじてマネーロンダリングの類をしているのじゃないから。彼の合法の法律関係の仕事をしているの。彼はあの手のことは別の人にさせているのよ。わたしはまともなのミスター・シモンズ、いい弁護士。

でもあんたはこういうチンケな仕事をしている。

わたしは大手では働けないの、追いだされた。

上司がベタベタさわってきて、あんたが腕を折ってやったとか？

わたしは自分のクライアントを有罪にする重要な証拠を見つけた。そういうのは開示することになっているからそうした。でも実際問題としては開示しないでよかった。黙っていれば誰にも知られなかったはず。

あんたはすべてちゃんとやったのに首になったのか？

いまのわたしは評判的に言えば有毒廃棄物。

人生は肥溜めだなセーラ。

ええボブ、そのとおりで、わたしはいまここにいるし。

その男は誰だ？

どの男？

プライスにはカネ関係のことをやる者がいると言っただろ、それが何者か知っているか？

ボブおじさんに言ってみな。

タッカー。

ファーストネームかそれともラストネーム？

ただのタッカーで、その人について聞いたのは一度だけ。わたしたちはその手のことについては話さないのよ、わたしは知りたくないから。自分がそういうものの近くにいると思うと恥ずかしくなる。プライスのせいでわたしは恥ずかしくなるし、いまのわたしも恥ずかしい。不安にもなっているし、あなたにプライスを引きわたしたいと思ってはいけないのに思っているから。彼がまたわたしに連絡することがあればそうする。

わかったよシュガー、本当に。心配するな、あんたはこれ以上ミスター・プライスとやりとりしないでいいはずだと保証しよう。彼がそのタッカーとどうやって連絡を取っているのか知っているか？　タッカーはたぶん地元の奴か？

いいえボブ。いまのはわたしは知らないという意味。

ミスター・プライスは本当にあんたが好きだと思うかセーラ？

彼は好きだと思っているのだとわたしは思う。彼はプライスしか好きじゃないとわたしは思う。だからあなたが人質を探しているのならわたしは死ぬことになりそうだし、彼はあなたを笑うでしょうね。

タッカー。

タッカー。

それであってるな？

あなたに話せるのはそれだけよミスター・シモンズ。それで納得？

彼女はいい質問をする、おれの弁護士は。それで納得できることにしたいぞ、断然《だんぜん》時間がなくなっているから。いいドクターがおれの名前をなにかしらの方法で調べようとひらめいたら、ボブ・シモンズという男など存在しないことがばれるだろう。もちろん、でたらめは言える。これは偽名でおれ自身がいささかトラブルを抱えているんだと言える。それでもドクターが引きさがらなければ使っていない身元のひとつを教えて、彼女がすでにその名にたどり着いていないことを必死で願う。でも彼女が五秒でもおれがジャック・プライスと同じ年頃で背格好も同じだと考えたら――

そうなったらおれは死ぬ。

おいドク。

ミスター・シモンズ。

おいドク、考えていたんだが。質問がある。

ミスター・シモンズ、わたしはそんな気分じゃない。

いや頼むよドク、質問はふたつだけだ。

じゃあ言えば。

よし、柔らかいやつと固いやつとどっちがいい。

ふざけるのは――ああ、頼むから固いのをちょうだい。

さっきの会話で納得なのか、それともおれたちふたりともあんたがやろうとしている気色悪い実験の材料にするつもりか？

ミスター・シモンズ、おまえで実験するつもりはないと言ったよね。自由意志を発揮できず、選別されていない成人ふたりのサンプルからなにを学べると？　そんなのコイントスと同じ。気絶させてここへ連れてきたのは、来る来ないで言い争いをしたくなかったから。わたしは科学者であって人喰いの悪者じゃない。おまえを殺す必要があれば殺すけれど、まずそんなことには――

いいぞドク、心底希望がふくらむセリフだと言わせてもらおう、現時点では殺す必要はなくて、つまりおれたちはまだパートナーっていう意味に思えるからな。

パートナー？

おれはフレッドにあんたたちが探している男を一千万と引き換えに渡すと言ったし、そうするつもりだ。あんたがあきらかにプロであることに基づいて、おれは女性と働くことにかんする条件を放棄する準備がある。今回は栄誉と見なすし、なにかしら学べそうだとさえ考えているからな。

なんて崇高な人。

マジか、そんなことを言われたのは人生初だ。

それは驚き。

じゃあドク、あんたが構わなければこんな提案をしたい。おれはこのレディ、セーラを自宅へ送って家のなかを見せてもらうことにしよう。いまのおれたちの友好的な話し合いの過程で彼女が言及を忘れていた文書やファイルがあったときのために。彼女は気高い女だとあんたも気づいているし、彼女は本当にこのクライアントが好きじゃなくて、人生を乗り越えるには少々こづいてやらないとだめな彼の価値のないケツに、言ってみれば聖職者のような義務感を抱いているだけだからな。次におれはこのタッカーという男を探して対象の金銭面のオペレーションをじっくり教えてもらう。なぜってプライスのような男は、そう、名前にヒントがあるだろ。彼は本当に自分のカネを愛している。おれが彼のキャッシュフローを遮断するようになれば、じっとしていられずどこからかわいてくるさ。おれの経験では彼のような類はいつもそうする。この一連のスケジュールはあんたも従えるものかい、ドク？

暫定的に。

肘《ひじ》でこづくのもいいが、ウインクもいいものなんだけどなドク。

おまえはいつもこうなの？

こうとは？

なんて表現したら……南部の田舎風な堪《こら》え性のなさ？

ああそうとも。あんたもわかったように、おれは南部の出身だ。あんたとあんたの態度はディスカッションの形式について少しばかり保守的なんだな。あんたたちの事業の規模ではそりゃあそのほうがいいんだろうが、おれはこぢんまりやっているビジネスマンだから、記憶に残るのが重要な業界で、いわばおれらしさを確立したんだ。好かれなくても構わない、覚えてもらっているかぎり。そうすれば人探しが必要ということになったら、おれが舵《かじ》を取る。人が電話してくるのはこのおれだ。個人的に好感を抱けなくても仕事を立派にこなしさえしたら、そういう奴に仕事を頼むことに抵抗を覚える者はいなくて、そういう奴というのがこのおれだ。ドク、存在に気づいてもらうってことが、このデジタル時代の鍵なんだよ。

よかった、おまえは自分がチャーミングだと信じているのかと心配してた。

いまのはおれの第二の質問につながるな。このあたらしい友情を祝って、近くの酒場でおれと一緒にフルーツと傘を組みあわせて飾っているような趣味のいいカクテルをどうだい？ドク、おれは野暮ったい男だが長所もあって、そのなかに楽しみかたとレディを愉快に過ごさせる方法を知っているというのがあるんだけど。マジな話、ドレスアップしてネクタイを締めることだってできて、あるかぎられた状況ではおれを洗練されていると勘違いするかもしれないぐらいだぞ。

残念ながら今回はパスさせてもらうしかない。

おれはバレエについて熱く語ることができるぞ、ドク。たくさんの人が驚くんだが、おれはアラベスクには超こだわりがある。

遠慮する。ありがとう。

まあ心から驚いたとは言えないよドク、それに全然気を悪くしてもいない。あんたは姿形のいい女だろ、中身も美貌も備えた女に出会って丁寧に誘ったからってとがめないでくれ。

いえミスター・シモンズ、わたしはそんな女じゃないけれど、この会話は疲れるし、わたしたちはどちらも取りかかるべき案件があると思ったけど。おまえは自分のやるべきことを始めるといい。どんな状況でもこれから二十四時間はカクテルを飲まないよう勧めておく。これからおまえにあたえようとしている麻酔薬はアルコールにはうまく反応できず、わたしたちのビジネスが終わる前におまえがホワイトラムとパイナップルで死んだら不幸だから。

待てよ麻酔薬とは？

彼女はとてもすばやい。おれの首に冷たい針。カウントダウンする暇もない。あっという間に意識がなくなる。

ダイナー前の歩道。車がおれたちをちょうど落とすところで、プラスチックの皿からこぼれる粘り気のある中華料理のようにおれたちを歩道に転がす。

くたばれジャック、わたしからさっさと離れて、あなたを殺してやるから、**神に誓うから このろくでなし！　消えて！**

セーラ頼むから声を落としてくれないか、そんなに騒ぐことないだろ。

くたばれジャック。

よく言われる。

あの人たちは誰なのよジャック？

うむ、あの人たちっていうか、さっきの〈セヴン・デーモンズ〉のドクターのことだよな。とても知性ある人だが調査員としてはいまひとつだ。ところで自宅には帰るな、なにがあったのか彼女があたりをつけたら、あんたがおれの正体を彼女に教えないことを選んだと気づかれて殺されるぞ。

あなたの正体を話したら、彼女はわたしを殺すと言ったのは誰よ。

おれはそんなことをほのめかしたが正直言ってどう転ぶか全然わからないんだ。おれの伝えようとしたことを解釈してくれて感謝だ。ふたりの利益は合致するってな。

それでこれからどこへ行けばいいのよ？

おれは街を出るつもりだ。あんたがどうするかは好きにしろ。街を出るよう強く勧めるよ。別名で。あるいは政府筋の保護を求めてもいい。テレビをよく観ているから、その点では政府筋がどれだけ有能か理解しているだろ。

あなたはわたしに惚れてるんじゃなかったの？

うんまあ、おれもそう思っていたが、見えすいてただろうけど、あんたが本当に魅力的だと思っていただけなのかな。本気でつきあう関係だったら惚れているって堂々と言えたんだろうが、この局面だし、おれがあんたに恥ずかしくて汚らわしい思いをさせたのにおれを裏切らなかったのは、あんたの信条がとても深くあんたのアイデンティティに刻まれていて、完璧にあんたの常識をしのいでいるからだってわかっているんだし、つきあうということはなさそうだと考えていると言っておこう。

じゃあこれで終わり？

ああそうだな。おれたちは終わりだ。クライアントでも弁護士でもない。友人でも仲間でも恋人でもない。通りすがりのふたりだ。かつては職業上の関係をもっていたが、あんたは解雇だ、それかあんたがもうおれの弁護士をしたくないか。どちらの逃げ道を取っても、たいした問題じゃない。あんたがどうなるかおれにはわからないし気にはしているが、来週ぶんの請求書の支払いが間に合うかどうか程度のものさ。そういうことだ。

なんてひどい話なのよ、あなたもひどい。

セーラ、あんたはついさっき自分の命を救うためにタッカーと彼の家族全員を殺したも同じで、おれも自分を救うためにやるべきことをしているだけだぞ。違いは、おれはなにも取り繕っていないが、あんたは悪いことをしながらまだ自分は善人だと言いつづけている点。あんたはおれのビジネス仲間を奪って、おれたちはここで別れを告げる、これで終わりだ。

セーラはおれから離れて道を歩いていく。バッグにはほとんど現金がなくて、たぶんATMに直行してできるだけ引きださなければならないだろう。ざっと半時間以内にそうしたら、きっと彼女は死ぬ。彼女が数日身をひそめていれば、いずれにしてもこの件はかたがつくだろう。たぶん彼女はふたたび人生を手にできる。そこにおれは含まれないと思い知るべきだが、そもそも含まれていたことなんかなかったようだ。

おれは歩くビジネス・プラン、そういうことだ。それだけ。

〈マウント・キャロライン情緒健康回復センター〉はなにかしらの理由で病院と名乗りたがっていないが、実態は病院だ。またしてもミントグリーンの廊下、なんだってこの色を使うんだ？　どこにでも出現して、丈夫な服とたいしたキャッシュ・インフローのない感じをイメージさせる色。軍放出品のアンダーコートだとかそういうの。たぶん手持ちのペンキを灰黄白青とかたっぱしから混ぜたんだろう。こんな色が健康にいいわけがない。それにこの腐れペンキは鉛《なまり》が入っているくさい。絶対たっぷり。そのせいでたぶん、ここの人々をもとの状態よりクレイジーにしている。それかそんな効果はなく、彼らは以前からただの不健康な精神の持ち主だったか。ほぼ全員が感じいい。ほぼ全員が危険じゃない。クレイジーな人々の評判が悪いのは映画のせいだ。実際のクレイジーな人々は少し悲しい感じで、あんたが手当してやるか、自分たち自身で修復しないと機能しない。もう以前の話だが、おれにはいかれたおばさんがいた。いつも怯えてばかりで、もっともありそうにないことを怖がった。声が聞こえると言った。一緒にいてやるのがいちばんで、そうしたらとりあえず大丈夫になるし、なにが現実かをしっかり語ってやると、だいたいちゃんと信じてくれた。

たしかに一部のクレイジーな人々は危険なことをするが、それは世界が危険なことを自分にしていると思うからだ。考えてみれば人間は誰だってそうだ。殺意の塊みたいな人を見つけるのはまれだ。よっぽど特別な不運が重ならないと、そんなことにはならない。たとえ見つけてもだいたい薬でどうにかできる。

〈デーモンズ〉のドクみたいに、ハロー寒天培地の微生物ども、わたしは高い場所からおまえを見おろしているの的なよそよそしい表情をおれは顔に貼りつける。鏡にむかって少し囁《ささや》いて、それらしい声を見つける。ソール・ハートが飾り胸当てのIDだ。イギリスの牧師で近視で埃《ほこり》をかぶった医学の学位をもっていて、マンドリン音楽、薄い紅茶、猫が好き。脚注――あたらしい医者のところへ行くときはみんな証書をチェックするものだ。誰でもプリンターは使える。

おれは言う。どうもわたしはソール・ハート、そちらはラングリー教授だろうか？

ええそうですよ、そしてミスター・ハート、こうしたことに献身されているかたとお会いできて、どれだけ誇らしいか言葉では言い尽くせません。

うむ聖ヨセフ教会は小さいが、真の影響をあたえることができるし、こうした迷子の魂はなんといっても神の子供たちなので。

わたしどもは毎月嘆願をおこなって、どなたかが勇気をもってこうした患者のひとりを受け入れてくださらないかと心から願っているのです。家族のようなコミュニティにおいて容態を安定させるには受け皿がないと始まりませんが、もちろんたいていの場合は望み薄です。金銭が必要になり、金銭のある人々はここにたどり着きませんから。

ああまさに、だからこそ聖ヨセフ教会が存在している。愛のある場所では当然カネはそこまで問題にならないから。愛というのは人類愛《カリタス》という意味であって神の愛《アガペー》でもあり、性愛《エロス》じゃない。

ええたしかにミスター・ハート、もちろんです。

ありがとうラングリー教授。

どういたしましてミスター・ハート。最初の数週間は定期的に彼の具合をたしかめなければならないことを認めていただけますね？

よくわかっている。電話で話したように、彼をあたらしい住処《すみか》に案内するのが最適だと思う。こうした人々にはありがちなんだが、彼は断るかもしれず、あきらかな理由から彼が望むのであればここにもどることを許すのが重要だが、わたしは大きな希望を抱いていてね。目下わたしたちが用意している部屋はどれも大変いいもので、贅沢《ぜいたく》とはとても言えないがなにかしらポジティヴな気の流れに満ちている。教会の男がこのような言葉を使うのはめずらしいだろうね、わたしたちは一般的に気の流れのことをたいして意識しないから。だがわたしはカリフォルニアでしばらく過ごしたもので、まちがいなく堕落した。わたしの声からそれが聞き取れるかな？

いえ牧師さん、わたしには無理ですね。あなたはロンドン出身者の話しぶりそのものです。

ああそれはよかった。言葉の端々から聞き取れると姉に言われていてね。姉はとても容赦ないので。

女きょうだいはそんなものですね。

そちらもひとりいるのか？

牧師さん、わたしには四人います。

女きょうだいが多いのはいいものだな、ラングリー教授。

お小言《こごと》も多いんですよ、ミスター・ハート。

たしかにたしかに。それでこちらがわたしたちの友人かな？

ええ、ミスター・ハート。こちらはミスター・クリスプ。残念ながら本名ではありませんが、わたしどもにはリストがありまして、そこから全員に名前を選ぶんですが、もちろん彼らが自分の名前を思いだせばそちらにもどせます。

こんにちはミスター・クリスプ。すぐに親しくなれればと祈っているよ。

う——。

彼は少々、照れ屋なんですよ、ミスター・ハート。

う——んん。

全然問題ないよ、教授。よく理解している。ここにいる親愛なる男はわたしを頼りにしている、そういうことだ。さてきみとわたし、わたしたちはこれから友人になる。きみを助けよう。きみに必要なものがすべて手に入るよう、きみが自分自身の二本の足でまた世の中に出ていけるよう手伝う。

う——？

そうだ。

うー？

そうだ。

ルシール？

そうだ、わが友。そのとおり。ルシール。

ルシール！

そうだ。きみを落ち着ける場所に案内しよう。

タッカーに連絡するのは無意味だ。彼はなにが迫っているか知っているだろう。おそらくおれより早く知っていた。カレーニナが連絡しておれがどつぼにはまったと教えているとか。あのふたりは古い知り合いだ。今頃タッカーが〈セヴン・デーモンズ〉に聖餐《せいさん》のパンをわけあたえて、できるかぎりおれの情報を教えているとか。協力する取り決めの一部。それこそタッカーがおれのしていることを全部は知らない理由だ。相手を信用しなければ誰にとってもより安全だ。

古い名画座の隣にコピーショップ。名画座は先月閉館になった。もうレイト・ショーのボガートやバコールはいないし、ジョーズもジャワズもいないし、自分たちが恋しているからってラブコメのあいだおとなしく座っている運動部連中《ジョックス》もいない。もうそうしたものはなにもない。閉鎖されたビルとコピーショップだけで、おれはリンデンと会ったのち、ここにブリーフケースを預けて、もちこんだものをスキャンして、作りたてのメールアドレスに送るよう頼んでいた。カレーニナがこれを見つける手段はない。太平洋のゴミの渦に浮かぶ一片のプラスチックを探すようなものだ。おれはリンデンのもとからなにをもちだしたかって？あんたは注意力散漫だって言ったよな。思いだせ。あのとき古典になった映画話をしてからおれが少々活発に動いて、そして——そうか、あんたまだわからないのか。

いいか、おれはオリヴァーのデスクから来客予定表を盗んだんだ。紙の予定表さ、ああした法律事務所では何者かにハッキングされたり事務所内で勝手にメールに添付できるデジタル記録は望まれない。好きなだけ暗号化してパスワードで保護してパーティションやらなんやら使ってもヤバい。シェアしたくないものがあったらローカル・コンピュータなんかに置かないのが鉄則だ。コンピュータはシェアするためのものだからな。作られた目的と使われる目的が違うってわけだ。リンデンはそれを知っているから紙を使っている。バイトの誰かが毎晩マスターから予定をコピーして、さらに二冊ぶんにしなければならない。ドロシーのぶんとオリヴァーのぶんだ。彼あるいは彼女は遅くまで法律事務所にある文書室に座って、やるべきことをやって無に等しい給料をもらうが、並んだ名前がなにを意味するかさっぱりわからないままで、それがどういうことか推察したり事務所のリズムに慣れたりしないよう定期的に首にされて、事務所側としてはこの手順を尊重しなければならない。むかしながらの賢いやりかただ。

欠点はこうしておれが予定表を盗んでも、彼らには取りもどすことができないこと。彼らも今後はすべてのやりかたを変えることができるが、そんなことおれは気にしない。おれが気にするのは過去だけだ。今度のことは過去に始まり、それもつい最近始まったものだ。じゃあリンデンが今月会ったのは誰だ？　誰かといえば……ジャンとドンのアンダーソン夫妻、相続について。リーボウィッツ家の未成年者と親権解除の件で会っている。彼は三つの法人の者と会ったなどなどなどでクソ悩ましいじゃないか、この男は健全な仕事とさまざまなクライアントをもっている。彼が会ったなかでディディ・フレイザーに関心をもっていそうなのは？　見当たらない。ひとりもいない。では彼が会ったなかで彼の法律事務所にそれまでかかわりがなかったのは？

ＮＣ、新規クライアントとタグのついた名前が三つ。このうちひとりが九〇パーセントの確率でおれの問題と直結だ。じゃあここから始めよう。ショーン・ハーパーは金持ちの若造。リズ・クレインは離婚を考えている。ロイ・マクストン神父はなんだってここに名前があるのか書かれていないから仮定するしかないが、駐車違反の切符を切られたか、自分の教会の管轄を再区分する必要があるとか、その程度のことだろう。リズは誰と離婚するんだ？　ショーンはどんなことを誰にした？　全然わからない。でも全部手がかりの足しになる。まだ結論にはいたらないが足しにはなる。

善良な神父は〈セヴン・デーモンズ〉に支払いをする現金をもたない。予想よりも教会のずっと高い地位にあるなら別だが。名前を検索。違う。このしょぼくれた男を見ろ、清貧をよしとする修道会の者で、白雪姫の小鳥がしあわせを運んでくれるようには見えない。リストから削除。なぜリストから削除か？　このリストの者と実際会うたびにおれの居場所が敵に推測される可能性が増えるからだ。優先順位《トリアージ》だ、みんな。一度の突撃ですますのが理想。

マクストン神父削除で残るはふたり。

リズ。リズ・クレインはある巨大なろくでなしと離婚するところで、そいつは身体的に巨大ではなく実際には小柄のまるぽちゃタイプだが、貨幣的にはゴムシートにのせた鉛の重しのようなもので、すべてのカネが彼の上に転がってくる。リズはすべてのカネまでは望んでいないが、ひとりでカネ風呂に入りたいの、よろしく、というところだ。リズは若くて可愛《かわい》く、写真を見れば祖先にアメリカ先住民とかゴア人とかいそうだと人は言うかもしれないが、全部仮定だらけの話だからおれの気持ちとしては黙っておけという感じだ。トム・クレインは若くなくて可愛くない。リズはみずからの主張によれば下働きの水兵として務めてきたそうで、いまの望みは——マジ彼女がこの隠喩《いんゆ》の語りでなにを望んでいるかおれにはさっぱりわからないし、船や海軍の歴史についてもなにもわからない。彼女の望みは太っちょの夫とのセックスをやめて次に行くこと。リズにもっとパワーを。リズはなぜディディに死んでほしかった？　ディディがリズと彼女の離婚にとって問題のようなものになる可能性はあるか？　もしかしてディディのひ孫がトム・クレインの家のプール掃除をしていて、個人的な体験と接近からリズの絶頂の表情がどんなものか知っているとか？

リズと話そう。

ショーン。ショーンをながめる。ショーンはそこそこまともな若者のようで、つまりはショーンはカネを相続したが、基本それをどうこうする必要性を感じていないという意味だ。ショーンは無料食堂でボランティアをしていて、ありとあらゆる異なる色の妙なコットンのヘアラップを髪にいくつもつけているからランチョンマットみたいに見える。ショーンは子供相手に音楽療法をおこなっている。ショーンは鯨を救っている。くたばれショーンと彼のすべての仕事。目ん玉突いてやる。ショーンは人に自分は情けないと思わせるが、それはショーンが十億ドルにあと少しという遺産をもっていることを思いだすまでの話だ。ショーンはブルース・ウェインで、この慈善活動は彼のバットマンだ。幸運なショーン。パパがどこかの多雨林の半分を伐採《ばっさい》して石油だかなんだかを見つけていなければ、そこらの裕福で立派な若者みたいにショーンはやりまくりの生活を送れただろうが、うしろめたさってやつを抱いてしまっているってことだ。ショーンと話そう。

リズ、またはショーン。ショーン、またはリズ。コイントスをする。

リムジン運転手との短い議論。彼はトランクで毛布の下におさまる。おれはカネを申してたし血気盛んにもならなかったが、交渉は期待したとおりに進まず、もっともな結論にいたらなかった。いいか本気な話、相手が本気であんたが本気でない場合は、あんたが排除されるだけだ。来世でがんばれよ？　運転手のいまいましい帽子はサイズがあわないが、とりあえずかぶる。みっともない格好になって運転手のポケットの電話をつかみだす。

そう、彼は本当に死んでいる。彼の車を十分間使いたいだけのしょうもない理由で、おれは彼を殺した。たいしたことじゃない。なんだか芸術的ではなく過剰に思えるが、卵を割らずにオムレツは作れない。

やあリズおれの名はジャスティンで、おれが今日のあんたの運転手だ。

どうもジャスティン。

ヨーホー!!　って言ってもらえるかい、リズ？　世界海賊口調日のドライブみたいなもんで、叫んでくれたら割引してあげられるんだ。リムジンでやるのはクールってわけにはいかないのは気づいているが、うちのボスがそうしろって言っているもんでお勧めしているんだが、どうかな？

ヨーホー、オッオオー、ジャスティン。ヨーホー、オゥオゥアアン！　これでいい？

ああリズ最高だ。言わせてもらえばあんたは立派な海賊になれるよ。

あなたもよジャスティン、それは本物の歯？

うん実際のところ本物さ。まあちょっとだけ見るからに人工のセラミックみたいなのになっているが、そうさこれはおれの歯で、３Ｄプリンティングを使って作ったものだ。友人がデザインしたのをすぐに受けとって、病院で口をスキャンされてバシッとくっつけてもらって二時間もしたらステーキを食えると言われたが、そんなことはしなかったよ、おれはヴィーガンで肉は食わないから。もう一度海賊のあれをやってくれるかい、景気づけに。

オゥアッアアアン！

ありがとうリズ。

いいのよジャスティン、あなたってキュートだもの。あなたのためにちょっとあえぐのは好きかも。

おやリズ、赤面してしまうよ。あんたは結婚している女でその大きさの指輪をはめているのに。

この卵にだまされないでねジャスティン、わたしはヘアからあの男を洗い流しているところ、ええそうなの。あいつはもういなくなった。だからもう一度わたしにアーッアアアン！と言わせてよ、それからドライブしながら話しましょうジャスティン。だってわたしはまず寄る場所があるけれど、そのあとにカリブの海賊が小さな海辺の町を無慈悲に略奪するのがどんな感じかとっても知りたいかも。

おいレディ、車を出した男にそんなことを言っちゃだめだぞ、そこの自転車の奴をあやうく轢《ひ》くところだった。

やだジャスティン、楽しんでないなんて言わないで。

リズおれは心からとにかく楽しんでいると言える。

じゃあ、わたしのお宝を略奪するつもり、キャプテン？

ああ、もちろんだとも。でも約束してくれよ、あんたの海岸線に報復だとか仕返しだとかは発生しないんだな、言いたいことはわかるか？

ええと……

すまない、海賊についての本を読まされた影響だな。おれが言いたかったのは、あんたの夫は本当に全体図の外に出たのかってことだ。おれは億万長者の海運業の大立者《おおだてもの》かなにかを敵にまわせないから。そういう奴らは大英帝国海軍におれを追わせて黒ひげみたいに吊るすだろ。

あら可愛い人、あいつは風のように去った。とっくに過去形。わたしは弁護士をつけたから、キム・カーダシアンみたいにリッチにはならないけれど、二度と働くことも働きたくなることもないはずよ。ヨーロッパに引っ越してカルティエの店舗でキャンプするつもり。

おい、離婚てそんなに簡単なのか？

あらそんなに簡単じゃなかったわよ、ここにたどり着くまでに吐き気のするセックスを体験してきたんだから。でも信じてジャスティン、下着の中身が感謝祭の七面鳥みたいに見えない男と試したくてうずうずしていたから、あなたはすごく楽しめるはず。あなたはタトゥーを入れてるのジャスティン？

いや入れていない。

よかった。七面鳥の話はリアルで、いまじゃタトゥーを見たら家禽類の模様を想像するの。

なあ、これから向かう界隈はおれの固定客の家からそう遠くないんだ。

彼女もわたしみたいに話すのジャスティン？　わたしはあなたをシェアしないといけないの？

いやマダム、彼女はそんなふうに話さないし、あんたの七面鳥の夫にお似合いのつまみになる。彼女の見える部分は、ほらわかるだろ裸じゃないってことだよ、七面鳥に詰めるクルミにそっくりだと思っているからな。でも彼女はもう死んだ。ディディ・フレイザーという名前だったよ、このすぐ先に住んでいた。あんた彼女を知っていたかいマダム、よくこのあたりに来てるようだが？

いいえ、知らない。その人どうして死んだの？

殺されたんだよ、リズ、そういうことだ。冷血に殺された。誰がそんなことをしたんだ？

本物の海賊とか。

ああ。そうかもな。

ジャスティン言いたいことがあるの、いまの話はちょっとムードぶち壊しよ。

ああ、自分でもそう思ったところだ。

ねえわたしを美術館の前で降ろしてくれたらそれでいいわ。あとであなたが必要になったらオフィスに電話する。

おれはこれであがりなんだよリズ、すまない。もう一度おれのためにアーッアアン！ってやってくれないか、思い出のために。

はっきり言うねジャスティン、したくないかな。冷静になったら急におかしな感じに思えちゃった。

海賊ごっこをやればおもしろかったと思うよ、リズ、けどあんたはもっとレベルの高い男を見つけるさ。じゃあ気をつけて。

ありがとう、ジャスティン。

バイ、リズ。

そして彼女は去った。リズがおれのせいで死ぬことはなく、おれは彼女とセックスすることはなく、それはリムジン運転手ジャスティンへの贖《あがな》いのようなものだが、本物のジャスティンが胸を刺されて、人殺しとドライブしていたと知ったら彼女はむしろ興奮しそうだという意味もある。たまには同じ人類のためにできることをしてやろう。それにははっきり言おう。

彼女は好みじゃない。

おれは直感を信じて、彼女はディディ・フレイザーを知らなかったと言おう。

リムジンを放置し、蛍光色の作業ジャケットを着る。公園の暗渠《あんきょ》に降りてくさい泥を見つける。そんな感じで安全帽をかぶって歩く。なんの仕事をしているかふしぎに思う者はいやしない。数ドルでゴミ収集車にヒッチハイク。ショーン・ハーパーの住む通りにもゴミがある。ゴミなら誰でも出すからな。ただしキモい環境インパクトゼロの連中は別だが、奴らは都市における自分ひとりの存在だけでアンデスの村ひとつぶんの広さのエコロジカルフットプリントになると判断できない。まあいい。

おれはショーン宅のドアをノックして彼の名前が書かれたものを、たとえば手紙とか、ディディ・フレイザーからの手紙とかを見つけたと言いたかったのかもしれない。それがおれの計画だったかもしれないが、そうじゃなかったかもしれない。どっちにしても計画は必要なくなる。蛍光色の作業ジャケット姿でゴミ収集車の荷台に立っていると、運転手があやうくドクターをぺしゃんこに轢きそうになる、そうだあのドクターだよ、すばらしい目をしたドクターがティコという名に反応しているサルーキ犬を連れてうっとりと歩いている。彼女はショーンの住む建物に向かうところで、ドアマンに犬を預ける。しゃなりと歩いてエレベーターに乗る。サルーキ犬は彼女にふさわしく、彼女が何者か正確に語っている。洗練されて美しく、獲物をどこまでも追いかけるだろうと。でもそれにはまず彼女は獲物を目にしないとならない。だと思いたい。しゃなりしゃなり。ドクター、彼女はじつに見事な脚の持ち主で、おれはさっきあんなふうにリズに話しかけたが、仕事上そうすることを選んだ一方で、まったく不愉快だったわけではないと告白しなければならない。闘争《ファイト》と逃走《フライト》と床　争《ファッキング》の本能はどれも人間の頭からなくならず、たまに交錯して混乱し、おれは闘争から人を殺してめっちゃ逃走していて、おれのなかの進化にかんする部分がいま自分のＤＮＡを保存するためにファックしろ、それもたっぷりやれ、いまそこにいる女は強く一流で折り紙つきだと言っていいくらいだぞと確信している。

エレベーターの扉が閉まる。バイ、ドク。ハロー、ティコ。あの、ちょっといいかい、見てもいいかな、おれは犬が大好きでね。おれが育った場所はみんな犬の飼育を手がけていたんだ。こいつはサルーキで、こいつみたいに洗練された犬種じゃなかったけど、それでも犬には変わりない。こういう犬はちゃんとした世話が必要なんだ。

そうか、でもこいつはあんたの犬じゃないからね。

たしかにそうだし、おれはこの街で犬を専門に飼育する権利はもっていないが、詳しいから──おい待てよ、この犬は胸のここのところを少し痛がってるぞ、わかるか？

いやわからないし、そろそろあんたには──

いや待てっておれはふざけてるんじゃない。あのレディ──いいかいちょっと見せてくれ──ああそうだこの部分だ。大丈夫だぞティコ……ここだ。おっと、まずい。

どうした？　犬は大丈夫か？

うむイエスでありノーでもある。元気だが大丈夫じゃないって意味だ。こういう犬はたいてい心臓癌の心配をすることになる。

なんだって？

ああ、この犬種には心臓癌があって、三十一パーセントの割合で罹患《りかん》するって信じられるかい？　こいつはこの肉の部分に小さなポリープがあって、それはよくない兆候だ。あんた飼い主とは知り合いか？

いいや。まいったな。

いいかい、おれはいまから用事があるんで、あんたが彼女に会ったら教えるんだぞ、癌の医者とか専門の獣医に診せろと。この建物に住んでいてこんな犬を飼っているなら彼女はリッチな女のはずだから、ティコを救えるだろう。この手の病気は早期発見して正しい処置をすればいまは治せる。医者にできることは奇跡みたいだよ。でも頼むからあの女に伝えてくれよ。蛍光色の作業ジャケットを着たしょうもないの話はしないでいい、通りかかった獣医が電話番号を残して連絡するように言ったと伝えればいい。うん待ってくれよそうなんだよ、おれの知ってる男が獣医で、半年前彼のために仕事をしたんだ、待ってくれよ電話番号を——


こうして立ち去る。歩き去る。やることとすまして歩き去って通りを進み、池のヘドロのにおいをさせてよいおこないをしてあの犬を救って。

いやまさか、ティコの胸をさわって感じられるような腫瘍《しゅよう》があるものか。ちょろいなあんた、お子様か？

ショーン・ハーパーが〈セヴン・デーモンズ〉のクライアントだ。九九・九パーセント。だがもうおれがショーンを殺しても事態の解決にはならない。どちらにしてもショーンを殺すつもりではあって、いますぐはとても無理なのが悲しいくらいではあるが。自己満足のためにあとで殺し、たぶんその前に彼と話をしてなにがあったのかすっかり聞きだす。けれどいまはマップにひとつピンを突き刺さないとならない。

それにあとでドクターのわんこを散歩に連れだすつもりだ。

孔丘《こうきゅう》は語った。未来を定義したければ過去を学ぶべし。

これはコーヒー・トレーダーがたがいに語る類のたわけであり、あいつらがやりたがることのひとつに孔子じゃなく孔丘と呼ぶというのがあって、つまり自分たちのほうがあんたより賢いとわかっているわけだ。

公園のベンチに座って過去を学ぶ。古代史の時間。九五年。

九五年にさかのぼって、ある男がいた。世界一のソロ・スナイパーと目された。たいていのスナイパーは可能ならば観測手《スポッター》を使おうとするが、この男はそうじゃない。テクノロジーもたいして使わない。あのカラシニコフ本人みたいにウクライナの丸太小屋育ちの凄腕《すごうで》のひとりで、牡鹿のためらいの瞬間を仕留めるために生きて、小便中に風の変化を感じる手合いだ。かつてスターリングラードをお楽しみ会にした男たちで、さかのぼればシープスキンと雪の下に隠れ、モスクワから歩いて帰ろうとするナポレオンをこっぴどくこらしめた。歴史上の熾烈《しれつ》な戦時において登場してきた者たちの直系の末裔《まつえい》、ってことであり、ステップ気候から生まれる強力なスナイパーの魔法だ。魔法を信じなくても構わない。じゅうぶんに進歩した脅威の殺人本能と習得したスキル一式ならば魔法と区別がつかないからな。この男は魔法だった。人は彼をヴォロドヤと呼んだ。ほかの名前をもったことはなかった。〈宇宙の支配者〉という意味だ。

こうしてしばらくこの男が〈セヴン・デーモンズ〉をまわした。一味と殺し、一味とパーティして、一味と食事した。一味とは寝なかった。こいつらは眠らないからだ。そうこうするうちに彼は五十歳となり、もうたくさんだと言った。世界中にうなるほどのカネをもって引退し、そのカネを気にもかけずまったく使わなかった。人里離れた掘っ立て小屋で暮らした。この逸話は〈デーモンズ〉たちの理解に役立つ。たしかに彼らはカネを稼ぐがカネを気にかけず、気にかけるのは〈セヴン・デーモンズ〉でいること、すなわち悪党でいること、言いかえれば殺したい相手を誰でも殺せること。あたらしい〈デーモンズ〉たちも同じだ。関心の方向はさまざまだが、関心が向くのはカネそのものじゃない。

ひとつの歴史観てとこだ。

何本か電話をかける。犬の散歩計画を立てる。裁縫キットとかなり伝統的なメンズ向け衛生用品をもたせてひとりの男を倉庫地区へ送る。おれがなんだかんだ準備するため必要になるものってこと。歴史は大いに結構だが、いまは現代だからおれはディープ・ウェブ、さらにはふたつのモバイルをつうじて七段階の目くらましを使い、暗号化したあれこれを伝える。おれは月にだって行けるってことさ。いつまでも捕まらないってことじゃない。いまは大丈夫だ。めっちゃデカい不運で道とかクロスタウンとかで奴らのひとりとばったり出会う偶然なんかがないかぎり。とびきり頭のいい者でもおれの通信手段を解明するにはデジタルでの苦労を数カ月強いられるが、おれに数カ月の余裕はない。おれはじつは逃げていなくてじっと立っていて、カレーニナはそれを知るだろうから。彼女が見つけようとするのはとめられないけれど、彼女がおれを破る頃には――システムではなくおれを負かすわけで、おれはいずれヘマをして彼女にきっかけをあたえるはずだからであり、人間っていうのはかならずヘマをするからだ――その頃にはおれは言葉をなくすことをやってのけておれの糞溜めに彼女を引きこむから、どちらにしてもすべてカタがつくだろう。

あたらしい単発の請負サービス〈レイトトゥザパーティ・ドット・ミー〉にVoIP。早口で話す、ひとりのプロからもうひとりのプロへ。運んでもらいたいものがある。患者のことで遅くなりそうなんだ。獣医の呼び出しだからどうしても日程の変更ができない。あんたには獣医からの使いだと言ってもらいたい。やってくれるか？　ありがとう恩に着るよ……うんそいつを連れていってほしいんだ、場所は――うん。うん。よかったありがたい！　彼の評価に五つ星、みんな高評価は好きだろ。アル、それが彼の名だ。アルにしみったれたことをする意味はないし、とにかくいい奴だから。でも彼をブックマークするのも意味はない、悲しいことに。

よし。よしいいぞ。ちょっとしたリストが手に入ったじゃないか、そうとも。

ジョニー・キュバーノ。チェック。

それから、

ドクター。

フィンランドの拷問兄弟。

カレーニナ。

傭兵のイ・ドンハ。

広報担当スナイパーのフレッド。

サイコロを転がせよ。誰の番だ？


着信、見慣れた番号。出るな。場所を移動しろ。もうひとつ胸当て飾りの人物を捨てて。キャスト名からもうひとつクレジットを抹消《まっしょう》だ。薄汚れたアパートメントへ移動。だがＷｉＦｉの入りはすばらしくて、隣のものにあっという間につながる。ハッカーのコミューンのようなもので、高品質のケーブルを使っているし、フリーアクセスの気質をもつのはみんなに国家安全保障局を出し抜いてもらいたいからだ。市民にパワーをだよ。

先程の着信にかけなおす。ボブ・シモンズにはならない。

やあタッカー。

やあプライス。

タッカー、おれは〈デーモンズ〉でいっぱいの部屋に話しかけているんだと仮定しようか。

そいつはいい仮定だなプライス。

あんた捕まったのか？

正直言えばおれが彼らを捕まえたようなもんだな。

あんたがすり寄ったのか？

食うか食われるか、犬が犬を食う世界だからな。

ほういいことを言ったな。

なんだと？

気にするなよ。どうなっているのか話せ。

おれはおまえのカネを全部奪うってことさ、プライス、おれの知ってることをすべてこの善良な人たちに教えようかなと。

たいして知らないだろ、タッカー。

おまえが思ってるより知ってるかもしれんぞ。

かもな。あんたが思っているより少ないかもな。

（やあショーン、のようなことを言いたい誘惑に駆られて仕方がなかったが言わない。おれはプロで怒れるティーンエージャーなんかじゃないから。）

タッカーが声をあげて笑う。喉を割かれた者のような声だ。タッカーは肺気腫を患っている。そのせいで死ぬことなんかはないが、けっしてよくもならない。

〈デーモン〉、そこにいるか？

ああ、ミスター・プライス。

タッカーの世話を頼むぞ、タマネギを食わせるとガスを連発するから。

わたしはきみの友人たちを手に入れましたよ、ミスター・プライス。

おれも友人を手に入れたと言ってみたい。

建設業の男もここにいます。

ビリーがそこに？　おいそこにいるのか？

ふざけんなよプライス、そうさオレはここにいんだぞ！　どうなってんだよ、あんたのせいか？

いやビリー、そいつはキツいな。〈デーモン〉、ビリーを殺すつもりならそれはキツいぞ。なにも得がない。足場作りのうまい連中を見つけるのがどれだけクソむずかしいか知ってるか？

きみがこの男と作業員たちにコカインを供給しているのは理解していますよ。

そうだが使用については奴らもよくよく注意すると理解したうえでのことだからな。マジな話、この半球でなにか建設しようとしたらビリーと作業員たちが必要になるんだからな。

ビリーさん、それは本当かね？

そうともさ、オレたちは最高だ。

きみの従業員はみな有能なのかね？　常識があって訓練を受けているのかね？　きみだけではなく？

ああもちろんさ、オレたちは優秀なチームで、たぶん二名はオレの仕事ができるな、オレは――

バカめビリー。

〝ビデオ通話を着信しました〟

〝拒否〟

おやミスター・プライス、頼みますよ。

〝ビデオ通話を着信しました〟

〝拒否〟

応じるなんて思うなよ――ところであんたをなんて呼べばいい？　あんたを〈デーモン〉と呼びつづけることはできない、まぬけみたいで。

フレデリック。

ミスター・フレデリックか、それともただのフレデリックかい、イタリア製の革パン穿《は》いたユーロトラッシュ的に？

わたしは革のパンツを穿きませんのでねミスター・プライス、革を身につけるのは非人道的です。

ハア？

きみはクソ腹立たしいですねミスター・プライス。フレデリックだけでよろしい。いまからきみの友人を殺すことにします。きみは親切にも彼を助けようとしてきみの説得はじつに立派でしたが、本人の――失礼（**ドギューン**）――本人の証言により彼は（ミスター・タッカー申し訳ありませんね、あなたがどれだけ遺憾に思っているかわかっていますよ）彼はすでに自身のかわりになる者をじゅうぶん訓練していますす（弱りましたね、彼は牡牛のように叫ぶうるさい男だな、いやまいった、まあすぐに終わるでしょう）。世界の秩序ある流れは続きますし、もちろん作業員たちは多幸感に添えて明晰な意識をもたらし、ユーザーに心臓発作を引き起こすこともほぼない新製品に課金制でアクセスできます。わたしたちはその製品を使用者が思わず顔を突っこみたくなるよう〈ビヨンセ〉と呼ぶことにしますよ。

ほうそれは愉快だな、じつにしゃれている。

奴らのねらいはわかる。おれは少々野暮ったい性的なほのめかしがドラッグ使用の際の正統なありかたに背《そむ》くことから、刺激を求めるアッパーミドルの層にはとても受けがよくて売れることや、もっと素直に熱心な態度でその手のイメージに没頭するローワーミドルの層と労働者層にも同じくらい売れることを知っている。

〝ビデオ通話を着信しました〟

〝拒否〟

なあ、あんたがビリーを殺《や》る場面なんか見ないからな。そんなことをしたらあんたはおれの電話にカレーニナを忍びこませる。二流のすることだな。

失望しました。わたしはずっと気高くありたいと願ってきましたが、人類は野蛮に落ちていくばかりですから、たしかに驚くべきではないのでしょう。

じゃあ、あんたはビリーを殺して今度はタッカーも殺すつもりか？　マジでただの無駄だ。

いいえ、ミスター・タッカーはわたしたちの友人になりましたのでね。

そこから逃げろタック。奴らの友人でいるのは成長産業とは見なせないぞ。

少なくとも数時間はここに居座るつもりだ、プライス、たぶんおまえが捕まるのを見物する。個人的な恨みはないが、プロ・スポーツよりおもしろい。降参しろと勧めているのかタック？それがいいだろうよ。セーラやチャーリーが見つかる前におまえが姿を見せたら、彼女たちはたぶん死なない。

だと思った。返事はもちろんノーだ。だがおれはカウンター・オファーを出す。

どんな内容だ、プライス？

奴らがさっさとおうちに帰ってすぐに身をひそめるなら、おれはおそらくあとひとりかふたりだけを殺したところで探しだすのに飽きるだろうが、それで終わりになる保証はないからな。さあどうだ。いまのでヤル気はピクリと動いたか？　おれはこれから人に会わないとならないんだよ、目的は――まあいまはどうでもいい。おいフレデリック、おれが電話を切る前にビリーの息の根をとめたいのか、それともカチリと切れた音が聞こえたらやるつもりか？

奴らは返事をしない。さっさと仕事を始める。学べることがあるかもしれないからおれは耳を傾ける。それになにかをする理由を念押しされて損はない。長引かせないからそこは奴らを褒めてやる。ビリーには何度かおれを罵る時間があってそれから頼むと言うが、それはおれに向かってではなく、そこでそういうことになる。

もう通話を続けて冷やかすことはしない。おれたちみんな、自分の立ち位置がどうなっているのかわかりきっているから。

その点について気分は優れないと認めることになりそうだ。とことん飲んだくれたいところだが、そうすると犬の散歩計画において窓の外を見逃しそうだし、おそらく命をうしなうことにもなる。酔っ払ったら失敗するし、個人的に暴れるだろうし、いまはそんな余裕はない。ばっちり準備が整ってから個人的に暴れてやる。

金持ちのガキがおれを死なせようとしたというだけの理由で、フレッドが完璧の極みの足場職人を殺したせいじゃないからな。

ショーン・ハーパーが——おそらく——彼なりの愚かな理由でディディ・フレイザーを殺したせいじゃないからな。

彼がおれの家に人を送りこんで、おれが手を引くよう叩きのめしたせいじゃないからな(ほらこれはおれが言いたいことの実例だ。いまおれはあの男たちを探しているか？　いいや。なぜかって？　人材のまったくの無駄遣いで取るに足りないことだからだ。あの男たちはビリーがそのへんのただの男だったようにただの男たちで、だいたいにおいてプロとしてふるまい、要求に見合う仕事として、おれが重態になるほどの怪我を負わせることなくちょうどいい具合に痛めつけたが、それはスキルの高い作業だ。おれがちょうどいい具合に誰かを痛めつけたくなったらああいう男たちが必要になるだろうが、彼らとは適切なゴムマスクについて話し合いをもつだろう。カスタマー・サービスは重要だから。おれにあんなことをした男たちはリンデンとつきあいがありそうだけれど、寝返らせておれが雇えるとほぼ確信している。リンデンはケツの穴で、まちがいなくしみったれた報酬しか支払っていないからだ)。

ここまであげたことのどれかが感情にからむせいじゃないからな。おれはばっちり準備が整ったら暴れるだろう。状況がふさわしくなればそれしかないから。だからうしなわれた可能性を思って少しだけ泣くだろう。おれはおれの男らしさに守られていて、知り合いが殺されると悲しいからだ。あんたなら泣く。たとえ殺された男についてく。本当に話せるのは、そいつが最新の足場を建てた場所が風変わりだってことしかなくても泣く。あんたが泣くならおれも泣く。そうしてから立ちあがって自分の人生を続ける。死んだ者たちは去ったかもしれないがパーティはまだ続くから。おれにはやることがいくつもあるんだよ。カクテルを混ぜてプレイリストを作る。

支払うべき請求書がある。

サルーキ犬ティコは時間どおり到着する。いい犬だ、ティコ。少々びくついているが、悪名高い不法な生体解剖者に飼われている動物ならそうなりそうだし、おそらく彼女になでられるほとんどの時間、ティコは抗炎症薬と血と胆汁と彼女に付着しているありとあらゆるもののにおいを嗅いでいるとかだし、そんなママをもっているんだから。かつて猿たちを訓練して褒美《ほうび》を有刺鉄線の像から受けとらせる実験があった。像はワイヤー・マザーと呼ばれた。猿たちは傷つけられてもワイヤー・マザーを愛した。ティコのママは彼の面倒をじつによく見ている。とても愛している。だが耳の長い飾り毛をなでるその手は胴体をぱっくり開けていることを知るべきだ。彼は犬。そういうことで自分を騙してはいけない。ママは捕食者なんだよ、ベイビー。そうなんだ。

ただ彼はアニシードが大好きだと言っておこう。視覚ハウンド犬の多くがそうだ。そのためならなんだってするだろう。キャロブ豆？　ティコはそんなものあんたにくれてやると言うし、犬の心臓を爆発させたいのでないかぎり犬にはチョコレートをあたえないものだよなボーイズ&ガールズ、そしておれはティコに心臓発作を起こすためにわざわざそんな手間をかけなかった。ティコとおれ、おれたちはもう友達だ。

ティコは腹にガスがたまっているが、そうならない者がいるか？

彼はおれの部屋のカウチに座り、普段はそれが許されていないのだとおれは見わける。

おれは言う。いい子だ。

そして彼はおれに笑いかける。後ろ向き《ドギー・スタイル》で。

あー、可愛いな。

おれが拠点にしている場所からそう遠くない中心街を歩いていき街角を曲がると、なんとイ・ドンハがいる。出会い頭にそこでぶつかりそうな感じに。五インチちょい前に彼がいる。目が合う。おれは彼の顔を知っていて、彼はおれが彼を知っていると見てとる。マジの不運で、とにかく悪いときに悪い場所に居合わせた。

イ・ドンハはよくわかっていないがなにか妙だとわかっている。おれに腹黒く悪党っぽい声をかける。よう。

ごまかせ。おっとすまない——おやトニーかな？　違うかトニーじゃないとは申し訳ない。

悪いな知り合いの男に似ていて——

　がんばったが手遅れだ。まどろっこしくて動きだしも遅かった。彼は腹黒く悪党っぽい水で培《つちか》った本能でたったいまなにかが起こったとズバリわかって、おれがそうとわかっていると彼もわかって、状況をつなぎあわせている最中だ。チクタクチクタク・ドカーン。ズームしてフルフォーカスしたみたいな認識、ショックを表現するひとコマみたいに、弦楽器が泣き叫ぶサウンドトラックみたいに。死体へのクローズアップ的な。

　イ・ドンハはむちゃくちゃ喜んでいるように笑う。そうか、貴様ジャック・プライスに違いない。

　背を向けて逃げる。イ・ドンハみたいな者とは取っ組み合いをしないものだ。頭がまともに働いていれば。おれがすでに目を通していた経歴をたとえ見ていなくても、あんただってそれがわかる。第七〇七特殊任務部隊の徒手格闘チャンピオンで、冗談抜きにアジアのマイティ・ソーみたいに見える。おれに有利なのはただ一点、むこうもおれと同じくらい驚いていること。奴はブリトニー・スピアーズ——ウップス！　と歌っていた頃のブリトニーであって丸刈りにしたブリトニーじゃない——とセックスする想像で頭をいっぱいにしている。イ・ドンハはこれを野望にあげている。キモオタめ。

おれは奴を数歩出しぬいてから街角を大急ぎで曲がる。スニーカーに感謝、奴のほうはしゃれたミリタリー・ブーツでビタンビタンとにぶい音をたてて歩道から衝撃を受けているが、奴のほうがおれより足が速く身体も鍛えている。おれは車の流れを駆けぬけてあやうく死にかけるが、それでも走る。道を渡る。次の道を進む。右へ左へとにかくでたらめなルートを走って、敵はおれに追いつけない。でもあきらめようとしない。相手は高地でマラソンを二回走れて、それを自覚している。おれに追いつく必要はなく、おれを見失わないでいればいい。おれのうしろから坂をほほえみながら駆けあがって、ワールドクラスのサッカー選手ばりにスプリントなんかしてないみたいにマジで余裕の笑顔だ。なんだよ耐久ハンティングかよ、おれをハントしていやがる。

走って、どこまでも走って足をとめない。チャンスは一度きり。一度だ。

イ・ドンハがわずかにスピードをあげる。奴の息遣いが五百ユーロする秘密のブランドのミリタリー・ブーツのビタンビタンという音にまじって聞こえてくる。あのブーツには小さな複葉機でもついているのか。ドラゴンかもしれない。ヴァギナかもしれない。なにかだ。

三人組から襲われたときみたいに視界の端がしだいに節電状態に。それでもまだ百パーセント真っ暗じゃない。寝てるみたいには感じないから。どう感じるかなんて関係ない、逃げるのみ。おれはこんなタイプの超悪役じゃないのに。

倉庫のドアへ飛びこむ。少しでも敵がおれをいたぶって、少しの時間を無駄にしてくれれば――

飛ぶ。

前へ。

痛み。

イ・ドンハに背中を殴られた。背骨じゃない。ただの腎臓ではある。おそらくショーン・ハーパーの暴漢たちがたっぷり痛めつけたのと同じ腎臓。腎臓のやつはいま確実にペースト状になった。小便と血のにおい。小便たらして自分からにおいがしているか、空中に漂った本物のにおいだと思いたい、身体の内側からにおいがするんじゃなくて。

敵はいま遊んでいる。いまおれをいたぶっている。気の利いた会話さえもなく、手持ちの悪質な攻撃を各種おれにぶつけてくるだけ。こいつはジョニー・キューバーノとは全然違う。

おれは這う。奴はそれが気に入る。突き当りのドアへと這っていく。

木箱の隣を這って、前には床にペンキで引かれた青い線がある。あたらしい青いペンキ。

そうだな、貴様はあの線を越えろ、あと二分間、生かしてやろう。願い事をさせてやるかもしれんし、させないかもしれん。貴様あそこまで這っていけるかジャック・プライス？　まだそれだけの気力があるか？　そうだまだある、進め。そうだよな。

ああ怪物め、おれにはまだ気力がある。

おれは這う。できるかどうか自信はない。

奴がおれの尻を蹴りあげる。尾骶骨《びていこつ》に地獄の苦しみ。吐く。小便と血とヘド。這いつづける。

這いつづける。

青い線。

ハアハア。

青い線だ怪物。

ああプライスよくやった、貴様は青い線を越えたが、おれは考えを変えた。

ああ、だと思った。でもひとついいか。

なんだプライス？

おれにこの線を越えさせるべきじゃなかった。一時停止だ、この野郎。一時停止だ。


一時停止。

おれの知っていることがひとつある。イ・ドンハは肋骨が好きだ。メスキートでスモークした肋骨《リブ》とか。ここから二ブロックのところにじつにうまいメスキート・リブを食わせる店があって、そこではスイカのBBQソースとコリアンダー・ライム・マヨを使い、チキンを神が少しばかりブルーな気分のとき召しあがるものに変える。フォードのV8では天国にはまず行けないが、街の新顔であるコックはデルタ地帯の出身で、彼の料理した骨付き背肉は天国の通用門の鍵みたいなものになれる可能性がある。

今朝おれはカネを使った。幽霊資金を〈ポルターガイスト〉経由で〈ポップアップアクセラレーター・ドットコム〉へ、さらにチャンスを求めているだけのただの男たちであるふたりの男へ送り、こうしてふたりは店の通りで大声で語ることになる。ここのリブとマヨをどれだけ愛しているかを。このふたりは自分たちがリブの店のためにゲリラ・マーケティングを展開していると思っていて、明日にでも法人になりそうなあたらしい口コミ仕掛け型広告会社の一階にいると思っている。自分たちには自社株購入権が見えていると思っているから、すっかり役柄に入りこんでいる。おまえあのマヨをフライドポテトにつけて食べるか、それともドラムスティックをディップするだけか？　ここじゃ正統派のプルド・ポークを出すサンデー・ブランチをやっていてさ、待ちきれないな、今週食べた料理は全部最高ですばらしかったもんな？

ふたりの男たちは友人同士のようにただ話して、話しながら道を歩いて、このマイティ・ソーのように見えるアジアの男の前にたまたま歩いてきて、たまたま彼はこの店のいちばんの大口投資家だったわけで。

そしてイ・ドンハはすっかり気をよくする。だから彼はあそこにいる。それだからおれはドアを監視していて彼が現われたときに街角でばったり出会っておっと、ウップス！　となる。

ウップス！　だな。彼がおれを追いかけて捕まえるだろうとわかっている。だっておれが街を走ったところでどうなる？　おれはモハメド・ファラーでもなくウサイン・ボルトでもない、絶対に。ただのそこらの男だ。これは奴の得意分野。だから彼はおれを捕まえるだろう。避けられない。

うん。

確立されたビジネス社会で破滅的なプレイヤーである利点は、誰も考えつかない作戦を仕掛けられることだ。仕事の処理がほかの者たちの仕事の処理とは違っていて、つまり連中はそんなプレイヤーの作りだす問題に耐えなくちゃならないだけのパワーを出せない。突っこんだ話をすると、連中の重みと力そのものが逆に連中にとっての問題となる。そういう意味だ。イ・ドンハは絶対におれを捕まえることになるし、普通ならそれはおれの終わりになりそうだ。だがたとえばあんたがウサーマ・ビン・ラディンだとしたら、政治方面の選択肢に直接働きかけてテロ行為を実行しようとはせず、ショーにする。誰もが彼らのセリフを知るようになり、なにもかもが完璧に融合するようになる。死の劇場だ。ふたつのタワーが崩れたときにおれが見たのはそれだった。三千人を殺してデカい戦争と大量死と経済危機を引き起こした最低最悪のカスのパフォーマンス・アート。あの信じられないゴミ野郎たちめはカッターナイフと水平思考で世界を無限に悪いほうへと変えた。だがその実態はといえば、世界が見たことのなかった最悪の恐怖の劇場だった。

おれの劇場はこの部屋この空間で、ここのいい点はケージが内部にあって、そのケージはあの青い線に降りてきて、いまイ・ドンハとおれ、おれたちはその線をはさんで違う側にいることだ。

というわけでドーンみたいな音が響いてケージが降りてきて、おれは外側にいて彼はそうじゃない。

ケージはケージのように見えない。いくつかの木箱とマイティ・ソーなフォークリフト一台が収められたなにかに見える。それでもこれはケージだ。もっと正確には金網で作られたロブスター・トラップだ。いったんこのなかに入ったら出られない。すぐには。カッターがなければ。

ハアハア。小便とヘドと血まみれだが、おれはトラップに入っていなくてイ・ドンハは入っている。ハアハア。這いつづける。声を出して笑わずにいられない。タッカーのクソ肺気腫みたいになる。

なにがおもしろいんだ死人め？

いま銃を一丁くらいもっているのか、イ？

当たり前だ決まってるだろうが。おれはいくつも銃をもってるぞ。貴様はここから逃げられない。貴様のちっこい要塞の隠れ家は大いに気に入ったぞ、本気でな、だがすぐにおれは貴様の尻を撃ち抜いてから出口を見つけてやるさ、貴様の息の根をとめるためにな。

銃なんかもっているように見えないが。

上着に入っているのさプライス。必要でないときに振りまわすか。

そうなのか、あんたが銃に手を伸ばしたらおれの友人たちがおまえに心から腹を立てるぞ。

貴様に友人なんかいねえだろプライス、誰でもそれは知ってる。タッカーは貴様を裏切って、おれたちは貴様のカネをたんまり手に入れ、貴様はフレッドに自分のダチを殺させた。

貴様は一文無しなんだよ。貴様にはなにも残ってない。すぐにでもおれたちは貴様の女も殺す。

おれの女じゃない。はっきり言われた。

ハハなんでも言いたいことを勝手にほざいてろ。

いいや彼女にはっきり言われた。

ふんそりゃあ貴様たちふたりにとって不運だったな。同情してやる。くたばれ。

寂しいケツの穴と暇潰してな。

おまえのママが。

なんだとプライス許さねえ――

聞いたこともない物音。イ・ドンハが銃を撃とうとしたのだと考える。一度も聞いたことのない音、絶対に誰も聞いたことのない音だ。おれはこれがなんなのか知ってるが、それでもこのノイズは異なるすさまじいパーツの複合体で、始まりと終わりがどこなのか理解できない。

刃に覆われた男がひとつの木箱から立ちあがって、もうひとりの男の顔面を殴った音だ。

そこで手作りのカミソリ・スーツに覆われた男は言う。

ルシール！

イ・ドンハは最高のプロ級ボクサーで、人がこんなに強くなれるとは想像できないくらい強い。タフでずるくて有能だが、あつらえたアルマーニを着た男であるし、抱きついてくるメンタルをやられた妄想男は目下爆発している血管のかすみをとおしてすべてを見ていると言えるくらい、血流にたっぷり〈ペール・ペルーの種馬〉が流れている。イ・ドンハは兵士で訓練を受けているが、こんな状況の訓練を受けている者はいない。ルシールは錯乱しきっていて、彼の人生に実際はなにがあったのか知らないが、それはあまりにひどいことだったはずで、彼はもうその痛みを自分のものだけにとどめておくつもりはない。

そうさ。おれは基本あくどいところなんかないクレイジーな人間を誘拐して、精神を変えるドラッグをあたえてカミソリで覆われた服を着せたうえで倉庫に閉じこめた。彼がおれのためにモンスターを殺してくれるように。これで彼が回復するチャンスをおれは永遠に破壊したっぽい。人に対してやっていいことじゃないのは当然気づいているし言うまでもないが——そぉぉぉぉぉとも、言うまでもないのはわかりきっているけれど——おれはいつもこんなことばかりしているわけじゃなく必要に迫られて仕方なくだし、それに彼とちょうどいいタイミングで出会ってしまったことはこれぞ運命ってやつだ。幸運と栄光が彼を呼びだしたんだ。まるで彼の名を呼ぶように、といっても誰か彼の本名を知っているならの話だが。それにだな、少なくともいまはもう彼が壊れたおもちゃのように捨てられることはないだろう。彼は舞台にもどってきた。〈セヴン・デーモンズ〉のひとりを殺したし、たまにケニー・ロジャースへ遁走すれば、有名になったときにはミュータント・パワーみたいなクールな特性ってことになる。それだもんでなにが言いたいかって、ある時点でルシールにはここでなにがあったか理解する能力がじゅうぶんに備わっていて、その件で話し合いを望んでいると仮定したら、おれのセリフはこれだってこと。礼はいらない、おまえを歓迎する。

おまえを歓迎するぞ。クロスタウンで出会ってマジよかった。

ルシールとイ・ドンハとの対話は終わるまで驚くほど長引いて、ひとつとして穏やかなものはなく、大半は理解さえできないものだ。クソ勉強になったと断言できる。こんな番組を観たことがあるかい、ある男が死人たちをプラスチックに変えてから部位ごとにカットして、救急情報ネックレスや建築模型であるみたいに磨くやつで、驚嘆する出来になるあれだ。人体の内部に対するおれの全理解はこの経験で変わって――今度はルシールのことだぞ、番組のほうじゃなく――人体は神聖なもののように超越した存在だと悟る。驚くべき有機マシンであり、おれたちは自分をいたわるべきで、それはおれたちのひとりひとりが愛と希望と未来のある人間として貴重であるだけじゃなく、おれたちは芸術だからだよ。おれたちマジ芸術。ルシールはヤバいモネかバスキアかなにかだ。彼は芸術の碩学《せきがく》ってことだ。それか碩学はおれであって、ルシールがおれのハンマーとノミで、おれがこれを使ってあたらしい形を世界に彫りつけるか。感嘆の声しか出てこない。おれは心から自分がなにか大きなものの一部であるように感じている。

すべてが終わると、おれは一部始終の映った動画に子犬の絵文字をたっぷりくっつけてカレーニナにメールする。それからティコと遊んでいたらドクターが電話をかけてきて、ティコを獣医の元から連れ帰ってほしいと言う。

リンリン。ほい。

もしもし、ミスター・ケントン？

やあドク。

ボブ――いや、ジャック・プライス？　どういうこと。かけまちがえた。

リンリン。ほい。

プライス？

ああおれだ。

わたしの獣医のところで、おまえなにしてるの？

ここで幼いティコを横取りしたら、彼と友達になったみたいだ。ドク、聞いているか？

さあティコ、ドクにこんにちはと言えよ。（わふわふわふ。）

彼女はしばらく話さないから、おれは言う。もしもし？

ドク？　聞こえているか？（わふ？）　さあティコ、アニシードまみれのボロ布と遊べよ、おれはドクと話すから。ドク？

ドク？

くたばれプライス。

いやドク、頼むよ、おれをなんだと思ってる？　犬はいたって元気だからな？　ビリーとは違って。ところであれは手頃な料金の全身脱毛に対する罪悪でしかなかったとおれは理解しているが、あんたはやるべきことをやるってことかな。

そう。

この件は別だなドク。この件は別。おれはあんたの犬を殺すつもりはない。あんたの犬は全然大丈夫のはずだ。あんたとおれの違いがわかるな。

いいや。

うんいいさ気持ちはわかる。もうイは見つかったのか？

ええ。

あんたとおれの違いがわかるな？

どう違うの、ミスター・プライス？

楽しんでるのはおれたちのひとりだけだ。

うるさいプライス。

おれとはまったく関係のない小僧が一時間後に犬を公園で散歩させる。頼むからそいつを殺すなよ？　全然必要のないことだからな。おれとしてはあんたがそいつを殺しても構わないが、なんか卑怯《ひきょう》なおこないだし、あんたはそういうタイプに思えないって意味だ。

わかった。

それからマジでこの犬の癌の検査をすぐにしてくれよ、こいつは可愛いし、サルーキ犬はよく癌にかかるからだよ、血統的な問題で。

それは知ってるよプライス、わたしは科学者なんだからね。

それでもあんたは彼を飼った。

彼を気に入ったから。

ほかの〈デーモン〉たちにこのちょっとしたおしゃべりについて話すつもりか？

おそらく。それともやめておくか。話す話さないで起こったことは変えられない。それにおまえはわたしの犬を誘拐したんだから、おまえはよき隣人とは言えないけど。

おれはきっちり線引きしているだけだぞ、ドク。

みんなそうでは？


その後は数日ほど街を離れて湖畔で魚釣りをする。週末なんだからな。レディの名誉をめぐってごろつきに襲われたが、奴らはレディの兄弟でレディはこの件が警察沙汰にならないように必死だというおれのほら話を信じた現地のナイスな開業医は、薄い札束を受けとる。ナイスな開業医はこの手のたわけにしてはここ最近でいちばんよくできた話だと言う。彼女はおれがドラッグのディーラーかなにかじゃなければいいけどと言う。

いや先生違うって。

だったら、とナイスな開業医は話を続け、湖畔でおとなしくビールでも飲んでじっとしてなさいと言う。最近レディたちを助けすぎて殴られたんだから。そんなことを続けてるとその腎臓をうしないますよ。今頃は四十パーセントがミンチみたいになってるかもしれませんが、あなたは幸運なろくでなしでしたよ——まだ機能をなくしてませんから。

魚を釣る。魚釣りなんか大嫌いだと判明するがたぶんそれが肝心だ。

テンポを変える。ナイスな町で床屋に入ってふたたび頭を剃る。生えかけの毛がむずがゆいからだ。頭蓋骨の縫い目が浮きでて内部の接着剤が固まって、しゃれた仮装パーティのために誰かがおれにフランケンシュタインの模様を描いたように見える。ナイスな美容師が傷痕をカバーするスティックを塗ると、醜いのはすべて消えてさざ波のような痕だけが残る。いいか、メイクアップは超絶すごい。見た目を変えられるんだ、それもすっかり。

葬儀屋のようなスーツを着て何時間も海岸沿いに車を走らせて、脇道を使って町から町へ、道沿いの旅館から宿屋へ、現金払いにして、いや奥さんおれは葬儀屋だったんだが見てのとおり引退してねと語る。残念ながらもう死ばかりを見るのに耐えられなくなって。それでいままでは詩人なんだよ信じられるかい、小さな農地を見つける先見の明があったものだからその土地にもどるところなんだよ、そういうことだ奥さん。

この沿岸はほかのどことも違う。あんたが人からどう聞いていようが、ノルウェーのようでもないしスコットランドのようでもない。現実世界のどことも違う。幽霊の国で蜘蛛《くも》だらけだ。一年中いたるところに蜘蛛がいる。天井の梁《はり》でゴキブリを食べる蜘蛛と戸口の脇に巣を張る蜘蛛。車をいつまでもとめっぱなしにしているとドアミラーに蜘蛛がいてエアコンにまで蜘蛛がいやがる。駐車場を突き抜けるとそこは砂浜で砂蜘蛛がいて、続いて海に入ればそこになにがいると思う？　そう、海蜘蛛のやつがいて、波間で揉まれる昆虫に小さな蜘蛛の糸の弾丸を撃っている。漁船が入ってきて港で船底にたまった汚水を排出すると、これを食べようとゴキブリが降りてきて、魚のはらわたに隠れている蜘蛛も食事をする。ロシアの蟹《かに》工船が通り過ぎてあとにゴミを漂わせると、同じことが起こる。波止場に立てば蜘蛛がやってきてあんたに座り、なにか待ってでもいるように海をながめやがる。

おれは北東が嫌いだ。

おれの生まれた場所だ。

老人が船でやってきて舳先《へさき》に立っている。《タイタニック》のあの若い女みたいに。ただし腕は脇にぴたりとつけているし、船自体はごくごくちっぽけなボロだ。キャビンはトタン屋根で、オレンジ色のナイロンの紐を後方の留め具にしっかり結びつけて水の上を進んでいる。なんのための紐なのかまったくわからないが、留め具にオレンジの紐のついた船は安物で古びた腐れ船にしか見えない。足元をかこむように蟹のバスケットが置いてあり、エンジンが**ゴガゴガゴガゴガ**のような騒音をたてている。

プライスか?

そうだ。

そうらしいな。

そうだな。

でもわしは別人に会ってるってとこか?

まあ、そうかな。あんたは動じないと見た。

そうともプライス。そうとも。さあ。さあ。わしたちのすることたあ、一杯やりにいくことだ。わしはここまではるばるやってきたし、あんたはアメリカン・キルトみたいな顔になってるし。

うんおれはユニコーンでできてるんだけどな。

みんながあんたを好きな理由がわかるぞプライス！（その言いかたから彼は本気で言っているらしい。）

おれは腰を下ろして彼も腰を下ろして、そんな感じ。たまに酒を飲む。たいていはただ腰を下ろしているだけだ。

彼は年寄りだ。手に厚みがあるのは農園で作業をしているからだ。髪は白ではなく灰色で、あたらしい羊毛脂のにおいのする古いフィッシャーマンズ・セーターを着ている。けっしてとれない類のシミがいくつかついている。彼自身の食料を殺すのか。はらわたを抜いて料理してひとりで食べるのか。もしかしたらそうでないのかもしれない。女のために料理するのかもしれない。そうしない理由はない。最近では特別な相手がいるのかもしれない。手には傷痕、顔は無表情、大きな折れた鼻に四六時中メガネをずりあげてはずりおろす。彼は水飲み鳥のおもちゃのように見える。

あんたの状況にはなじみがあるよ、ミスター・プライス。

ああ、そうだろうな。

わしにあんたは助けられん。

助けられると思うが。

いんや。あんたと〈デーモンズ〉とを和解させることはできん。奴らは契約を引き受けた。奴らの評判もまた怪しくなってる。あんたは奴らにいくらか損害をあたえた。

あんたがそれで気を悪くしたかどうか訊いたほうがよかったかな。

なーにを言ってる。そいつはくだらん質問よ。わしは妙な共感やはきちがえた行動はしない。わしは断るのが下手でな。もしわしが気を悪くしたらもっと言葉がきつくなる。だから答えはいいやだ。わかってるだろう。あんたは感じがいい。礼儀正しい。わしはそこが気に入ってる。あんたはわしにしてほしいことがあって、礼儀正しくしてる。

そうだ。

その心がけはいい。だがわしには助けられん。

わかった。

奴らがどんなふうに仕事をこなすか、それは奴らの勝手だ。わしがその件で思うところがあっても、わしの跡継ぎたちに教えることはない。

おれがあんたの〈デーモンズ〉にこんなことをしたらどうなってた？

あんたは初日に死んでるな。

そう思った。

わしの〈デーモンズ〉はもっと地元に根ざしてた。一国を牛耳《ぎゅうじ》るほどしっかりしてはいなかったかもしれんが、裏世界から街をひとつまわせるくらいにはな。やりかたが違う。いまは世界規模だ。

かりに和解したくないと言ったらどうする。

……あんたダチョウの卵なみのタマの持ち主かい？

左側だけ。

いいぞダチョウのタマ。どうしたいのか言ってみろ、考えてみるとしよう。

あんたが侵攻中のローマ帝国で、誇り高い蛮族文化に直面していて、これから先もう戦争はしたくないのだったら選ぶ道はふたつだ。敵を皆殺しにするか、勧誘するか。勧誘したかったら、チンポ承認欲求のある退屈した若い男たちから始める。あたらしい世代からもっとも勇敢でもっとも弾《はじ》けたいかれ野郎を見つけ、熱く冷たく濡れるプッシーと酒とゴールドのペニスリングを見せて、そいつは焚《た》き火の上を飛び越えられないと言ってやり、そいつがやってのけたらすべてのプッシーへのアクセスをあたえて将軍と呼べば、そいつはあんたのものだ。

未熟なやりかただと言おうとしたが実際考えてみるとそうでもないようだ。勇敢で弾けてムラムラしているいかれ野郎は未熟だ。

要点は、あんたのパーティをもっと愉快にして、基本、既存のパーティよりもヤリまくりのへべれけの豪勢なものにしろってことで、それができてしまえば誇張抜きに十二歳から九十歳までのすべての男は味見をしたがるから、そうなれば誰よりも股間をふくらませている部族の年長者のもとへ向かい、以前からあなたをいちばん気に入っていたと伝えて、よかったらあなたもこの行動に参加してみないか、あなたのやるべきことはすべてがまごうことなき神聖なる伝統に沿ったものであり、ずっと尻のなかで黄金のチューブに保管してきた秘密の預言の達成であると祝福するだけでいいと言ってやる。

どういう理由からか人は黄金のものに感銘を受けやすい。

それだけだ。業務完了。

〈セヴン・デーモンズ〉はちょっとばかりローマ帝国ゲームをやる。奴らはタッカーを味方に引きこんだ——基本長続きしないタッカーの忠誠心をつなぎとめておける時点までは——そしてレオの悪事を浮き彫りにさせたが、レオはすばやく行動しておさらばし、続いておれは彼の頭をグレープフルーツ砲からケンゾーの花柄プリント越しにジョニー・ウェクスラー＝キューバーノに発射したから、奴らもこれは引き分けだと言わざるを得ない。

だがこの栗色の合皮のソファが置かれて魚のにおいがするしけたバーで八時間ほど経ったいま、ヴォロドヤはまだ帰っていない。それが誰のことかわかるな、そうだよな？　おれがここで腰を下ろして傷痕を比べているのは、元〈第一のデーモン〉、現在は引退した誉れ高いカラシニコフ的ウクライナの丸太小屋育ちの凄腕、一マイル先からあんたを殺せる狙撃手だ。ヴォロドヤがカラシニコフの設計したＡＫにさわったことがあるとか言っているんじゃないぞ。あれは素人がぐるぐる腕をまわして繰りだすパンチや膝に乗るセクシーダンス中の屁程度の銃器だ。ＡＫが有名なのは基本どんな機械工場でも作ることができるから。村の鍛《か》冶《じゃ》屋でも作ることができる。作ったら雑に扱っても大丈夫。濡らして乾かして抱えてアジアを徒歩でなかばまで横断してからトリガーを引いても目の前の男を殺せて、あんたの顔の前で暴発しない確率は平均よりいい。

　そういうのはヴォロドヤが銃に求めるクオリティではない。彼はパンクじゃない。コンサート・ピアニストだ。傷痕談義の合間に彼は好みの銃について、そして彼がおれを助けることになればどれだけ貸しができるかについて話しているからわかる（おれにもてるものすべてが貸しだと考えていい。彼は魔法レベルだし丸太小屋の凄腕的にすばらしいし、たんなる狙撃手兼農民であるだけではなく、学者でもあり美女を愛する者でもある）。はっきり言えるが、この宇宙、空間、時間をつうじて作られた最高の狙撃手の銃は、彼がウクライナの特殊部隊を除隊したときにあたえられたカスタムの限定品ドラグノフだ。

　この夜のどこかの時点で、彼はおれを助けることに同意した。おれがトイレの個室で気絶して目覚めると、彼が隣のテーブルの女を連れこんで手洗い場のところで腰を振っていた前だったかあとだったか覚えていない。はっきりわかっているのは、その後テーブルに彼が帰ってきて女も友人たちのもとへもどったとき、彼女は自分を褒めてやりたそうな表情だったこと。そしておれが彼に誰も撃ってほしくはないのだと説明したら、おれは子供の頃にポケットナイフで熊を狩ったこともない男にしてはマシではあるが、世界の丸太小屋の凄腕たちにとっては大いなる失望だという暗黙の了解の雰囲気が漂ったことは言っておかないとならない。

青と白の海を進むヴォロドヤの船の**ゴガゴガ**の音で目覚める。とっくに正午過ぎ。また夜に向けて時が流れていく。ありがたい、いまのおれはゴミみたいな気分だから朝起きていたらどんな気分だったことか。よく覚えていない。合皮のソファのしけた小さなバーがブーツヒール・エスプレッソなるコーキング材みたいなドロドロのコーヒーを出す。あと一歩でバイオディーゼル燃料になる代物。飲め、飲め、飲みこめ、腰を下ろしてバターなしのトーストを食べてじっと待てば……

おれは生きている。色が見える。よし。

カップの底にいるのはきっと蜘蛛の一種だ。そんなことあるか。タンパク質のあるところにしかいないだろ?

街にもどる。あの連中に仕掛けたいことがあるからな。

着信、なじみの古い番号。何度も転送されている。だがフレッドではない。フレッドが使っているのはあたらしい番号だ。

おれは言う。もっしもしいいいいい?

セーラが言う。あなたなんか大嫌い。

うんまあそう言われても当然だな。

わたしは死んだのよプライス。わたしは死んでしまったし、わたしの知っている人はみんな死んだ。

あんたの知っている者が誰か本当に死んだのか？

いいえ。むかつく。わからない。どうやったら調べられるのよ？

調べるなセーラ、調べればあんたが奴らに見つかるぞ。まさか自分の携帯から電話していないよな？

いいえモーテルの表にある電話ボックスから。

カードで部屋代の支払いをしたか？

まさか、プライス！　わたしはテレビ番組も観ないまぬけなの？　それとも全国ナンバーワンろくでなしと交流して人生を潰された超インテリな女？

おれがナンバーワンなもんか、救いようがないかもしれないが、ろくでなしなら政治家だとか判事だとかそういうおれよりずっと上をいくのがいるだろう。

あなたなんか大嫌いプライス。

じゃあどうしておれに電話をかけてくる？

……たぶんあなたにこの状況をなんとかしてほしいから。なんとかできる？

努力しているよセーラ、おれが生きていくためにも必須のことだから。

じゃあワーイワーイって言っておく。おたがいウィンウィンってことね。

まあな。

お願いだからなんとかしてプライス、なんとか。わたし奴らに見つかって殺されてしまう、あなたなんか好きでもないのに、奴らはわたしを殺すのよ、あなたがほんの少し傷つくかもしれないからって。本当にほんの少しのことなのによ、プライス！　そのとおりでしょ？

そうだな。

そうなりそう？

どうなるんだ？

ほんの少しは傷つくことになりそう？

別に。

くたばれプライス。

どのモーテルだ？

えっ？

どのモーテルだ？

どうして気にするの？

おれはバッグに満杯の現金と銃二丁を詰めてセーラのモーテルに送る。ディープでダークなウェブのデリバリー・スタイルだ。あたらしい電話。この行動で彼女にはそこそこのリスクが生まれるけれど、おれにはほぼリスクがなく、それはなぜか。〈ポルターガイスト〉。

さてどう転ぶかね、たぶん彼女がラッキーなら〈デーモン〉ひとりの息の根を完全にとめるかもしれない。その場面を想像したら笑える——

おい弁護士セーラ、おれたちはおまえを殺しにきたぞ！

だめよ殺さないで、わたしは弁護士セーラ、あのろくでなしを好きでもないし、あいつもわたしを好きじゃないの！

ムハハハハそんなの構わない、おれたちは邪悪だから！　さあ、おれたちの圧倒的な犯罪力でおまえを殺《や》ってやる！

油断したなバーカ、パン・パン・パン！

おまえ銃をもってたのか？　この女め！　バン・バン！

パン・パン・バン・バン・パン・パン、うわあ、**ドドドド・ドドドド・ドドドド・ドドドド・シュバッ・ウィーン・ウィーン・ドカン**、女、死んだか？

パン！

痛っ！　おれは素人なんかに殺された！　恥だ！

パン・パン・**ドカン**、ああ残念、わたし死んでしまった、わたしはジャック・プライスを愛したことなんてなかったからこんなことにはならないと思ったのは、判断がまずかったわ。ここまでねぇぇぇ。

完。

なあ、クソ試練の状況ではなんとか気晴らしをしたくなるものなんだよ。

〈セヴン・デーモンズ〉のカスどもが自分たちのコカインをおれのストリートにばらまいている！　言語道断の無礼なおこないで、やつらはそれを〈ビヨンセ〉と呼んでいて、それじゃおれには肩を並べることもできやしない。ビヨンセはいじっちゃいけない存在だが、そうさ、奴らはいじって商品の包みに《デンジャラスリィ・イン・ラヴ》のジャケットみたいにスパンコールの申し訳程度のトップスを身につけた小さなマンガの悪魔女子を描いた。なんだと？　セクシー・ネームのついた禅的なヒッピーのコカインをおれの縄張りにたれながして注目を集めさせてたまるか。とにかく無礼ってことだし配慮がない。奴らはコカインのことをなんとも思っていないし今度の件をおれが生きて切り抜けたらどうするんだよ？　それがかなわずに地元の誰かが参入して出世したかったらどうする？　奴らはおれのビジネス・モデルをぶちこわしたってことで、この犬が犬を食う世界をおれは切り抜けようとしているのにまったく理不尽で、これは井戸に小便するようなもんだ。奴らはこれを従量制アクセスモデルと呼んでいる。従量制アクセスだと！　そんなもの、帳簿づけと定期的な支払いスケジュールを必然的にともなうリスクだらけの購買サービスじゃないか。クライアントにとってはめちゃくちゃ便利で、売り手も長く同じところで商売するつもりでなければ結構だが、インフラ的に頭でっかちのクソなモデルで、法執行機関の介入と販売元追跡に対して脆弱《ぜいじゃく》であり、奴らもそれは承知だが、ここで長く商売するつもりはないから、これはおれをいたぶることが目的のいじめであり、そうともおれは怒っている。こんなことをする必要なんかない。今度のことは全部必要のないことだ。

だからどう考えてもやるべきことは、このドラッグをまとめ買いして、たまたま寝かせておいた炭疽菌《たんそきん》を混ぜてから、この代物《しろもの》を流通にもどすことだ。楽しみにしてな。

そうさ、これは一刺しになるだろうよ。肝心なのはこれで一刺しになることだ。

じつを言えば寝かせておいた炭疽菌なんかもっていなかったが、アメリカ疾病予防センターの者たちでさえ抵当や愛人をもっていて、それがドラッグの話であってイスラムの話ではないと納得させられさえすれば、彼らはすっかり感じのいい愛国者になる。なぜなら人というのは差別するからだよ。腐れ人種差別主義者だ。

炭疽菌を渡すんだからな。ミドルレンジのコンパクト・エグゼクティヴ・カーの価格で。

腐れ社会は地獄になるってこと。

で、むかしむかしフィンランドにアキレスとトゥッカというふたりの兄弟がいて、兄のトゥッカは弟がアキレスという名であることがたいそう気に入っていた。そう、かかとのあれと同じ名、足を射抜かれて死んだ神話の偉大な戦士アキレウスが由来だ。十歳だったらそれがどれだけおもしろいと思う？　おーいおーいアキレス、足の具合はどうだ？　足の手当はしたか？　これから死ぬのか？　おーいおーいおれをぶつなよ偉大な英雄、そんなことするとおまえの足を踏んづけるぞ！

アキレウスを殺したのはパリス、そいつの大失敗がトロイの大陥落につながった名高いトロイ人だとわかるが、最高の部分はパリスにかかとを射抜かれたときアキレウスはなにをしていたのかってことだ。ヘラジカを食べて育った大馬鹿な十歳の農園の少年にできるかぎりのネタをあたえると想像して。そうだ！　正解。アキレウスはある男の死を悼んでいて、そいつは一説によると彼のボーーーーイ・フレーーーーンドだったという。いいか？　マジで親は注意しろよ？　九〇年代初めのフィンランドの奥地だぞ？　おれはここであえて言いたい、考えなしの命名だったが、それでも取り組めることがあるのだと、北欧文化に啓蒙《けいもう》はあたえたと。そしてあれこれ考えあわせて、兄弟のうちトゥッカがボスで、アキレスがそのあとをついてまわって荷造りをして、拷問室の掃除をしてホテルの予約を入れるほうだというのはわかった。アキレスはめっちゃオーガナイズされてるって言ってるわけで、そつがなくて賢くて、兄のほうは無鉄砲な大馬鹿者で女子たちを片っ端からいただきにいく。当然ながらアキレスの女たちを奪うのも好きで、それがクールな兄のすることとみたいに振る舞っている。そんな感じだ。この男たちは永遠の絆《きずな》で結ばれているようだが、それはおたがいにくだらない自我や自尊心めいた兄弟のなんたらでがんじがらめにされていて、ほかに行き場がないだけの話だ。兄弟が奴らのアイデンティティ。いつもそうだった。

とにかく。どうしてこうなのか理解したければヨーロッパの地図を見るといい。ロシアはひたすらデカい。面積はだいたい六五〇〇万平方マイル。広大な砂漠とプレーリーを擁《よう》するアメリカ合衆国は飛び地を含めて三〇〇万平方マイル強。ロシアはひとつながりの大陸としてビッグだ。たくさんの国境があって、それらに隣接する国々はとても神経質になっている。ロシアが周期的に脱肛を逆行させて取りこもうとしていて、そうなるともう国ではなくなるからだ。フィンランドはこの点についてとてもタフであらねばならなかった。フィンランドの大きさを知っているか？　フィンランドは面積十三万平方マイルで独立して百年だ。スターリンがフィンランドを手に入れることはなかった。ラトビアやエストニアといったほかの国々は全部手にしたのにフィンランドはだめだった。フィンランドはクソデカい北極熊のぬいぐるみに身を乗り出してボルト・アクションで歯をほじってみせたんだよ、こんなふうに。ようジョーはここにいるぜ、なにか言いたいことあんのか？　すまんな小指チンポ、北極の風でおまえの声が聞こえね。

丸太小屋の凄腕たちみたいだろ。誰を思いだす？

こうしてヴォロドヤがおれに言う。アキレス。

絶対に？

疑うのか？

全然。

全然、わしも全然だ。

疑わない。アキレスこそがおれたちの話すべき相手で、もしもアキレスが自分こそボスになれる別のアイデンティティを手にできるとしたら、興味をもつと思わないか？　いやまさかそんなことあるか、ひどいこと言うよな！　なんてあんたはきっと甘々のことをおっしゃるだろうが、アキレスは世界で誰よりも愛して憎んでいる人間を裏切りさえすればいいんだぞ、そんなもんコイントスだ。さらには物語としてもいい。兄弟のひとりがもうひとりを殺すと彼の立場はどうなる？　〈セヴン・デーモンズ〉広報のスターに決まっているだろ、うまくやればフレッドが怒るはずないぞ？　広報のスター。そしてアキレスは深層心理の奥でそれがわかっているはずで考えるはずなんだ。兄弟はそんな葛藤《かっとう》を知っているから。

そうか、わからないならあんたは弟のほうじゃないってことだ。

ローマ帝国の男。蛮族を勧誘する。ヴォロドヤは部族の年長者で、彼は〈セヴン・デーモンズ〉の精神的な権威だ。彼がアキレスと昼食に出かけてちっぽけなマイクを身につけ、おれが通りの先のしけたダイナーに座っているんじゃなく、ふたりと同じテーブルにいるみたいに話が聞けるようにする。ふたりが、フィンランド人とウクライナ人がなにしているかわかるか？　あの丸太小屋の凄腕たちなんだぜ？　ふたりは早めのランチにしてテーブルにウォッカのボトルを置き、蓋をひねって放り投げる。コルクが床にぶつかる音がする。カチン

・ゴクリ・クーッ。さあ仕事の話だ。

わしはヴォロドヤ、名前は聞いてるな。

うんヴォロドヤ、聞いてる。会えてうれしいよ。

わしはかつて〈第一のデーモン〉だった。

うんヴォロドヤ、ぼくたちのなかで引退したのはあんただけなんだってね。

いいや！　わしの前に爆弾魔マキシムがいて、彼の前にはミス・パンがいた。このふたりも引退した。

それは知らなかったよ。

知られてないんだ。ふたりを追ってる者たちがおそらくまだいる。復讐のために。

あんたも追われてる？

もちろんだが、わしの家はわしの山のなかにあるから、誰か来れば聞こえる。

それからどうするんだい？

それから隠れるのさアキレス。追っ手はやってきて、からっぽの家を見つけて去る。

あんた連中を殺さない？

もちろん殺す。そいつの自宅まで尾行してそこで殺せば、わしの居場所が見つかったことを知られはせんだろう。だからわしの家までやってくる者はとても少ない。

(おれはいま、彼の自宅のドアをノックするんじゃなくて待ち合わせを提案して本当によかったと思っている。)

あんたは狙撃手ヴォロドヤだ。

おう。だからこそ連中を殺すときは銃を使わん。こうすればわしは目に見えんからな。

(アキレスにとってこれは教会の問答みたいだ。)

でもあんたはここにいる。ぼくたちは話してる。

そうだアキレス、おまえはわしに似てるからだ。おまえも考える男だ。おまえはしっかり者だ。しっかり者と話をするのは大きな喜びだからな。わしは情熱をもってるがなアキレス、しっかり者でもある。規律の問題だ。鍛錬だ。それがわしの本質だ。おまえの本質でもある。わしたちは情熱をもってるが、それをうちに秘めることのできる男たちだ。わしたちは女を愛して手放す。ふさわしいときに殺して、ふさわしくないときは殺さない。わしたちは鍛冶屋の炉の炎であって、森を灰に変える炎じゃない。だからこそ、わしたちはときに誤解される。ときどき優しい人間だという印象を訂正する必要がある。そうだな？

うん。

じゃあ歴史について話しても大丈夫だな、おまえは他言しない。わしが話すのはおまえに知ってほしいからだ。おまえはわしに似ていると。

ぼくは〈第一のデーモン〉じゃない。

たしかにいまのところ違う。リーダーはフレデリックだな。彼も狙撃手だ。彼が狙撃手でわしはうれしい。彼が広報の男であることはそうでもない。

彼はいいリーダーだよ。

わしはそれもうれしい。いいリーダーに従うのはいいことだぞ。

そうだね。

（おれは耳にイヤフォンを入れていて、ヴォロドヤはおれをおちょくってるのか？　ってなる。でもそうじゃない。じゃあいまなにが起こった？　グラスの誘惑のようになめらかだったぞ、あれが丸太小屋スタイルか。）

さてアキレス、おまえの兄さんのことを聞かせてくれ。

トゥッカ？

そうとも。

なにを知りたいんだ？

わしは新規の事業を考えてるんだ。

トゥッカはとても能力が高いよ。

彼は人の上に立てるか？

まあね。

自信なさそうな口ぶりだな。

自信あるかな。

いまのも自信なかった。それなのにおまえは兄に従ってる。

ぼくはフレデリックに従ってるけど。

いんや！　こいつは問題だ。トゥッカはわしに必要だから、おまえは兄にはもう従わない。

そもそもおまえが彼に従うのは、彼がおまえの前にいるからだ。それだけだからな。

違う、ぼくは――トゥッカは兄貴で、むかしからこんな感じだったんだよ。

永遠にそのままでいる理由にはならんな。そいつは習慣だ。アキレス、ときには物事の順番をひっくり返すといいこともある。だが、これはわしにとって問題だなアキレス。請負の仕事をする男が必要でトゥッカをと考えてた。もしかしたらおまえのほうがいいもしれん。

おまえも人の上に立てるか?

やってみたことがないよ。

おまえは段取りをして指示を出せるか?

うん、それはできる。

それさえできればいい。まとめるのはプロの男たちだ。おまえのなかにある炎を連中に見せてやれば、あいつらもおまえの光を浴びておまえのように燃えるだろう。それがリーダーシップでもある。

ぼく、わからないよ。

だがわしはわかる。

契約はいつ?

この場で。

それはむずかしいな。ぼくはいま手がけている仕事があるから。

それも聞いてる。うまくいってないらしいな。

半端になってるんだ。

おまえたちが打ち負かせない男がいると聞いた。

その件じゃないよ。それは臨時の仕事だ。

おまえの兄はどう言ってるんだ?

ぼくたちが勝つって言ってる。兄は狩りをしているよ。それが仕事だから。

なにを狩ってる？　金融地区の鹿かなにかか？

兄は空中にあるその男の魂のにおいを嗅ぎわけられるって言ってる。

おまえはそれにどう答える？

ぼくがカネの流れを追って一週間過ごしてるあいだに、そんなにおいを何度も嗅ぎわけられるのはスゴいって言う。

ハハッ！

エヘッ！

ハハ！　飲め！

えんえんとこんな感じでやりとりは続いてちっとも終わらないが、結論はすでに見える。どうなるか見える。年長者ヴォロドヤはこの男をじわじわと虜《とりこ》にしていく。

そのときおれは死にそうになる。


都会的なおれは思わず笑い声をあげている。トゥッカが人の魂のにおいをこの街の空気から嗅ぎわけるだと——ほかの街ではなくこの街でだぞ。空中に魂、幽霊、おばけだとかそういうのがたくさんいて、さらには生活ってものがあって、コーヒーとジャスミン・ティーとピザとバスの悪臭が漂って、カープールで相乗りした女との激しい三十分のあのにおいを隠すためにコロンをつけすぎた男ばかりいるこの街だ。自分の本性を隠そうとハッパを吸う教授と冥銭を燃やすコメディアンがいて、いたるところにミュージシャンがいて滑り止めの松ヤニとドライアイスがあって、貨物を運ぶ海とカモメの糞があって、ここの空中にはこうした生活ってやつのすべてのにおいがあって、トゥッカがおれのにおいを嗅ぎわけられるはずがない。

ちょうどそのとき、トゥッカ本人が通りを歩いてきておれは知る。彼はおれを探していると知る。

あり得ない。

彼はおれを。探して。いる。

トゥッカは弟がこの通りにいることさえ知らない。そっちのほうは見ていない、いや、そっちを見ていなくもない。ヴォロドヤのほうは見てなくて、次の瞬間には見ているけれど、まだ本当に見ているわけじゃない。彼は年長者ヴォロドヤを探していない。おれを探している。彼のハンターの頭におれの人相書きを、たぶん絵になったものを入れていそうだ。ドクがその手のことに注意力があって、じつに詳しい人相を画家に伝えているだろうからな。トゥッカはおれの輪郭と目方と身長にあてはまるのがいないか、目を光らせておれを探していやがる。

おいおれは考えすぎなのか？

おいそれは重要か？　逃げだせばトゥッカの目にとまるか？　それともじっとしていたら奴がここまで歩いてきておれに目をとめるか？　どうすればいい？

いまいましい人狩り野郎め。どうしたらいいんだよ？

ここでトゥッカを紹介しよう。身長六フィートをだいぶ超えていて、手足がひょろりとした北欧人らしい体型、スキーと射撃をやってそれを一日中でもやれて、その上でしなだれかかってくるレディたちのために熱い風呂をとても特別な場所にしてやれて、翌朝起きたら朝食に熊を食べてエベレストに登るとか、この丸太小屋の凄腕はなんでも好きなことをやる体力が残っている。ひょろりとした手足でゆったり歩く姿は、骨が重い鉄みたいで、筋肉はめっちゃ伸縮性があって、クソクソクソクソクソなんだって奴はここにいる？　カーブをまっすぐおれに向かってくるように歩いてくるところは、おれがいると知っているんじゃなく、おれを感じているふうだ。

魂のにおいを嗅ぐなんてアホかと思ったが、奴はにおいを嗅ぎわけている。

バケモノかよ。

あり得ない。

じゅうぶんに発達した呪術は科学と区別ができない、覚えておけ。

そこまで来た。あの野郎を見ろ。わかるか？　自分の腹がしゃべりかけてくるみたいに腹にふれている。奴の腹じゃなく服の下になにかがある。あれは方向指示ベルトだ。パッドを並べて皮膚に貼りつけておき、どれかのパッドが震えたらそれは**こっち**という意味になる。あいつはなにかに合図をもらいながらおれに近づいているんだ。なにかとは？

やられた。

やられた。

カレーニナがおれの尻尾を捕まえた。不可能なことをやってのけた。どうやったのかわからんがおれの電話を逆探知した。あの女め、おれを下村努《しもむらつとむ》しやがった。やられた。彼女がやったのはまさに天才ハッカー下村努ばりの追跡術でしかない、鈍的インフラのアプローチ。この腐れ街に探知機搭載の車をあふれさせ、フレッドがビリーをいたぶって電話してきたときに幸運を得た。彼女はおれの安全なログインのパターン、おれの電信手の拳をつかんだ。あんたその意味はわかるだろう。拳だが？　あんたのテクノロジーとの交流のリズムとペースはあんた独特のものだって意味で、むかしの無線技師がおたがいのモールス信号のスタイルを見わけたようなものだ。実話。現在の拳は少々見わけづらく、だからまだおれは死んでいない。見わけるのはがんばって七〇とか八〇パーセントとかの確率だ。誤判定が多い。おれと似た感じで親指を使って死んだ者もたぶん多い。フレッドの件以来、探知と追跡を続けていま彼女は幸運を得た。じゅうぶんな幸運だ。パッドの三角測量の精度はどのぐらいだ？たぶん十メートルほどで高低差には弱い。やられてやられまくってやられっぱなしだ。おれは拳《フィスト》でやられてるが、これは別にポルノ映画のタイトルじゃなく、当然意識はしているが今日はファックなしだ。

とっとと逃げろ。電話の電源は入れたまま、データを抹消する――タッチ一度ですむ。自動消滅するように作らせるべきだった、誰かにやらせておけばよかった。次こそは。次こそは。もっとも耳元に爆弾をあてながら歩くのはちょっと冒険がすぎる。好ましいとは言い切れない。それに電話を落としたらどうする？　それにまちがいなく機内持ち込み禁止の素材だ。でも使用事例はある、どういうことかっていうとつまり――

黙れ黙れ。あたりを見まわすと厨房《ちゅうぼう》の脇に出口。あそこまで一分かからない。電話を残していくか？　トゥッカはおれがここにいたことを知り、逃げたことを知るだろう。おれを追うべきだと知るだろう。報告するだろう。近くにヴォロドヤがアキレスといたことを知るだろう。却下。ヴォロドヤは自分自身を守るためにおれを売るか、奴らがおれをつかまえればおれが彼を売ると仮定するかどちらかだ。どちらにしても、おれを殺そうとする者たちのリストに彼を追加することになる。

トゥッカがあのドアから入ってくるまで四十秒。

女がサンドイッチを買う。店をあとにする。この電話を彼女のポケットに入れるべきだった。遅すぎる。遠すぎる。三十秒。凍りつく。子ウサギみたいに凍りつく。死んだ子ウサギみたいに凍りつく。周囲を見ろ。ほかに店をあとにする者はいない。誰か出ていってくれよ。誰かを出ていかせよう。カネを払って。脅して。どちらもできない。遅すぎる。なにがあれば出ていく？　火事？　強盗？　だめだだめだ。二十五秒。

なあ、さっきのクソ女があんたの財布をすらなかったか？（いいや財布をすったのはおれで、同時におれの電話をあんたにやり、同時にあんたの肩におれの手を置く。どうなるかわかるか？）

なんだってきみ、あの女は全然わたしの近くに来なかったが――

しかし彼はすでに立ちあがって店をあとにして彼女を追いかける、**おいレディどういうつ**

もりだ？

走ってすれちがう彼にトゥッカが目をとめる。手をあげて見たこともないくらいちょうどよく完璧に男を殴って、身体をひねらせ、足元を払ってキートンかチャップリンの喜劇みたいに転ばせるが、衝撃防止のマットはない。男は頭から地面に叩きつけられて本当に照明のスイッチをオフにしたみたいに事切れる。トゥッカはショックを受けた表情だ。おいおまえ大変だ大丈夫か？　道端に血と脳みそ。財布をすってなどいない女は振り返ることもない。トゥッカが男の身体をあらためる。電話はただの電話だ。財布はない。よくあることなのかい、女が彼のカネを盗んで、彼はただ走って転んだのさ。おれはこんなこと初めて見たよ、フィンランドから来たんだが、故郷ではストリートの犯罪なんかないからな、デンマークとはわけが違う。

ウィンドウ・ショッピングをしているようにおれはゆっくりと歩いて外へ。急がないがやりすぎない。どこかへふらりと行くように歩く。歩く。窓ガラスに映る姿をチェック。トゥッカは腹をポンと叩く。反応なし。電話は見つけたが、彼が探していた電話じゃない。地面で死んだ男はおれの拳のような拳をもったただの男だ。残念。いい勘が働いたと思ったのに、というふうだ。

トゥッカはおれのいる方向を選び、おれは少しあとずさって彼を通す。デカいフィンランドの男、筋肉隆々。自分の空間を作らせることに慣れている。

そして彼は去った。

おれはどうしても小便したい。

そのあとで、そろそろもうひとり不死身な〈デーモン〉を始末しないと、おれは自分の勢いをなくすだろう。

で、あるバンドにオーストラリア人がいて、オーストラリア人のロックバンドのドラマーってのがこの街にツアーへやってきたらやりたくてたまらないことは、コカインを卸しで大袋買いすることだとわかる。腹に酒をたらしてなめてグルーピーとお楽しみの最中に品切れしないためで、そんなことになったらピーウィー・ハーマン級の野暮みたいになるからな。それでこの男はやる気満々で買い出しに向かい、こいつは流行に超敏感だからこの時点でただひとつのブランドもののクスリがほしくて、そいつがどうしてもほしくて、そいつをミス・ネブラスカの乳首から吸いたくて、彼女も反対するわけがなくて、ドラマーの勃起したやつに飛び乗ってセックステープを作れたら彼女は問題なしで、それがふたりのやっていることだ。ふたりはテキサスでは絶対に法律違反のことをやっていて、さらに何度か空中ブランコのようなものが必要になるやりかたでそういうことをして、ふたりはホテルの家具とバスローブを使って即席で対応し、それはとことん感銘を受けるコカインにたきつけられたDIYだとおれも認めるしかないが、マネジメントはその件について問題なしとはいかないだろう。さらにふたりのセックステープは基本ギグとギグのあいだの三日間連続ギグみたいなもので、プロデューサー連中とかハッカー連中とかありとあらゆる人々がその場にいて、ふらりと立ち寄ったニューヨーク・タイムズ紙の批評家ふたりが四時間にわたってキルケゴールを早口で語る一方、レッド・カート（興奮性の物質を含む植物）・ボナンザ（大当たりの意味）――これはドラマーの本名らしい、オーストラリアだから――が背景でミス・ネブラスカと裸でなにかやって絶叫する。まるでウォーホルのスタジオ54の本物のシーンのような、おれが一度ロンドンで行ったことのあるクラブみたいな感じだ。そこではイタリア人の女たちがオペラを歌うあいだ、客が女たちの肌からイチゴを食べた。それかイタリア人の男たちだ、そっちがあんたの好みなら。だがあの男たちはパヴァロッティみたいな体格でイチゴを見つけるのは本当に一苦労で、当時は全身脱毛はまだニッチみたいなもので、どっちにしてもそれをやっちゃ雰囲気がぶちこわしな感じだったし。

そんな感じ。

で、話はレッド・カート・ボナンザにもどって、彼がジュゴンみたいにクンニして腰を振って突きまくっていると、突然とても具合が悪くなる。これぞ神の存在を認めるときで、おれはこだまする丘で声を張りあげてジェフ・バックリィみたいにハレルヤと歌わないといけない。もっともジェフはレッド・カートとはまったくもって似ていない。ジェフには魂の底からあふれる才能があったが、レッド・カートは才能なんぞなく、そのせいで怒っていて、その怒りは同じ類の特別にみじめでまともな給料をもらっていないまぬけどもに共感されて、それで成功したようになっているからだ。

ミス・ネブラスカは国で最高級のおっぱいのオーナー兼技師と言えるだけではなく、アメリカ海兵隊で訓練を受けたバイオ兵器の専門家でもあるから、レッド・カートをひと目見て、現在は疾病予防センターで働く元上官に連絡して、このどうしようもないドラマーを隔離してホテルを閉鎖し、危険な〈ビヨンセ〉コカインは毒物扱いされて犯罪世界でなによりも望まれない商品となってゴミのほうがまだマシとなり、〈セヴン・デーモンズ〉もこのコカインにかかわっていることから少々毒を受け、太っ腹な資金提供と恐怖心を基盤としたこの街の権力者との関係を丸ごと揺さぶることがひとつあるとすれば、世界中のアメリカ合衆国国土安全保安省の捜査官が見たこともないほどビンビンにおっ勃《た》てて、こぞって突然この街に怒りの到着をすることだ。

　炭疽菌についてのオモシロ話。カートの場合よりも身体にひどい症状を引き起こすこともあるが、賢く扱いさえすれば実際は摂取してもまったく問題ない類の炭疽菌もいくつかあって、おれが使ったのはその手に含まれる。感染することはごくまれで人に移すこともごくまれで、菌の耐久性は全然ない。おれはむかしもいまもそこまで完全にいかれたアホじゃないからな。だがほかの種類の炭疽菌との識別はとてもむずかしいし、基本、炭疽菌はバイオ兵器の専門家たちが夜になって眠りにつくとき出会うことがありませんようにと祈りを捧げるものであり、こいつにくらべればエボラ集団感染やゾンビ大発生なんかのほうがはるかに、そしてだんぜんマシだろう。だから何者かがこの類の炭疽菌を手にしたとなれば敵意ある過度な反応がかならず起こって、いまそのとおりになっている。あんたが犯罪者だったら一週間くらいは酒を飲んでショッピングでもするしかない。このタイミングでの不法な活動は優れた考えとは言えやしないからな。そしてこの期間は当然あたらしい犯罪分子についての気の毒な話がすっかり出まわる。たとえばおれが並のプロの重罪人で（身元は不明）、並の組織だったプロの重罪人のやることをやってから惚れ惚れするような尊敬に値する環境を作りだし、リッチな者たちと足場業界に高品質のコカインを供給し、それによってひとりも体調を崩す者はなく、たぶん数人の警官でさえもこの信じられないほど優雅でコスパのよいサービスを通じてブツをいくらか手に入れていると知られたものであったが、このハッピーな状況でちんぴらパンクロックな軍隊めいたケツの穴マシンが登場して波風を立てて、死人たちをテーブルに乗せて大衆に炭疽菌をあたえた。さらば〈ペール・ペルーの種馬〉、ようこそ〈ビヨンセ〉、だが新顔のドラッグはあまりいいものではなく、映画でよくあるみたいにどうやら反アメリカの用意周到な計画から生まれたもので、いまじゃ何者かがおれたちの偉大なる国家を標準以下の混ぜものをしたすなわち危険な麻薬で破壊している。

噂ではビヨンセ本人がかなり怒っているそうで、理由はよくわかるよな。苦労して生きて自力で身を立て評価と成功を手にしている女、人生のタフなサバイバー、優れたアーティストでもある女に対し、どこかの人間大型ゴミ容器が彼女の名前で違法ドラッグなんかを売買することで彼女の知的財産と個人のブランドを悪用しただけではなく、そのドラッグに毒を混ぜてこのアメリカ合衆国さまを攻撃している。彼女はカポネみたいに怒って、ヒトラーを叩きのめすキャプテン・アメリカみたいに怒っている。このままだと彼女がこの街にやってきて真相を見つけかねないから、おれはここらで画策するのはやめにして、ビヨンセに〈セヴン・デーモンズ〉と奴らの人生を台無しにさせるべきだ。彼女なら絶対やれるってわかっているからな。彼女がそれをやってのけたら、八分後にはビヨンセ大統領が誕生して、ジャック・プライスは世界へ影響をあたえる男だって超ポジティヴにあんたにまた言ってやれそうだ。だってビヨンセ大統領だぞ。そうさ投票するしかない。

さておれはガーメント・ディストリクトのラブホテルの熱い風呂にあたらしい電話をもちこんでセックスについて考えている。ビヨンセ大統領という言葉には誰だってそれを連想するだろ。

メッセージの着信。ＳＭＳ、ショートメッセージサービス。いまどきこんなのを送ってくるのは誰だ？

それに。誰も知っちゃいないはずの番号にこれを送ってくるのは誰だ？　まあジャンクメールは別として。こいつはジャンクじゃない。

おいプライス。

この番号を知っているのは誰だ？　あっ。やあセーラ。

やあプライス。**情けないヘタレ**。

カネとブツを受けとったんだな。

そうナイスどうも。

Ｏｋ

いまなにしてるの？

へっ？

退屈で。こんな生活クソ。

うん、だろうな。

くたばれプライス。

前にも聞いた。

わたしは不安だし、孤独だし、自分が退屈してるなんて信じられない。どうして退屈なんて感じられるの？　外に出れば殺されるのに。

たぶんメッセージを送りすぎるのは賢くない。

いまなにしてるの？

だらだらしてる。

炭疽菌の件はあなただったんでしょ？

答えられない。

そうだと思った。

セーラ、なんて言葉をかけたらいいかわからない。あんたにとってこんな生活はクソだが、クソになったものはしょうがないし、正直言っておれの弁護を引き受けるリスクはあんたもはっきり納得していた。

わたしストックホルム症候群になってる。

あんた〈デーモンズ〉のもとに行こうと考えているのか？　殺されるぞ。
ほら、あなたもおしゃべりしたくなったみたいね。
だめだ奴らのもとに行くのは、行くのはあんたの決めることだが、死ぬぞ。
あなたが死ぬことになるかも。
あんた、おれがもっていないものを奴らにあたえられるか？
なにもあるもんですか。ああ、わたしの身体とか。
そんな考えは水に流しておけ。
言ってくれるわね。
そうさ。
いまなにしてるの？
だからそれはどういう意味なんだよ？
わたしがなにをしているか言ってみる？
いいともさ。
画像をひらきますか。はい／いいえ？
ひらくわけにはいかないぞセーラ、あんたが傷つくかもしれない。
あら信じてプライス、わたしは自分で自分を傷つけてるんだから。
裸の自撮りを送ったのか？
ひらいてたしかめれば。

いい考えとは思わない。

ふうん、損したわねプライス。

ああ。

ストックホルム症候群よプライス。

ああ。バイバイ、セーラ。

くたばれプライス。

画像をひらきますか。はい／いいえ？

いいえ。

画像をひらきますか。はい／いいえ？

いいいいいいいいいいいいいいえ、ははいじゃなく、いいいいえクッソ。

いいえ。

セーラは正しい。逃亡生活はクソだ、たとえそこに熱い風呂があっても。


まだ昼前だが、ウォッカを開けてテーブルには黒パンとピクルスがのっている。それに名無しのなにかしらのハムも。このティーハウスは黒い壁で古いオークのテーブルが並んで誰かが片隅で煙草を吸って、青い煙が水にとかした染料みたいだ。

おいプライス！　ハムを食べんのか？

ハムは大好きなんだけどな、ヴォロドヤ、今日はいいや。

うまいハムだぞ。わしが自分で作った。

だと思った。

わしのハムを信用しないのか？

そいつはハムになる前にニューファンドランドの走っちゃまずい未舗装路でハイラックスを運転して、行儀の悪い態度であんたの家のドアをノックしたのか？

ひどいなプライス、気持ち悪いこと言う。

まあちょっと訊いておこうと思って。

ひどいな、あんた気持ち悪いぞ、こんなに気持ち悪い話は初めて聞いた。そいつはヤギなんだからな。ごく普通のシロイワヤギで、あんたの太腿ぐらいの背丈だ。加工がとてもむずかしいのさ。スモークしすぎるのはいやだから、食感を残して処理するのがいいけどな、スモークはじゅうぶんにしておかなけりゃ保存にあきらかな問題が出る。わしにとっては自慢のスキルなんだぞプライス、スターリングラードのようにくだらんトロフィーじゃない。

おれもスターリングラードのことを考えていたよ。

うるさいなプライス、そういうのはやめてくれんか？　わしが生まれた場所ではみんなスターリングラードのことが頭から離れんのだぞ、ミシシッピのエルヴィスみたいなもんだ。それが故郷にもどらない立派な理由のひとつだ。わしがザイツェフ（第二次世界大戦時のソ連狙撃手）よりましならスターリングラードのことは二度と話さなくてすむ。もちろんわしはザイツェフよりましだよ、あのバカタレは自分の逸話をすっかり捏造《ねつぞう》した。天敵のドイツの狙撃手ケーニッヒなど存在しないし、そいつとの廃墟での決闘もなんもなかった。くたばれザイツェフって言ってんだ、わかったか？　いいからハムを食え。ヤギだ。

わかったよ。

よし。

うまいハムだな。

きっとあのろくでなしは一カ月かかさずジョエル・ロブションの店で食事してたんだろうな、ニューファンドランドへのフライトの前に……冗談だプライス本当に、ハムを吐きだすなよ？　人間についてのおそろしい話をすぐ鵜《う》呑《の》みにしやがる。

まったく意地の悪いじいさんだ。

ああまさしくそれがわしだ。さあ！　飲もう！　アキレスは落ちる寸前だ。

ああ、それはまちがいない。奴はどうするつもりだ？

どうするって？　アホかプライス、あのぼうやはどこまでも弱い。あいつがどうすると思う？　わしのところにやってきて礼儀正しくあんたの言うことなんかきくもんかと言うさ。だがわしたちの会話について誰かに打ち明けることもないな、結論を出すまで少しでも迷ったことを連中に知られるとわかってるから。

そうだな。

わしたちの計画はまだ大丈夫か？

おれたちの計画はまだ大丈夫だ。

ハムはヤギだぞプライス、いいな？　まったく。

わかった。

いまでは通りの警官の姿もそう多くない。炭疽菌への恐怖はほんの少しだけ減って、そこまで怯えなくていいのだとあきらかになっている。いまいましい偽コカインをほしがる者はもう現われない、そんなことは起こらない。〈セヴン・デーモンズ〉はふたたび挑戦するかもしれないが、どこまでやっていいのか限度というのが存在して、すでにおれの勝ちだとはっきり思い知っている。業界のことを知りもしない連中には限度を認識することはできないからだし、おれがひっかきまわしたからそれどころではない。もちろん連中に殺されたら教訓が机上のものになってしまうから、優勢はとにかく手放せない。

ミス・ネブラスカはラジオのトーク番組の契約を手に入れた。なにを話すのやら。

レッド・カート・ボナンザは順調に回復していて、あらゆるものの所持、さらには十七歳だと判明したグルーピーとのセックスも含めて五十ほどの異なる罪状で逮捕されている。ショックだ、なあショックなんだよ、十七歳女子がロック・ミュージシャンとファックすると知って。おれたちはこんな狂気をとめないとならず、そうしないとおれたちの社会全体が核の炎のなかで終わるだろう。十代の女性のオーガズムはかならずやそこに行き着くからな。

こうして街はふたたび目覚め、これはチャチャッと仕事をするときという意味だ。やあどうもマーラかい？　やあルーファス・アジャンクールだ、うんメールしたそのルーファスだよ、ちょっと詳細を詰めたかったんだが？

あらどうもルーファス、今日はあなたと話せてとてもうれしいし〈ラヴィング・スカイ・セレブレーションズ〉はあなたのプロポーズ・プランの仕事ができてとてもうれしいわ。

ありがとうマーラ、それでおれはどうしても彼にイエスと言ってほしいんだが、こんなプランを立てると彼にプレッシャーをかけすぎるかな？

いえいえルーファス、わたしはとてもロマンチックな表現だと思うわよ、とってもロマンチック。あなたがこんなふうにプロポーズしたら、彼は歓声をあげて薬指に指輪をはめたがるはず。

おれもそう考えているんだが、すべてを誤解していたらどうしよう？

誤解なんかしていないわよ、可愛い人。きっと大丈夫、彼はもちろん気に入る。あなたが遠くパラグアイに行ったとき彼があなたに書いた手紙は、プランナーとして二十年の経歴をもつわたしでもとても胸を打たれるものだった。あなたたちはおたがいのために作られているとしか思えない。

わかったマーラ、この案で行こう！

わかった！　まかせて！　あなたは盛大に派手にエキサイティングにしたいと言ったわね？

そうだ言ったよ、彼がイエスと言うのを世界中に見てほしい。

じゃあルーファス、まずしないといけないのは紙吹雪《コンフェッティ》の話ね。おふたりがどんなコンフェッティにしたいかが、すべてのスタイルを選ぶいちばんのバロメーターになるから。それであなたのパートナーの——お名前をもう一度いい？

トゥッカ。フィンランド人なんだ。

素敵な名前よね、彼が犬ぞりに乗って雪のなかであなたをさらっていくところを想像しちゃう！

本当にそんな感じなんだよマーラ、マジ毎日犬ぞりに乗っていて。

もぉぉぉふざけちゃって、それでトゥッカはこの会話には参加しないって**決まってる**のねサプライズだから。でも彼の好きな色をいくつか教えてもらえる？

うん彼は水色が好きだし、ほかにもやっぱり青系統のアジュールとか、でももっと好きな色があるんだよな、Sで始まるんだけど……

インディゴ？

それじゃないな、Sで始まる青っぽい色は？

シアン《cyan》？

それでもないな、もっと長くて詩的な色なんだが思いだせ——

思い切って言ってみるわねルーファス、あなたが考えているのはもしかしてセルリアン《cerulean》？

うんそれだ！　彼はその色が大好きなんだ。古いアパートメントのリビングをその色で塗りたかったんだが、大家がミニマリストで白にこだわってね。

なるほどね、青の色味をたくさん使って素敵なグラデーションにしましょうか、それともオレンジだとかゴールドだとかを混ぜてコントラストをつけてみたい？

ああそれはいい考えだな、おれたちは一度ジャズ・バーに行って、そこは青とゴールドで統一してあったんだよ、だからそいつは完璧だ。

いいわ、もちろんそんなふうに手配できるわよ。

そいつはありがたい、どうも。で、もうひとつやりたいことがあって、コンフェッティに詩を書いた紙片を混ぜたいんだ。おれが小さな紙切れに詩を書きつけて、おれの愛がたくさんの色と日射しのなかで彼に降り注ぐみたいにできるかな？

まあルーファスなんてロマンチック、待ってそうね……うーんそうねルーファス、ちょっと問題がある。当社ではコンフェッティのパッキングをすることができないのよ、だからうちの業者と直接交渉してもらわないといけない。当社は河口近くにある業者ととてもいい関係をたもっているから、あなたのためになんでもパッキングしてくれるはずだけれど、追加の費用がかかるわね。

うんマーラ費用のことは構わないよ、彼におれの言葉のシャワーを浴びてほしいから。ゼウスが黄金の雨《ゴールデンシャワー》にまみれて恋人たちのもとにやってきたみたいに、あっヤバい、ゴールデンシャワー（放尿プレイの意味あり）なんてちょっとポルノっぽかったかな。恥ずかしい、そんなつもりじゃ、**絶対**そんな意味じゃなかったから！

ルーファス大丈夫よ、可愛い人。あなたの言いたかったことはちゃんと伝わったし、わたしは大人の女性なんだから大丈夫、構えたりしない。ねえいまからあなたにメールするから、その番号に連絡してね、担当者はマット。少しぶっきらぼうだけど、とても親身になってじっくり説明してくれるはずだし、この手作りオプションのためにすべてを特別仕様にだってしてくれると思うわ。あなたは発射火薬をオンラインで買って、本体の収納スペースになんでも好きなものを入れるだけでいい。大変だったらご友人たちを集めてクレープ紙を切ってもらってそれを押しこめばいいけれど、詰めこみすぎないようにね、パートナーに小さな紙の砲弾を発砲したくはないでしょう？

そうだなマーラ、そんなことになったら一大事だよ、彼は最近身内を砲弾で亡くしたところだから、なおさらまずい。

なんてこと、あんなことを言ってごめんなさいね。世界にまだ砲弾があるだなんて知らなかったわ、その人はヨーロッパにいたとか？

いやいや、彼は南部にいる歴史再現をやってる連中のひとりっていうのかな？　トゥッカの身内はちょっと変わっているかもしれないが、おれが結婚するのは身内じゃないから。

ええもちろんそうだけど、なんてこと。

うんまったくだ。

余計なことを言って本当に――

いやマーラ、全然心配しないでいいんだよ、話題にしたおれがバカだった。マットと話してからクレジットカードとか用意して、きみとまた話すよ、それで大丈夫か？

いいわよ！　そうしたらうちの者たちに金メッキのドローンをあなたのために磨かせてピ

ッカピカにするわ。コンフェッティが空から降ってくるときにハニー、あなたは片膝をつくの。彼の人生一度きりの大事な瞬間になるのよ。

うんマーラ、本当にそうなると思うよ。


さて、いままでに分子ガストロノミーの経験はありますか？

ああミスター・コブ、経験はあるがだいぶささやかなものなんで、ひとつ上のレベルにもっていきたいんだ。

コブと呼んでくださいね、コブだけで。

おっとわかったよ、そうかいコブでいいんだな。うんまあとにかく少しかじったことはあるがたいしたことはないんで。

大丈夫ですよ、誰でもこの手の料理が得意というわけにはいかないですからね、とても科学的なものなので。

ああそれはわかるよ、おれは研究化学者だからさ――

おやそれはなによりですよ、わたしは次にこんなことを言うつもりでしたからね。この物質は氷のように冷たいのではなく、ナパームとチェーンソーを合わせたもののように扱わないとならないほど冷たいのですから、じゅうぶんな注意が必要だと。まともにふれればあなたの身体のどの部分でも取れてしまうと考えてもらっていいからです。角氷に舌がくっついたウッドストックのように生やさしくはないですよ、切断となります。それに沸騰《ふっとう》した脂肪のようにじつに熱いものにふれさせるとどんなふうになることやら考えたくもないですが、あなたは化学者ですからおそらくしっかり熟知されていますね。

ああそうだよコブ、そのとおりだ。おれは熟知している。しばらく半定期的にアルミニウムと酸化鉄の化学変化反応の研究をしなければならなかったからな、どんなものか知ってるかい？

もちろん知っておりますよ、大変な高温が発生する化学反応ですね。白い炎の柱になるよコブ。軍はそいつをテルミット反応と呼んでいる。

ええそのとおりで。

だからおれは熟知しているよ。

あなたは熟知されていると自信をもって言えますね、アジャンクール博士。

ルーファスと呼んでくれないか。

それでこの液体窒素をどのくらいご所望で？

たぶんそんなに多くなくていいんだ、ちょっとスクランブルエッグ・アイスクリームを作らないとならないだけなんだが、練習の必要だってあるだろうしな？

なるほどわかりましたよ、パイント入りを二本準備しましょう、それから安全対策のギアもご入用かと思いますが？　うちにはとてもしなやかなシルバーの宇宙用ミットがありますし、もちろんトングなどもありますよ。

やあそれは助かるね、高品質の熱遮断のギアが必要になるから。それがあれば冷たさを損ねることなくテーブルの隣に立てるな。

大丈夫ですよ、そのように手配しましょう。さてあらかじめ申しあげておきますが、この仕掛け一式はお安くはございません。

いいんだコブ、絶対にそれだけの価値があるから。


やあ、チャーリー、そこにいるのか？

どもボス、いるに決まってるよ。

ノヴァ・スコシアかどこかにいると言ってくれ。

〝どこか〟のほうにいるよ、ボス、うん。

ノヴァ・スコシアが理想だったのに。

そうでもないよ、でもそうね、でもそうでもない。

まあいいさチャーリー、必要なものがあるんだ。

言ってみて。

簡単なんかじゃないしチャーリー、安全でもない。

ボスあたしの質問にひとつ答えて。

おう。

炭疽菌のあれはボスだった？

そうだ。

エグいボス、最高。あのね待って、ほかの質問が。

いいぞチャーリー、もうひとつの質問ってなんだ？

一本の鎖みたいにつながってていくつかあるんだけど。

構わないぞ。

あたしに報酬は支払われるの？

ああ。

誰かが死ぬ？

ああ。

ガチ凶暴？

ああ。

すべてが終わったら、あたしはそのことについて話せる？

いいかチャーリー、つねに心得ておいてくれないか。そうなったらあんたが死ななくても
おれとの関係は終わりだし、おれたちの通常の合意についてあんたが各法執行機関の代表者
と話しあうことはないって。

だったら黙ってるよ、でもボスがしゃべるなと頼むなんて嘘みたい。

まあいまはきびしい時期だから。

だよねボス、マジそれ。なにがいるの？

まずめちゃくちゃ攻めてる芸術作品を作ってもらいたい、それから保護されたコンピュー

タ・システムを遠隔で破ってくれ。その芸術作品を隅々までいたるところに置いたら暴れろ。深刻なハッキングをする必要はなくて、本気でむっとさせる程度でいい。時計をいじってプリンター・ドライバーを消去しろ。まっとうだとか秩序だとかがなくなるまで暴れるんだ。自分でバツが悪くなるくらいに。やりすぎたと思ったら、さらに突き進んで反対側から出ていって、また最初からやるんだ。

どのくらい保護されてる？

完璧と言っていいほど。前面ではリレーサービスに見えるが、おそらく裏では〈ポルターガイスト〉を使っている。

うわボス、それは無理だよ、それってきっちり戸締まりされてるし。

データを集めるとか深刻なハッキングはしないでいいんだ、表面をかき乱すだけでいい。

ローカル・ノードを手に入れられる？

なんだそれ。

電話とかそのシステムに接続されてるものってこと。

ああ、それは手に入れる。

おぉぉぉぉぉしゃわかった、たぶんいけるよ、もしたぶんファイアー――

（ペラペラペラ、ここでチャーリーがなにを話しているのかさっぱりわからなくなる。呪文みたいな言葉が並んでポートがどうとかでペラペラペラ。魔法だ。）

つまりそれでなんとかなるってことか？

たぶんいけるけど――

カレーニナなんだ、彼女が数時間のうちにそこまで迫ってくる。

ボスをさらっと裏切ったあのロシアのビッチ？　あいつか、そうかボスあたしカオスみたいにビンビンになってきた。

で、それはいいことなんだな？

いいから電話を手に入れて。あたしはやる気になったら部隊最強の戦士だって。

トゥッカを見つけたければ当然アキレスを追えばよく、アキレスの所在をおれはいまつねにはっきりと把握していて、それは彼とヴォロドヤが丸太小屋の凄腕の熱心な名目上の交渉の最中だからであり、ヴォロドヤの話では結論は出てない。で、ハンターのトゥッカのほうは心からスポーツジムを愛している、うんそうなんだ。彼は狂ったようにフライング・プレスアップ・プランクみたいなのをやって航空母艦をベンチプレスして、いやはやどんだけ強いんだよあきれるね。この世にコカイン依存症の無駄話以上に退屈な話は筋肉話しかないかもしれない。

よーし、敵がジムから現われるところを狙って完璧に舞台を設定した。おれたちは広場の南側にいて、マーラはそっちでおれはここ、トゥッカが北側のマーケットのあたりにいて、マーラはおれたちの記念日の写真を何枚も見ているから彼を見わけている。最高にロマンチックな瞬間が訪れる！　トゥッカがおれに目をとめてこちらに走ってきて、おれも彼に向かって走りスローモーション！　ときめきの瞬間。マーラのビデオクルーたちもいる。こうした個人的な記念すべき瞬間をＹｏｕＴｕｂｅに投稿したくないなんて、まちがっているからな。

トゥッカが途中、噴水の隣で足取りをにぶらせる。なぜならばまったくおれはなにを考えてやがるのか声を張りあげて**愛している**と叫ぶし、野菜の屋台の男が拍手してちょっとした人だかりができるからだ。まさに二十一世紀のアイコン的瞬間。

そうさマジそれ。

時間どおりに小さなロボットのキューピッドみたいなドローンが飛んできて、おれの左でバンドが演奏を始める。当然バンドはどうしても必要だったし、それにロマンスに音楽はつきものだし、おれたちはモダンでクールで皮肉だから、なによりもロマンチックなのは〈江《カン》南《ナム》スタイル〉のスウィング・バージョンだろうってことで、トゥッカが小さな回転翼の近づく音を聞くはずのタイミングで聞いているのはこの曲だ。

ここで周囲にいる人みんなに拍手が広がる。この街ではよく起こることだからだ。パフォーマンスにしたプロポーズさ。たとえトゥッカにはこの人たちがなにをしているかクソほども思い当たらないとしても、みんな彼がおれの頭を撃ち抜こうとしてるなんて思ってもいないとわかっているし、ここで平然としているおれも公衆の面前で撃たれはしないと考えていることもわかっている。そして彼はこの状況がめちゃくちゃ怪しいと正しく感じているが、彼にはひとつ足枷《あしかせ》がある。そう、トゥッカはハンターだ。特別なものの見方をしていて、それは獲物としてのものの見方じゃない。予防措置についてはよくわかっているが、いったん殺してやろうと駆けだせば、あそこの木の葉の下に杭《くい》でいっぱいの落とし穴があるかもしれないと想像するのはじつにむずかしくなる。

だから彼は足をとめて、おれは片膝をつき、マーラが彼にコンフェッティを降らせるボタンを押し——

ようやくトゥッカがドローンの音を聞きつけ、左のドローンはハーフタイム・ショーかよみたいな青とゴールドのコンフェッティを降らせ、第二のドローンは——

彼はヤバい。ほど。速い。

いやマジで聞いてくれ、スーパーヒーローみたいに映画のジャンプカットみたいに速くて、あっと声が出るくらい。液体窒素を顔いっぱいに浴びるかわりに見事に頭をよけてみせ、窒素は脚にかかって飛沫《しぶき》が左手に穴をひとつ開けて氷の塊みたいなもの、あんたがウイスキーに氷を入れる野暮な奴ならウイスキーにぴったりのサイズの氷が、彼の手のひらから地面へと落ちて**ボトン**、そして広場全体がその瞬間静まりかえって、まるで上司の南部福音派信者のおかたい妻のいるディナー・パーティで、そこの十代の娘がデザートのトライフルを運んできたところで、あんたが隣の男にクリトリスと言ったときみたいになる。いやおれはそんなこと言ってないからな、とくに一九九八年の〈ヘンダーソンの店〉でのことは大きな誤解だった。

ボトン。

都会の人たちだからクソむごい事件を目撃した経験はそこそこあるけれど、さすがにこんなことは初めてで、ただぼうぜんと見つめている。目の前で正気とはとても思えないことが起こると人はそうなるものだ。ただ見ているだけで、それから誰かが嘘だろ、と言う。だが軽い相槌《あいづち》ではなく本気の〝嘘だろ〟で、人生でこんなに本気で使ったことはないって感じの言葉だ。

トゥッカは悲鳴をあげない。

あいつは悲鳴をあげず、じゃあどうしたかと言うと怒った表情で自分の脚を見て、その脚で立ってこっちに来て、おれを痛めつけようとする。幸運なことに彼の脚は完全には機能していない。なぜなら——

ボトンボトン。

彼の大腿四頭筋からさっきより大きな塊が氷になる。トゥッカの筋肉の日々は高価な死体から神経と筋肉の移植療法を受けるまではお預けになりそうで、そうだよそういう療法は本当にある。なにが言いたいかって、彼がおれを追いかけて道を走れるようになるまで六カ月かかり、実際に捕まえることができるようになるまで九カ月かかるってことだが、トゥッカはまだ悲鳴をあげない。敷石にトゥッカ・アイスが転がって鳩のやつがそれを突いているのに。トゥッカは怒っている。

おれは板で彼を殴る。ドローンを飛ばすときはかならず板を用意するんだ。

彼はドサリと倒れて、そこに電話があるはずで、おれはそれが必要だから手を伸ばすが、早まったか？　トゥッカは窒素耐性があるだけじゃなく板耐性もあって、なんだよこれマジで？　こいつは立ちあがるのか？

おれは少しばかり感心している。ふつうは焼灼《しょうしゃく》されて死に至る液をまいてやったから、血を流していないものの激痛が走っているはずだ。おれはまた板で彼を殴る。**ボコッ**。彼は倒れる。おれは今度は頭を殴って、これでカタがつくはずだと考えるが、この時点で警察がヤバいくらい迫っていて、ええいむかつく、あとでまた思い知らせてやるって感じでおれは逃げ、丸太小屋の凄腕トゥッカも倒れた。までは。いない。はずだ。おれはさっさと彼を撃つべきだったが、おい慧眼《けいがん》野郎、おれになったつもりで考えてみろよ、小便漏らす前に警官に撃たれて終わりだ。

モンスターめ。こんな状況でもまだなにかやれると思っている。板で殴られて割れた卵みたいな顔になっている。あいつは目が見えない。走れない。それなのにどうするつもりだ？

トゥッカが拳銃を取りだしたとき、マーラはまだ両手にドローンのリモコンを手にしている。トゥッカはそっちをむいて発砲する。魂で狙う弓矢のような丸太小屋の凄腕術。**バンバン！**　今日のマーラは幸運だった。トゥッカの脚がよろけて彼女を削っただけですみ、弾は片腕の肉をとらえる。彼女は悲鳴をあげながら倒れて、だいたいそのあたりでバンドはウンパッパと鳴らすのをやめて西門から大急ぎで逃げ、おれは小さな足でできるだけ急いで南へ向かう。いたるところに弾丸が飛んでくるからだ。マシンピストルみたいな音で、だから奴はあれだけ速くトリガーを引けるわけで、最近の銃には何発装弾できるんだ、十五とかか？

でもいいや、奴はおれに当てられずおれは逃げて、弾がかすめる音を聞いて弾だと認識する頃にはアイスクリーム売りの首のあたりが爆発して事切れてPEZキャンディのキャラクターのケースみたいに首のところがカパッと開き、そこでおれが振り返るとトゥッカが**歩いている**。なんなんだこいつは？　奴はなんとおれの板をベルトで膝に固定して義足みたいに使って片脚を引きずり、かがんだ姿勢になって、もう片方の脚を身体に追いつくようすばやく動かしてつぶれかけたクソ蜘蛛みたいにして追いかけるのをやめようとしない。ササッ・ササッ・ズルリ・ズルリと噴水をまわって〈スタン、わたしたちはいつまでもあなたのことを愛している〉だとか〈ここが彼にプロポーズされた場所〉とかのメッセージプレートつきのメモリアル・ベンチの前を移動してくる。トゥッカは足をとめて死んだベビーブーム世代のしあわせな思い出に浸ることもなく、ひたすらササッ・ササッ・ズルリ・ズルリをやりながら、そのあいだもずっとクソ銃をおれのこの顔に紐で結びつけられているみたいに向けたままだ。身長六フィートの身体を四フィート半まで腰を曲げて、いまでは完全に潰れた蜘蛛走りをして、銃を前に向けて移動しながらリロードしている。

なん。だよ。マジで。

そうだよ、こいつは柱と一体って感じだ。マジで。

奴がおれのコートの左ポケットの財布を撃ってぐいと引っ張られたみたいに感じるけれど、穴が開いただけですむ。あやうく腎臓がやられるところだった。

そこでおれは射線を切って地下通路に飛びこんでから、また外に出て北上してそのまま逃げのびる。そこからとにかく走ってまだまだ走る。モンスターに追われていたらそうするものだ。もう無理となるまで走って、さらに走れるようになったらまた少し走る。街角を曲がって南下してそこを離れる。この街の者はみんなグロテスクなフランケンシュタインの縫い目だらけの顔を探しているからだ。

ああクソ。

まあ引き分けと呼べるだろう。

しかしちっともおもしろくなくて、おれはしみったれた気分だし、滝汗をかいていて、まるで——

なんだと、腹の左側がほんの少しだけ欠けてやがる。うへ。こいつは不便。

そして痛いと判明する。

おそらくこれで死ぬことはない。おれは医者じゃないが、そこそこひどい傷で出血はしている。

絶対に止血したほうがいい。それは大丈夫だ。そのためのプランはある。身を寄せられる場所がある。でもしばらく座っていられたらありがたい。

ありがたいだろう。

起きないと死ぬぞ、このポンコツ、そうだあんたに話しかけている。その目を開けやがれ。

誰なん？

あんただよバカ。内なるもっと賢いおれだ。

おお、そっか。

あんたはジャックくそたれプライス、甘えるなよ、路地裏のゴミ箱のベッドなんかで眠っている余裕はない、死ぬぞまぬけが。起きろ。

うんうんあともうちょいしたら。

だめだいますぐだ。

わかったよ起きた。

いいや。いいや起きていない。いいか起きないとおれがなにをすると――

くらべものがないくらい目の前が真っ白になる激痛――タマに乗られ……ドアに指をはさまれ……舌を嚙んで……打ちのめされて……誰かがまな板の上の去勢雄牛みたいに叫んでいる。

よしポンコツもう起きたか？

ちょっと吐くから待ってくれ、そうしたら起きてやるよ。

おう地面から起きあがるんだったらなんでもしろ兵士。

おれは最低だ。

そうだな。さあ歩け。

うん聞こえているから。

片足をもう片足の前に出せば、いつかはどこかへ行ける。

〈ポルターガイスト〉のおかげで帳簿につかない医療手当をゲット。現金をいくらかゲットしてあたらしい家をゲットして清潔をゲット。ジャクージをゲットしてジャズ・バーをゲットしてあたらしいスーツとあたらしい見た目を選ぶ。もう安酒場には行かない。そうとも。死ぬんだったら五つ星で死ぬ。

おれのサイズの棺桶《かんおけ》を注文してそいつをある場所に送らせる。赤いサテンだぜ、どうだ。イカす銃と唐草模様に裸の女たちの彫刻、誰も想像できないほど赤裸々《せきらら》なやつ。棺桶のなかにはイカすコーヒー・マシンもあって呼び鈴まである。こいつを鳴らしてコーヒー・サービスを頼むわけだ。趣味の良さはみんなを黙らせる。棺桶に入ったらおれはさめざめと泣くだろう。そこではパーティがあるだろう。不安と恥と山ほどの無料のコカインがあるだろうってこと。人々はおれの名を呼ぶだろう。おれにヘンドリックスやゲバラのTシャツを着せるだろう。おれにちなんだ名のロックバンドが登場して、娘っ子よ、あんたのママはビビるぞ、あんたが完璧なバラ色とクリーム色の尻の割れ目のすぐ上におれの顔のタトゥーを入れてジーンズからちらりと覗かせることになるから。そこには永遠てやつがあるのさ。何世代もの大勢のポルノスターとストリッパーとグルーピーとエモとファッショナブルな女どもとロックンロールな反逆者たちがやってきて、ひれ伏しておれの幽霊の口に、暗闇のおれの魂にふれてもらえるよう肌に針で刻んでくれと頼むだろう。

おれが死ねば。

だがそれは今日じゃない。

おれにはビジネスがあって、その手のことは心から真剣に受けとめているからな。

VoIPの発信。〈たぶんね《フィライヒト》〉というスイスのシステムをとおして発信場所はスクランブルをかけて暗号化し〈ポルターガイスト〉経由でもどしてからなんとかかんとかするやつで、かりに追跡しようとしたらデジタルのヘルペスなんぞに感染することになるが、いまのカレーニナはそんなことも全然気にしないだろう、なぜなら——

プライス？ あんたなの、この人でなし？

やあカレーニナ、おれたちはもう友達じゃないのか？

プライス、あんたのやりかたは二流もいいところだよ。

ほう、おれのメッセージを受けとったんだな。

うるさい！ よくもあたしを陥れたね、あたしが下手みたいに見せて。どれだけガキっぽいことしてるかわかってんの、それにどれだけ弱っちいかわかってんの？ どうしたらいいかちゃんと説明してやったのに。それなのにあんたはこんなことをした。プロにあるまじき失礼なことだよ、あたらしい仕事であたしが下手みたいに見せるのは。それだけが狙いだろ！ そうなんだろ？ なにが友達だよ、くたばれ！

いやそんなつもりはなくて、あんたの〈セヴン・デーモンズ〉の友達に今度の件をおれたちがどう処理するか待ってろって言っておきたかっただけだって。だってもとはたしかに七人だったわけだがいまは四人と半分だろ、あんたを含めるとしたらさ？　ところで見習い期間はいつまでなんだ？　うまくいきそうか？

あんた自分がどれだけ豚野郎のクソ猿かよくわかってるよね、こんなことしてさ、あたしのシステムがあんたとあんたのガキっぽいクソ女から攻撃を受けてまずいことになってる。チャーリーの仕業だってわかってるからね！　こんなことしなくてよかったのにさプライス、あたしたちは友達であたしたちは敵だけど、おたがいを侮辱なんかしないでよかったんだ、そうじゃないの、全然こんなことしないでよかった。敵だってたぶん解決策はあって、また友達になれたかもしれないけど、もうだめだ。もう全然だめだ。もう絶対だめだね、あたしはあんたを許せないよ、わかってんのプライス？

〈チャーリーが送ってきたファイルを見たらおれも完全にやりすぎたと認めるしかなく、カレーニナが多少頭にきている理由もよくわかる。カレーニナのスクリーンのすべてと、つながったデバイスすべてに基本若干閲覧注意な画像が表示されていた。〈セヴン・デーモンズ〉が電話を起動するたびにいまではペルー軍の軍服姿の白い馬と男同士で愛しあう《チャック・ティングル》キュートな悪魔のマンガの絵が現われるので、彼らのシステム・エンジニアにはあきらかに快く受けとられなかったらしい。自分のプロとしての能力の低さを反映していると感じるからだ。そのとおりなのだが不公平な感じもする。おれたちにできるのはそれぐらいなんだから。プリンターの設定をいじることを別にすればだが、そっちについてはカレーニナはたいして怒っていないようではあるが、彼女の気分を和らげるとまではいかないだろう。レーザージェットが十五秒から二十秒置きにテスト印刷を勝手にやって、その間隔がしだいに短くなって繰り返されるんだが、チャーリーは不規則なのがなにより腹立たしいのだと言っている。）

あんたちょっと嫉妬《しっと》しているんだろ、チャーリーは三十歳以下でデジタルのケツを蹴りあげながら同時にセックスできるからって。

……なんて言った？

聞こえただろ。

プライス聞けよ、手を引いたほうが身のためだから。とにかくあたしから手を引けよ、しっかり聞いて、いますぐ。これまであたしはおおっぴらにあんたのじゃまをしてないだろ？　こないだはもう少しでトゥッカにあんたをやらせるところまでいったし、今日はあんたがもう少しで彼を祝福するところだったよね？　でもあたしたちはどちらも、あんたがいつまでもこの戦争を戦うことは無理だってわかってる。あんたがカネを動かせば、もしあたしがあんたに腹を立てて怒り狂えば、そのことでなにかやれる。〈セヴン・デーモンズ〉にはやれる。あの人たちはそれを知らないから提案しないけれど、あんたは憎まれ口をきけなくなって、**その膝をついて懇願することになるからな、さあこのチビグソめ、その目ん玉を激しくファックしてやるからな、あんたのママを痔《じ》にしてやるぞ？　いいかプライス、このみじめなチビカス？　聞こえてるか、いますぐあたしに赦《ゆる》しを請えよ、さもないと思い知らせ――**

うんうん。

プライスその音はなに？

おれが受話器に屁をこいた音だよ、この寂しい老いぼれめ。おれたちがなぜ友達なのかわかるか？　あんたがおれを見るとき、あんたの栄光の日々、あんたがホットだった日々にファックしただろう者を見ているからだよ。そういうことだ。おれはトロフィーみたいなものなんだ。だからまあいい。当時ならすばらしかっただろうけどな、もっともおれは五歳ぐらいで、あんたとどうのなんてことにはならなかっただろうけど。でもそんな想像はしないでおこうな？

……あんたは終わりだプライス。あんたにとっての終わり。

やれよ、カレーニナ。華麗にダブルダッチして錯乱させてやる。それからトゥッカによろしく伝えてくれ、それと今頃たぶん弟は死んでいるって。

電話の向こうは沈黙。

むかしむかしフィンランド人の兄弟がいた。ふたりは兄弟だった。友人とかとは違うし、雪が年に四カ月のあいだ六フィート近く積もらない場所の兄弟とも違う関係だ。ふたりは兄弟で、かつての人々のように岩と氷と夜と昼に結びつけられた兄弟だった。アキレスはヴォロドヤにトゥッカの立ち位置に自分も立ちたいのはやまやまだと話はできたが、兄を裏切るつもりはなく、絶対に兄を殺すつもりもなかった。絶対にしないという意味では、トゥッカが仕事にしろ女にしろ弟が本気で望むものは奪わないのと同じだった。トゥッカはそういう点ではまともってことだ。弟の妻だとかをファックする前に、列車の前へ歩いて終わるだろう。アキレスはそんなのだめだ、それはぼくの女、ぼくが本気で望む相手だと言うだけでよく、そうすればトゥッカはその女をたっぷりの敬意をもって扱い、見ているほうも石に落ちる吹きガラスのように心が砕けるほど感動するってわけで、兄弟ふたりともそれがわかっていた。ふたりをシェアするパーティ・ガールたちもそれをわかっていた。みんなそれをわかっていた。

ヴォロドヤもそれをわかっていた。そしておれもわかっていた。

だからおれたちは本気でアキレスを味方に引き入れようとしなかった。味方に引き入れようとされていると彼に考えさせたかっただけだ。彼に偉大なる部族の年長者である狙撃手ヴォロドヤと話をさせて、どんな人物か知ってもらいたかった。アキレスに魔法の邪悪な悪魔のパパみたいなこの大きな秘密をつかませ、しばらく自分ひとりの胸に秘めさせたかった。しばらくして本当に心を許した関係ができあがったら、あきらかにアキレスのやることはヴォロドヤを兄に紹介して同じ経験をさせることだっただろう。同じ言語を話す兄への贈り物だ。

長いケースを背負った狙撃手ヴォロドヤ。

素手で、銃で、ナイフで殺せる男。兄の陰で生きてきた、超暴力的なプロとしての生活を送る頭のおかしくなりかけたフィンランド人の殺し屋ジャンキーならば、称賛できる類のアイコンだ。

酒はそういう男と飲むものだ。ウェイトレスをめぐってあんたをナイフで刺すかもしれないし、名誉のためにあんたを殺すかもしれないし、フェアな喧嘩であんたを撃つかもしれないが、ウォッカ・リュージュ（パーティ用の大きな氷の彫刻にウォッカをたらしてなめる余興）の下にあんたが口をつけたところでテトロドトキシンの毒を落とすことはない。毒が効いてきたところであんたの目を覗きこんで、めまいがしているだけだなんて言わない。あんたの肺が機能を停止しても、テーブルに連れもどして腕をまわして座った格好にさせることもない。ジャック・プライスがよろしくと言っていて、友情なんかはなかった、戦いの策略があるだけだとあんたに言うこともない。あんたが死ぬときにあんたの心を打ち砕くことはない。

ただしそうするのがプロとして正しいなら別だ。仕事で必要になればヴォロドヤはこういうことも、それ以上のこともなんでもやるだろう。

おれは彼に巨額のカネとほかにも好ましい条件をあたえた。契約だった。相手は〈セヴン・デーモンズ〉だぞ。別に私怨《しえん》はない。

メッセージの着信。ようプライス。

セーラ。

ようプライス。わたし。

なあセーラ、いまは都合がよくなくて。

へえ、あなたはまた、ぎょっとするようなことをしたものね。

どんなことを？

プライス、道の真ん中で男が結婚式のコンフェッティのドローンで襲われたのよ。液体窒素満杯の死のドローン。誰のスタイルかわからないと思う？　おや！　先週、切断された頭で男を撃ったあのいかれた腐れ野郎がまたやったって叫んでいないとでも思う？

ああなるほど、いくらか似通った気質があることは認めよう。

いくらか似通った気質があるに決まってるでしょプライス。

まあな。

あなた無事なのプライス？

撃たれた。大怪我じゃなく少しだけ。痛い。たいしたことはない。

たいしたことはない？

じゃあいいだろう、正直たいしたことだ。撃たれたし痛いんだから。なかなか痛いが、足首とかをねんざした程度の痛みでいつかは治る。おれは回復する。

動けるの？

ああ。痛いが。

かわいそうなベイビー。

今度はなんだよ？

ナースの制服を着る？

うんいいとも、それであんたがハッピーになるのなら。

でも無駄ね、あなたが居場所を教えられないなら。

無理だな。

じゃあナースになってもあなたが見ることはない。あなたがわたしの画像をひらくなら別だけど。

そうだな。

あなたがひらけば別。

セーラなにを言いたいのかわからないんだが。

わかってるくせに。わたしはこの世界にひとりぼっちで殺されないかと不安で、あなたがわたしを好きだって知ってる。わたしをほしがってると。あなたはあなたなりのだめなやりかたでわたしによくしてくれて、あなたが口には出さないけれどなにをほしがっているのか知ってる。この心理はとくに複雑じゃない。

そうかもしれないが。

複雑じゃないし、こんなふうに思う自分に腹が立つけれど、とめられないのよ、わかる？

わかる。

なにか言って。

おれがきみのあきらかな性的欲求につけこめたらいいんだが。

わたしもそうしてほしいんだけど。

……ファック。

ええお願い。

ファック。

それよ。もう一度言って。ファックって言って。

だめだ。

意地悪。

絶対にだめだ。

またファックって言ってよ、そうしたら服を脱ぐから。

やめろ。

えっ？

……服を脱ぐな。いまのままの状態にしておけ。

わかったわよ。

いまから画像を送れ。

なんの？

なんでもクソあんたの好きなやつを。おれが心変わりするまで十秒しかないぞ。

画像をひらきますか。はい／いいえ？

はい。

ダウンロード完了までにちょとだけ時間がかかる。MMSはメールじゃないからだ。さらに自分の見ているものがなにか理解するまでに一瞬かかる。手首だ。その時計を見わける。

細いチェーンリンクのもの、十セントの大きさの文字盤。セーラの時計。ほっそりした手首、茶色で力強い。骨を包む筋肉。手首につながる手の半分が見えて、拳のあたりは不明瞭だ。ジーンズのジッパーがVの形に裂け、もりあがった骨盤のすぐ下に黒いレースの線。短く手入れされたヘアのごくわずかな影。押しつけられた指の輪郭。


気に入ったプライス？

気に入った。

じゃあまたファックって言ったらいいことあるかもよ。

だめだ。

お願い。言って。

だめだ。

本気？

うん。

あなたって頭おかしい自覚ある？　頭がおかしいの。あなたはずっとこれを望んでいて、わたしはこうしてここにいる。ここにいるのに、いまになってどうして照れるの？　男のやりそうな愚かなことよ。手に入らないものを追いかけて、いざ手に入るとなったらほしがらない。


そうだ。もう切るよ。

どうかしてる、ああいいわよ、切れば。どうかしてる。

とにかく直感が働くことがある。おれは立ちあがって外に出る。誰かやってこないかとぐずぐずしない。おそらくなんでもない。おそらくセーラは本人が言っていたようにストックホルム症候群になっているだけだ。それにカレーニナが現在多忙なのはわかっている。彼女は多忙だ。怒っていて、なにかデカくて愚かなことをやりたがっている。ささいなことに汗を流す暇はない。おれの名前でＳＭＳのやりとりをランダムに検索する必殺のマルウェアをしこむとか。なんと言ってもＳＭＳの九〇パーセント以上はジャンクメールで自動で送られる売り込みであり、全部〝半分のプライスで〟とか言ってるくだらないものばかりだ。

だがとにかく直感が働くこともある。なにかおかしい。急いで逃げろ。

第三部

街の朝、日射しは横からやってきて建築物で跳ね返る。自然光が人工物へとふしぎな変化を遂げて、あらゆる場面をインテリアにする。誰がこんなところに本気で住みたがる？　この場所はうしなった目玉を覆うスチールプレートみたいに自然の上に押しつけられているのか？

ＶｏＩＰの着信。なんと東京の警察のものとして登録された番号。このタイミングで何事だ？

もしもしミスター・プライスですか？

どうなってるんだよ？

ミスター・プライス？

ああ、プライスだ。あんた誰だ？　誰もこの番号を知らないはずだ。

ところがわたしはこの番号を知っていて、なぜかというと死んだ女性の顔にナイフで刻まれていたんですよ、ミスター・プライス。ですからわたしもどうなっているのか知りたい。

どうなってるんだよ?

ええ、わたしもそれが知りたいですね。あなたはどなたで?

おれはプロの犯罪者だが、マフィアとかじゃなくてモダンなスタイルでやっていて、デジタルで流通と破壊活動をしているが、東京ではやっていない。日本にはビジネスとしての関心はないが、一度行ったことがあって、とてもいいところだった。また東京を見たい気持ちはあるが休暇として訪れたいんであって、断じてビジネスじゃないよ。そこはおれの縄張りじゃないし、あんたたちには自分たちの国の文句なしのいい犯罪システムがある。

それにいい法執行機関もあると請け合いましょう。

ああそうだな、けど、すごくたくさんの犯罪者が自首するって読んだ。それが文化みたいになっているって。そうなのか?

そうですね、ある程度は自首もありますが、自首しないでわたしたちが対処しなければならない犯罪者たちを見てほしいものですね、ミスター・プライス。極めて深刻な犯罪者たちで、彼らなりの歴史文化のようなものをもっていて、社会的立場も確立しているという意識がありますから、自首なんかしません。

ああ、それは想像がつくよ。その定着してる犯罪層はなんて呼ばれてるんだっけ?

それはこの街では政治家が近くにいると言えないことですね。政治家はまったくの真実だとわかっていても、そうした層があるという考えを好まないのですよ。ホンネとタテマエです。もっともわたし自身はそのように考える流派にはくみしません。わたしたちの文化の中心に矛盾を作ることになる。

なるほどね、よくわかったよ。で、もう一度言っておくが——待ってくれよ、その死んだレディ、彼女はもしかして数学関係のポスドクだったりしたか？

それはとても興味深い仮定ですね。

それはイエスということだと受けとるが。

その件について海外の法律違反者に話をすることはできかねますね。

ちょっと不適切ってわけか。

ええミスター・プライス。ちょっと不適切。あなたの仮定が興味深いと認めたことから、あなたがいかなる結論も引きだされないことを願います。わたしにとって大変困った事態になりますので。

はて、あんたさっきなんて言ったか忘れたよ。

お気遣い、とてもありがたいですね。

あんたの名前を訊いてもいいか？

警視庁公安部の安藤警部。ワタシ・ノ・ナマエ・ハ・アンドウ・ヒデアキ・デス。所属はFBIとニューヨーク市警のテロ対策班を合わせたような部署ですよ。

わかった安藤警部、なあ、ここで腹を割った会話をしちゃいけない理由はないだろ、おれたちの利益には直接衝突するものがないし、あんたは日本国内で仕事をして、おれは日本で仕事をするつもりはまったくないんだから。おれの立場には情報提供者と犯罪者というあきらかな両極性があるけどさ、それをあんたのところの刑法に照らしあわさずに話しあわないか？

ええ、それはできると信じています。

だと思った。じゃあ。少し前におれの下の階に住むレディが処刑スタイルで射殺された。おれはそれが気に入らない。そこはおれの建物で、おれが所有しているってわけじゃないがそこに住んでいるんだから。そういう事件はおれの神経を逆なでするんだよ、わかるか？

わかります。

よし、それでおれはオフの時間にいくつか質問する。いつもはハイエンドのコカインの売人をやっているんだ。モダンな小規模経営で、世の中にほぼなんの影響もあたえない。ただしたまに足場業者《スカフォルダー》がちょっとばかりハイになってポールを落としてそれが大騒ぎになるとかはあるが。

スカフォルダー？

建築工事の足場だ。建物の外側で作業するための金属製の棒を扱うやつだが？

ああ、この国の業者はポールではなくチューブだと言うことにとてもこだわっていますよ。

おっと——マジで国際労働組合とかで統一しているか——まあいい。で、おれの商売はそんな感じで目立たなくて、まずまずの利益もあげて、映画なんかと違って客ともうまくやっていて、最悪のことと言ったら全身脱毛だ。うん、そいつについては詳しく話す必要はないな。

助かります。

うん、だろ。それでだ、そんなときにどういう理由からか金持ちの若造がおれを片づけるために〈セヴン・デーモンズ〉を雇ったとわかる。チクショウ、なんたることだ。

おれは――いまなんて？

日本語は驚きや動揺を表現する卑猥《ひわい》語の語彙《ごい》が豊富ではないのです。たとえばあなたの言葉でマザーファッカーにぴたりと対応する言葉がありません。

〝チクショウ、なんたることだ〟は？

不完全ではありますが、それで言いたいことは伝わります。話を続けてください。

　てことはあんた、〈セヴン・デーモンズ〉を知っていると。

　わたしは公安なんですよミスター・プライス、もちろんあなたと同じようにわたしは彼らのことを知っています。もしあなたが東京にいらしてコカイン販売をたくらもうとするならば、わたしが一日であなたのケツを捕まえるとあなたが知っているように。

つまりこいつは単純じゃないがあり得る話だとわかるよな。よし〈セヴン・デーモンズ〉が登場してあれこれ騒ぎを起こし、おれはその状況にいささか派手に対応したかもしれなくて、奴らはいまほんのちょっと過激になっているかもしれない。

過激？　過激になっている？　失礼ですが、あのグループの特徴はそもそも過激なことなのでは。

まあそうだが、この時点で奴らはちょびっと感情的になっているっていうか？

あなたがまだ生きているからですね。

それもだし、何者かが切断された頭部でジョニー・キューバーノの胸を撃ったとわかり、それ以降もイ・ドンハが人間ミキサーのなかに落っこちて、アキレス・マキネンが父親がわりに毒を盛られた。そういうのが起こっているあいだに、おれは奴らのコカインの一部にごくおとなしい種類の炭疽菌を混ぜて誰も買いたがらないようにして、トゥッカ・マキネンの左手と大腿四頭筋に凍傷を負わせて、これについては引き分けと言いたいね、奴めはおれにちょっとだけ銃創を負わせたから。その後おれは友人に頼んで奴ら全員の電話の液晶に奴らのロゴと肛門性交する馬のマンガの絵を表示させた。だから目下奴らはウキウキではないと言ってるんだよ。

チクショウ、なんたることだ。

そういうこと。

そうなのですが、前回この言葉を使ったときは意識して使っていました、いまはすらりと口から出てきた。誤解しないでくださいミスター・プライス、あなたが成し遂げたことは称賛しますが、あなたがわたしの国にいらっしゃることがあれば、ホテルに到着する前にあなたがトラックに轢かれるよう手配するでしょう。いま、メモを作っています。ぜひとも遊びにいって小さな類人猿たちと温泉に入りたかったのに。

それはどちらにしても不可能ですよ、自然保護の観点がありますし、あなたは顔を噛みちぎられます。

まあそんなことをされるかもしれないな。

それにニホンザルは厳密には類人猿《エイプ》ではなくただの猿《モンキー》ですよ。

うんそうだな、とにかくだ、おれはあんたのところの死んだレディは暗号技術の副業をしていたポスドクだと考えている。オンラインではLuciferousYesterGirlの名で通していて、〈デーモンズ〉の一員があんたの国にちょっと立ち寄って拷問し、〈ポルターガイスト〉という名のアイスランドのダーク・ウェブのサービスに侵入するのに必要な情報を絞りだそうとしたんだろう。

目的は？

それが隠し場所をもたなくてもおれがカネを手に入れられる方法だからで、〈デーモンズ〉はおれの手持ち金が切れずに奴らに悪いことをするのにうんざりしているからだ。

では彼らはなぜ直接〈ポルターガイスト〉に手を出さなかったんですか？

じつにたくさんの人々が〈ポルターガイスト〉を使っていて、〈セヴン・デーモンズ〉であっても〈ポルターガイスト〉を弱体化させようとしているのを知られるのはもっとも賢いとは言えそうになくて、本当に全然賢くないからだよ。ただ、ある時点からカレーニナはそんなことをクソほども気にしなくなっていて、たぶん仲間たちにその一線を越えるのはどれだけお勧めできない行動かまともに説明しなかったんだと思う。おれが彼女を二度とセックスできる見込みもないくたびれたばあさん呼ばわりしてからかな。

……あなたは見事なまでにひどい人間なのですね、ミスター・プライス。

プロセインの名参謀クラウゼヴィッツ級だ。

たいしたものです。では彼らがわたしの管轄でこの女性を殺害したのは、あなたを捕まえるためだと？

だと思う。

そして彼らはあなたの電話番号を残した――

あんたがおれに電話して話をすることで、おれがもうすぐ死ぬとわからせたいから。

そのカレーニナという名前は初耳ですが。

だろうな、彼女は試用期間中だ。おれの古い友人なんで多少の摩擦もくわわったかもしれないな。

あなたがこの経緯を気に入っているように感じてならないのですが、なぜでしょうね？

うん警部、あんたも言ったようにおれはひどい人間なんだ。〈デーモンズ〉にとってこいつは契約であって仕事なわけだが、おれにとっては神の思《おぼ》し召しのようなもので、人生こんなにしあわせだったことはないよ。

それは悲しいですね。

……うんまあ、たぶんそうだな。

ありがとうございましたミスター・プライス。

どういたしまして。

日本には来ないようにミスター・プライス。

わかったよ警部。でもおれのほうはいつでもあんたを歓迎するぜ。おれが会って話せる人間は多くないからな。

チクショウ、なんたることだ。

そういうことだが、じゃあそろそろ切るかな。

さようならミスター・プライス。あなたに幸運を祈ってはいけないのでしょうが、なぜか祈っています。

ありがとうよ。


コーヒーするがマイク・サンビーのところのじゃない。もといた場所にはもどらないからだ。おれはデリバリーを待っていて、これがおれの最後の〈ポルターガイスト〉だろうと考えたから巨額にしておいた。すでにこのネットワークが不安定になっていると感じられる。オフラインになっているローカル・サービスが複数あって、削除されている。ローカル・プロバイダーが複数消えている。おれがもうおしまいだと知らせるための奴らの小手調べにすぎない。日本からアイスランドへの飛行時間、空港からレイキャビクを経由して中央北部までの移動時間、掘って、拷問して、データベースをハッキングして、なにか知らないがデハッシュやらうんたらかんたらする時間があるから、いまのところおれはまだ無事だが、このあとはそうじゃない。あたらしい資金源が必要になるだろう。〈ポルターガイスト〉はしばらくダウンするだろうし、少なくともおれはその覚悟をしておかなくちゃならない。つまりもうデジタルのどんちゃん騒ぎはない。アナログに頼るときだ。

ローカル・ニュース。しゃがんだ姿勢をした筋肉質のマッドな人殺しが街の通りをうろついているらしく、その男は脚をストラップでとめて片手には本物の穴が開いていて、ダウンタウンの国際的なつながりの多い高層ビルのあるオフィスでかつて働いていた人たちを殺している。これまで五人を殺したが、あきらかにまだお楽しみを求めているようだ。

うん、それはおれのむかしのオフィスだろう。

死んだのは当時のおれの同僚たちだろう。

そしてまあおれの考えでは、トゥッカが蟹歩きしてまわって彼らを列車の下やビルの下に投げたり彼らに火をつけたりしている。あいつはマジクソ悪夢ってこと。フレッドはあのぼうやを回収しないとならないだろう。それもすぐに。月曜の夜の未開のボゴタやサヌアくんだりならこうしたふざけたこともできるが、この街ではだめだ。野蛮そのものってことでふさわしくない。おれに印象づけるつもりなのか？　おれがつゆほども気にかけてやる理由があるか？　一緒に働いていた当時でさえもあいつらが好きだったことなんてないのに、これっぽちも気にかけてやる理由があるか。〈チームのなかのおれ〉っていう感覚なんかなく、男くさくて勝利がすべて、そんなの全部おれひとりにそなわっている。

同僚の誰ひとりとして好きじゃなかったが、筆頭で好きじゃなかったのはエレベーターに乗らなかったアホだ。だからこんなことをするのはクソふさわしくないってこと。ノイズと無駄でしかなく不要な混乱を引き起こしている。こうした状況ではありがちな話だ。おれはなんとか乗り切ろうとしているただの男なのに。こんなことをされてもおれに影響はない。無礼だがいいさ、こんなことをしたいんだったらすればいい。平気さ。

平気だ。おれは平気だとも。

その後、空き駐車場でクレジットカードと電話と着ていた服すべてを悪臭漂う薬品を入れた容器に浸す。テントとタープの張られた寒くて薄暗い水たまりのある物陰で急いであたらしい服を着る。さあ歩けジャック。ダッフルバッグ。誰もあたらしい顔に目をとめない空港近くのホテルへむかう。現金払いの安っぽいホテル。淀《よど》んだ空気。なにかしら用事があって出入りする人々でなかなかごった返す場所。ここには五十部屋あるが一泊以上する者はいないし誰にも名前がない。前にもやったようにふたたびここに舞いもどっても、おれに気づきもしないはずだ。誰も気にしない。トランジットの客が二十四時間出発する国際線のハブ空港だ。○時ちょうどに東京へ向かうフライトがある。パスポートを手に入れて乗ってしまってもいい。悪魔の広報担当フレッドはおれを尾《つ》けることさえしないかもしれない。今頃はおれのことなんかどうでもよくなっていると期待したくなる。おもしろいがゲームの終わりはどうなる？　いつもと同じか？

でも安藤は意見をあきらかにしていた。彼は愚かな男ではなさそうだ。おれを気に入っているが、ご近所さんとしておれがふさわしいかどうかについては強力な意見をもっている。その点には世間一般に適用できる真実があるっていう感じだ。

安っぽいホテルのおれの部屋の安っぽいテレビ、おお見ろよアイスランドがニュースになっている。毎日はお目にかからないぞ、だってアイスランドだから。基本あそこはビョークと火山で、ノルタルジックな気分ならそうだな、かつてはロンドン行きのパーティ・フライトを飛ばすなんて流行もあったんだが、もうそんなことはない。アイスランドでは深刻な事件が起こっていて一大事だ。レイキャビクが金融危機の中心だった頃はおれたちの国のマスコミも都市名を正しく綴《つづ》れるくらいには取りあげたが特派員を送ることなんかはなかった。

でもいまは送っている。

現在アイスランドには爆破事件ありギャングありでマスコミにはおいしいから、実際現地に降り立ったというわけだ。

どうやら素行の悪い何者かがアイスランドへ行ったらしく、それはユーモアのセンスのないロシアのおばあちゃんとマジでジェームズ・アール・ジョーンズの白人版みたいな美声の男の二人組で、アイスランド全体のハッカー活動に対してエントロピー的にネガティヴなことを行使している。何人もの死、破壊される物体、たくさんの悲鳴。アイスランドの人口は四十万足らずで、彼らは大部分が犯罪者とは定義されない。ほとんどの人は季節によって異なる職をもつ。おれがあそこに行ったときは葬儀屋とツアーに出た。ガイドでありハンターでもありほかにもいろいろ仕事をする人で、八十人の受刑者を収容する納屋の二階程度の広さの最上級セキュリティの刑務所を案内してくれた。受刑者の大半はひとりしか殺害しておらず、それも酔って嫉妬に駆られて怒ったからとかそういう理由だった。アイスランドに邪悪な者はいないと言っているんじゃなく、人材のプールが他国と比較すると小さくて、適切な身体能力を備えたソシオパスになり得る人の数が比較的少ない。必要になったらたぶんアウトソースするんだろう。

で、昨日のことになるが奥地で爆破が始まった。どれだけ壮大だったか想像もつかないし現場にいなかったとはしくじった。液冷式の氷河の下にあるサーバファームで秘密のハードウェアが何百万ユーロぶんも爆発し、氷床を貫いて地表や地中の溶岩流へぶっ飛び、真夜中の太陽の下で朝のナパーム弾みたいに、《地獄の黙示録》みたいになったんだぞ。オフショア企業のために働く秘密の掩蔽壕《えんぺいごう》にいた男女はあの怒れるロシアのおばあちゃんに引きずりだされ、マジで地球の中心でどろどろと溶けてるやつからあがった沸騰する水蒸気爆発の通り道に投げこまれた。津波とレーザー光線のあいだのような力で二分されたんだ。

カレーニナはまちがいなく大暴れしていて、おれは睾丸がちょっとばかり落ち着かずにうずくことを認めるしかない。彼女は激しく世界を蹴りまくって、超能力のように陰嚢へ反響する効果をあたえている。それには敬意を表する。

両手が震えている。エレベーターを使うべきだったのに。

平気だ。息をしろ。平気だ。

愛されていないと少し感じるのは、東京では全然歓迎されず、アイスランドでは狩られているからだ。話し相手なんか誰もいやしない。おれだけ、おれひとりきり。
　平気だ。息をしろ。おれは平気だって。
　エレベーターを使うべきだったのに。

　人に会うまえにスーツを着る。白いシャツ黒いスーツ。本物のカフスボタン。こんなスーツはコーヒー業界にいたとき以来だ。高価なスーツで、もちろん札束から数えて現金払いした。支出を把握したくてバッグにカネを入れて持ち運んで使えば、カネは減るとわかる。これぞ酔いの覚める気づきの瞬間ってやつだ。画面の数字なんかよりずっといい。全人生がここにある。
　当然これはミスター・ドリスコルと会う展開の一環だ。おれは収入源の確保に目を向けている。ミスター・ドリスコルはリンデンの法律事務所から盗んだ来訪予定表のリストにあった。彼は富豪でひどく評判の悪いじいさんだ。受け継がれてきた一族の財産、もともと奴隷《どれい》で稼いだ財産で、それから大恐慌を逆手にとった資金集め、もっと最近では武器と石油。おれはミスター・ドリスコルを精査して少しばかり学んだことがあり、それはおもに人々が二十世紀の腐れセキュリティの規範でなんとか切り抜けてきたところにおれのようなヤバい奴が現われたということだ。ドリスコルがミスター・リンデンと仕事をするのは、共産主義で環境保護主義の反アメリカの陰謀説圧力団体からの訴訟を折にふれてかわさねばならないからで、ドリスコルの化石燃料会社のひとつに反対する神経をもつベネズエラみたいな国々で、会社は村をひとつかふたつ焼き野原にしているわけだが、当然ながらドリスコルがその手のことに個人的にかかわることはない。私生活での彼は若い女に多くの奨学金をあたえていて、対象となるのはごく限定されたタイプの身体の持ち主で、その多くとは卒業時にあるいはそのあとで数カ月デートをする。ようするにミスター・ドリスコルはダディ・ウォーバックス（ミュージカル《アニー》の孤児の少女に親切にする億万長者）みたいなものだ。もしダディ・ウォーバックスが集団虐殺愛好家になったりならなかったりしてガールフレンド飼育——いま思いついた言葉だがとくに気にするな——を好むのならば。

ミスター・ドリスコルは伝統を重んじる男で、黒い大きな車がおれを迎えにくる。この車にはドアに造りつけたヒュミドールに葉巻が保管されている。メルセデス・マイバッハ、最高モデルの車種、超高価。よし。長旅だからおれは運転手に話しかける。

やあ、おれはプライス。

どうもミスター・プライス。

（城の扉をノックしているような声。キュート。）

ミスター・ドリスコルのところは長いのかい？

人生のすべてと言えるくらいで。

彼はいい人か？

さあ、なんとも。気分の人で。

気分？

気分と役割と意見。裕福な人というのはだいたいそうでは。

まあな。

ミスター・ドリスコルにどんな用事か訊いても？

彼に提案がある。複雑な感じの。輸出入。

それは不法なことで？

なんだってそんなことを考えるんだ？

これは不法なビジネスの車でね。合法のビジネスだったらミスター・ドリスコルは別の車を使う。これは不法なビジネス用の黒い車。たまに勘違いもあるものの。

今日は違う。

思ったとおりだ。

じゃあ彼は不法なビジネスをやっているんだな？

あの人はビジネスをやっているんだ。法律に大きな価値を見いだす人じゃないのでね。

じゃあ彼は信仰厚い人物かな？

スピリチュアルな感覚をもっているのはたしかだが、一般的感覚からすると、いいえかと。

それで彼はこういうことをあんたが訊ねるのを気にしないのか？

気にしないと言っておこう。

あんたがドリスコルだろ？

どうしてわかったんだミスター・プライス？

さあねミスター・ドリスコル、ラッキーだっただけかな。

ゆっくり腰を下ろして話そうかミスター・プライス？　この角を曲がってすぐのところにじゃまされずに話のできる場所をもっている。

よし、そうしよう。

（ペッパーボックスと呼ばれるちっぽけな銃を彼の後頭部にあてる。）

なにをしているんだミスター・プライス？

気の毒だがミスター・ドリスコル、おれたちのビジネスの性質はおれがあんたに信じこませたものとはいくぶん違うんだ。

ミスター・プライス、もしきみがわたしを暗殺しても、まちがいなくわたしの富をほとんど手に入れることはできんね。自宅には緊急時のための現金を少ししか置いてない。十万ドルだ。わたしから口座の詳細をいくらか引きだすことができればたぶん百万が手に入るが、わたしたちでもっとカネ儲けできるチャンスがあるというのに費用効率がよくない。その事実にくわえて、わたしは一週間以内に不在を気づかれるだろうから、このようなことは無駄な行為に思えるね。

それが残念なことにおれはパートナーを作らないし、一時的な資金繰りの危機にあるから、十万とあんたの自宅への短期間のアクセスと身元、それにこの素敵な車があればそれで上等なんだ。それにミスター・ドリスコル、あんたは自分のプロフィールを過信していると思うぞ。あんたは念には念を入れて世界から消えてきたし、切り貼りみたいに配置された人生だから、数カ月は世間から見抜かれずにおれはあんたになりすますことができるだろうし、正直に言えばおれは一週間も必要ないくらいなんだ。ダディ・ウォーバックス。

きみは道徳を重んじるんだなミスター・プライス。なんとがっかりな。

(それであんたの気分がよくなるのなら、ウイスキーとポルノのDVDをあたえて彼を地下室に閉じこめてのちに解放してやったと偽っておこう。だがおれが実際にそうしたとは想像しないことにしようか。)

テレビを見ると、貿易にかかわる連中がビルから落ちるのが流行《はや》っているらしく、YouTubeにアップされた彼らが悲鳴をあげる場面が流れる。大勢ってわけじゃない。たぶん二桁もいかない。同じ動画が繰り返し流れ、彼らが落ちていくあいだずっと悲鳴をあげているのが聞こえる。どこに行ってもその話を聞かずにはすまない。酒場には行けない、テレビはつけられない。

おれの手はずっと震えている。

フレッドの野郎がおれの頭から離れないってこと。

くたばれフレッド。

くたばり。

やがれ。

コーヒーが飲みたい、どうしても。リージェント・ハイツのバーに濃くて豊かで未来を見せてくれるほどのローストがあって、ドリスコルのおかげでおれはスイートに泊まれる。

ショートメッセージの着信。

おいプライス役立たずのだめ男。

やあセーラ。

なにしてるの？

死人のスーツを着て、きみの口の大きさのカップから預言を飲んでいる。

ここに来てわたしの口から飲みたいんじゃない？

ああ。

そうしたいの？

ああ、そうしたい。むちゃくちゃ。そうしよう。居場所を教えてくれ。

本気なのプライス？

そう言っただろ。

ファック。

ああ、それをやるつもりだ。

早くここに来ないと、わたしがあなたのところに行くから。

どっちにしてもやれるってことだな。

……そりゃそうだけど。

どこにいるか教えろ。

待ってよ、これが本物のあなたで奴らじゃないって自信がなくなってきた。

おれがこうなるのを望んでいるとあんたはずっと知っていて、ずっと知らないふりをして実際あんたは望んでいなくて、でもいまあんたも望むようになって、それは突然世界がひっくり返ったからで、あんたはたぶんまた世界がもとにもどると期待している。あんたはドアを開ける前におれが怠け者のだめ男じゃないと知りたがっている。もしあんたがこれをやるなら、もしあんたが自分の魂を根底から汚すことをやるなら、背骨が砕けるぐらいクソいいものにして、あんたがあんたの孫たちにかつて犯罪抗争の真っ最中に多重殺人をしたドラッグ・ディーラーをファックしたことがあると語るときに紛れもない最高のセックスだったと言えるから。

セーラが言う。思いあがったチンポ野郎、それがあなたよ。

彼女はどこにいるかおれに教える。おれはドリスコルの車を出す。ベッド代わりに必要になるかもしれないから。

タウンハウスのアパートメント、横に広い。とても高級。どうやったら彼女はこんなところを手に入れられたんだ？　たぶんセーラはなにか駆け引きをした。

車をタウンハウスの下のスペースにとめる。

一階にあがるエレベーターがある。大きなエレベーターで、どこもかしこも凝ったデザインだ。鏡。九〇年代のおれが映っている。コーヒーを売りながら電話中の九〇年代のおれ。電話にこう言っている九〇年代直後のおれ。

エレベーターを使え。

おれはちょっとばかり気分が高ぶって、ちょっとばかりストレスでまいっているのかもしれない。

こうしてセーラに会うのはまずいアイデアだが、ただひとつの正しくてまずいアイデアだ。これはフレッドの罠で、おれをおれのパターンから振りだそうという罠だ。おれのパターンは機能しているから。理想ではおれは自分のやりかたを貫くべきだ。けどおれは所詮、人の子。遅かれ早かれ自分のためにほほえむ誰かにどうしても会いたくなり、本物の人間にふれてほしくなる。そんな思いを振り払うことはできず頭のなかをむしばまれたら、こうしてセーラに会いにくるよりはるかにまずいミスをする。だから自分を傷つけずにルールを破る方法を選んでから、もとの道へもどる。これならたぶんおれは傷つかない。フレッドにツキがあるかトゥッカがおれのにおいを嗅ぎわけることができないかぎり。カレーニナが調子をとりもどさないかぎり。

ファック・ユー、フレッド。

いやセーラをファックしてからフレッドを殺したほうがいい。

おれの血に入った預言者の豆。熱と怒りと不安と肉欲。

コーヒー・セックスのためにおれはここに来た。

出かける前に彼女にコーヒーを飲んでおけと言っておけばよかった。

二階のいちばん手前の部屋。共用部分は金メッキの手すりと高い天井。美術館かバチカンがテーマの売春宿かその折衷《せっちゅう》って感じだ。床には毛足の長いラグ、板張りの壁はアールデコのカットか、もしかしたらもう少しさかのぼってアール・ヌーヴォー。エルフについての映画で見るようなエルフたちの飾り。

これがそのドアだ。木のドアで、なんだかじつに高価でじつに伝統的でじつにクール。セクシー。艶《つや》出し剤のにおいがする。木のドアを磨くセーラを思い描く。たいらな茶色の表面を動く手。動く手。ドアに押し当てた頰。

真鍮《しんちゅう》のノッカーをつかんで使う。ノックノック、セーラ。

ドアが少しひらく。肌が見える。片目、大きくて横にもとても広い目。彼女が動いて乳首がほんの一瞬見える。銀色がかったピンクでとても固くなっている。思ったより色が薄い。黒いレースのガウンが揺れる。あの腕時計。ドアが大きくひらく。

足を踏み入れる。ドアの閉まる音。顔をあげる。

あのドクターが言う。自分の手を見て。

おれは手を見る。手のひらに印刷インクみたいな妙な青いのがついてる。クソ。彼女はノッカーに仕掛けをしていた。

ドクターが言う。それは一時的に――

おれはこれがなにか知る必要があるのか？

言ってやるのを楽しみにしていたのに。でもおまえが知る必要はないね。

これでおれは死ぬのか？

わたしが放置すれば、いずれ死ぬ。

どういうことかわからないが。

いいえわかってるはず。

おれは——

ミスター・プライス、おまえがわたしを殺せば——わたしが最終的に認めないことをおまえがなにかしたら——いまのおまえが想像できる以上の責め苦に内側から食い尽くされることになる。もうどうしようもないこと。そうなんだけど、わたしは放置すると言ってるんじゃない。これはこうして会うためのわたしの保険にすぎない。

セーラはどこだ？

バシッ。顔面をまともに。そんなことをする彼女をながめると美しい。思い切り身体をねじって、力にあふれている。おれの口にたまる血、頬はずきずき痛む。なんて女だ。

失礼よプライス。とても失礼。セーラはもういない。当然わたしは彼女の電話を手に入れた。おまえとのメッセージのやりとりは大好きだったけれど、いらついた。何度もわたしだって言いそうになった。おまえはなにをしていたつもりだった？

さっぱりわからない。

わたしを見ろプライス。

おれは見る。ドクターは美しい。おれが一歩近づくと彼女はほほえみ、もしおれが彼女の横を駆け抜けて窓辺に行けばおれを捕まえられる構えなのか、ごくかすかに身体を傾ける。彼女は胸をほんの少し前に突きだし、その動きで身体を揺らしてみせる。とてもいいながめだ。

プライス、おまえは電話でセーラとやりとりしていたんじゃない。フレッドが彼女を拉致《らち》しようとして以来、彼女はここにいなかった。おまえが話していたのはわたし。そしてわたしがおまえと話していた。

なんと。

そういうこと。

なぜだ？

おまえはわたしを喜ばせるから。おまえの頭には美学がある。おまえはわたしの犬を殺さなかった。どうして？

いい犬だから。

フレッドなら犬を殺したはず。おまえは警官の友達を殺してその頭でジョニー・キューバノを撃った。イ・ドンハに起こったことはわたしでもそうそうお目にかかったことのないひどい仕打ちだけれど、あのカミソリ男への仕打ちはもっとひどかった。おまえは彼をたぶん永遠に壊した。

正直言ってその件では心が晴れ晴れしているとは言えない。

そりゃそうよ。おまえはソシオパスではない。おまえは正常な人間のように世界を経験するけれど、同時におまえの行動には限界がない。わたしの行動に限界がないのとそっくり。限界は全然ないのか？

まったく。わたしはおまえに興味がある。異例だもの。そして魅力がある。普通の組み合わせじゃない。

彼女がおれの首に腕をまわす。おれの腰に押しつけられる彼女の腰を感じ、彼女の全身がぴたりとつけられる。彼女は平手打ちした痕に片手をあてでなで、怒りのスタンプを慈《いつく》しんでいる。おれの口によだれがたまっていく。首にかかる彼女の息を感じて言葉にならない音をたてる。

ああ、そうよ、彼女は言う。これなの。

コーヒーを飲んでるのか？

毎日、一日中ねプライス。

くちびるが重ねられる。薄いくちびるがひらかれて、現実ではありえないものへと引きこまれる。物事を理解していてまったく抑制のない口。入ってきて。入ってきて。入って入ってきて。いますぐ。

彼女は一歩下がっておれの両手をとり、自分の全身をさわらせる。胸をつかませてから手を離し、背後の尻へまわさせる。おれは彼女をもちあげて彼女はおれに脚をからませて身体を沈め、おれの指が彼女を見つけるとあえぎ声を漏らして小刻みに震えるのがおれに伝わってきて、そこで彼女は激しい声をあげて乱れる。

彼女は寝室へおれを誘う。

ベッドはバカでかくカバーの類はまったくなくて柔らかなシーツが広がっているだけ、柔らかなコットンでシルクじゃない。身のまわりの品も、衣類もない。ひとつの目的のためだけの部屋だ。

ドクターはベッドの足元に立ってガウンをするりと脱ぐ。おれは彼女の背後で膝を突いてウエストに口を押しつけ、両手で尻をつかむ。彼女がおれのほうに尻を突きあげると彼女の身体のにおいを嗅げる。指先で彼女を探れる。歯を使うと彼女は鋭く吐息を漏らして噛めというように身体を押しつける。

やめて。

わかった。

彼女はベッドの下からスチール製の旅行ケースを引きだす。カチリ・ポン。蓋が開く。

これをわたしにつけて——ここに。

縦横一インチで裏が粘着性の白いビニールだ。彼女はおれの手をとって腕を身体にまわさせ、腹をなでおろさせてから、背をむけて両手両足を床につけてテーブルみたいな格好になる。尾骶骨に人差し指。

ここに。

つけた。

今度は服を脱いでむこうを向いて。

服を脱ぐおれを彼女は見つめる。おれはまだ包帯を巻いていて、彼女は舌打ちする。トゥッカの野郎め。ビニールがひっかくように背骨を降りていき、短く押しつけられて貼られる感覚。彼女の両手がおれのタマをなでまわし、握って離す。猛《たけ》っていく。

心配はいらないからプライス。約束する。わたしを信じる？

いいや。

全体の理念としてじゃなくて。もちろんそれは信じないでしょうよ。いまだけの話。ここだけの。この部屋のなかだけ。わたしを信じる？

どうして信じないといけない？

どうしてわたしの犬を殺さなかったの？

どうしておれは殺さなかったんだ？

どうやってもわたしたちはここに来るとおまえはわかっていたからよ。このベッドに。

おれはあんたを勧誘したかったんだ。

彼女は笑い声をあげる。人生で聞いたこともないほど淫《みだ》らな音だ。いいね。わたしを勧誘って。わたしは勧誘されたい。本当に。勧誘されたい。何度も何度も。そして。もう一度。もう無理になるまで勧誘して。それ以上できないくらい。

彼女はまた笑ってからベッドによじ登って細い銀のワイヤーを見つける。わたしをこれにつないで。

えっ？

わたしをつないでプライス。

これは実験セックスなのか？

あら信じてよ、わたしはこれがどう作用するかよくわかってる。だから。わたしを信じる？

ああ。

おれはワイヤーを白い粘着性のパッチにクリップどめする。

振り返って。

言われたとおりにする。引っ張られる感じがして彼女がクリップを固定する。それだけだ。

一歩離れてプライス。それでいい。

彼女はスチール製の旅行ケースになにかする。ひゅっと言って回転する発電機の音。

さあ。わたしにさわって。

おれは死ぬのか？

そんなこと気になる？

彼女は背中をのけぞらせる。

もうたいして気にならない。おれは前に進んで手を伸ばす。

シュワシュワッという感触。ストローのなかに入ってコカ・コーラで洗われるみたいだ。おれの指先から彼女へ青い放電の光が走って彼女はあえぎ、そしてにやりとする。

そうよプライス。

変態め、このクレイジーなビッチ。

そうよ。手を動かして。

動かす。稲妻が彼女の腹をうねるようにあがりさがりして、彼女は身悶《みもだ》えする。

そうよ。上へ。

稲妻が彼女の胸郭を、乳房をたどる。そしてくちびるへ。彼女はボクサーのように口角をあげる。

いいね。さあプライス、キスして、それとも度胸がない？

身を乗りだすと口のなかに電気がたまっていく感覚。あごの無精ひげが逆立つ。

おれの口から彼女の口へ。稲妻。彼女の虹彩が広がってから閃光《せんこう》が生まれるたびに閉じられる。おれのくちびるは太陽で一週間過ごしたみたいに燃えている。

もっと近づいて。口だけで。さあ。

くちびるを重ねると稲妻が走って、さらに別のことも起こる。狂気か磁気か興奮。また機械の音が聞こえておれはやめられない。彼女に溺《おぼ》れていく。キスばかりでほかのことはいっさいしないから息ができない。彼女はおれを殺してしまう。

おれたちは身体を引き離す。

気をつけてよプライス、これはおまえを殺してしまう。さあもう一度やって。おれは首を振ってからあとずさって彼女が不満声をあげたところで、両手を彼女の肌から二インチ離れたあたりで全身にかざす。口と肩。首。それから下へ。ああ、人でなし。人でなし。人でなし、そうよ。わたしは**オウ**。**オウ**。わたしは、スゴい。これからが**本番**だからねプライス。スゴい。いい。さあここに来ていますぐ**ここに**。彼女はベッドのど真ん中に、彼女の膝のあいだに手をやる。おれは言われたとおりにする。ドクターはくちびるを噛みしめておれを見る。激しい息遣い。こんなにおそろしいものを見たことはない。こんなに美しいものも。

ファック。おれは恋している。

痛みがあるよ、ドクターが言う。痛みがあってその後——楽しみにして。わたしを信じて。さあ。ゆっくり。入れて。

おれはそうする。

目覚めるとひとりだ。全身が日焼けサロンのベッドで寝ていたような感じ。両手の痕は消えているがほかの痕が現われていて、それは医療的なものでも科学的なものでもない。首と肩は彼女の歯の痕の地図だ。背中は赤むけしている。

おれはもう一度すっかりあれをやりたい。いますぐ。

だが行かないとならない場所がある。

下りのエレベーターでおれは両手が震えるのを待ちつづける。けど震えない。今度の一件はすべて、おれの元弁護士との関係にとってよい前兆ではないが、こんなことわざを知っているだろう。神が扉を閉められるときは電気でセックスする倫理に反した医学実験好きの国際的殺人クイーンの窓を開けると。

階段を使ったアホな友人のことを考える。最低な気分になるが、あいつの名誉が地に落ちてうんざりってことじゃない。アホな友人がいたというだけの話で、彼は死んだ。彼の名をつぶやいてみる。彼の名はピーターで、おれはたまに彼を好きじゃなくなることがあった。たいていはその逆だった。

電気ショック療法。なんとね。ハハハ。

立ちあがって行動する頃合いだ。

ビリーを覚えているか？　デカくて、建物をかこんでチューブを組み立てることが生活の糧《かて》だった一方で〈ペール・ペルーの種馬〉に目がなく、その後フレッドに捕まって職人技の建設業に対していっさい敬意を払われない形で殺された奴。そう、そのビリーだ。おれは彼の弟に大きな頼み事をしなくちゃならないから、ここでちょっとしたおさらいをしておこう。彼の弟のレックスは兄と同じように悪魔のフケ《コカイン》で盛りあがって解体作業を手がける男でヤバすぎるが、とにかくそういう奴だ。人間というのは人間くささを捨てられないものなんだろう。

リンリンリリン。

やあレックス、ジャック・プライスだようん。本当に悪かったよ。あんたの兄貴はすばらしい——いやおれはもっていない——うんまあたぶんどこかに一袋か二袋はあるかもだが——うん探しておく——うんあればな、うん。あんたの兄貴はすばらしい男だったよレックス——うん、あれがないとひどい喪失を感じるのはわかっているさ、この困難な時期には〈ペール・ペルーの種馬〉を少しやって乗り切れよ。届けるよレックス。個人的に届けよう。いやまあ実際におれが届けるはずはないが、すぐ届けるからおれだってわかるだろ。だが本当にビリー、悪かったよ。おれは〈摩擦なし〉の奴らに会いに行けていない。いまはとにかく無理なんだよ、どうしても——それに正直言うと、この先変わることのない心からの悲しみを、温かいワックスの入ったボウルにタマを浸した男にどうやったら伝えられるかってのもあるしな？　そうだレックス、メッセンジャーに届けさせるからな、いや今日全部使うのはやめろ。おい聞けよ、ひとつ頼み事をしてもいいか？　うん、いや、詳しいことはあとで伝えるから、ザ・トライアングル・ビルの屋上からのながめについてもう一度だけ話してくれないか。すばらしいって聞いたぞ？　特別な人がいてどうしても気を引きたいんだよ、うんそう、そういうことだ。わかったようもな、メッセンジャーが来るから待ってろ、じゃあな。

ガキみたいにプランを立てるおれに注目だ。

ちょっと時間を作れよ。ちょっと時間を作ってウォーター・フロントにたたずみ、生活の貨物を運んで行きかう大きな船をながめる。においや音の想像できない場所、自分が味わったことのない素朴な人間性のある場所へ向かう船を見ていると、自分自身のものとは異なる世界、色、存在を強く意識することになる。燃える炭化水素のにおいを嗅いで、そうした大きなマシンのエンジンに、旧石器時代の幽霊と地中から地球の血を搾りとるために存在する産業の根底にある痛みと奴隷たちに気づく。海水のにおいを嗅いで、この惑星には乾燥した土地がめずらしいことを知る。果てしない空を見あげて、この星系には惑星がめずらしいものであり、ほかの星系とは大きく切り離されていて法則によってたがいに隔てられており、どんな犯罪者でもアインシュタインでさえも壁を破ることはできず、おれたちの星系は泡立つ全宇宙のたったひとつのクソあぶくに過ぎないと知る。どれだけ嫌なことが起こっているときでも、そんな時間を作れ。これはあんたの人生でそれはすばらしい。すべてがうまくいかないときでも、あんたは歩いて話す袋入りの細胞と電気の塊であり、あんたは各星系の太陽の精液が蓄積された周囲の無機物にはできない方法で体験し、それは驚嘆すべきことでそれは——

おいヤバいどうしてくれるんだドクター、あんたおれの脳になにした？

ポートサイドのコーヒーは排水だめの油みたいにどろりとしている。あれと同じ味だ——熟していないのに誤って摘《つ》まれてリマやナイロビで〈コーヒーの王〉たちに捨てられたスラムの豆。安売りされて、傷む前に業務用オーブンでしっかり焼いてさも熟成したように装わせる。それが世の中のありのままの状況ってやつじゃないか？　金属の縁がついた赤いビニールのテーブルトップ、シフトチェンジの口笛が聞こえる。シフトチェンジ。フレッドはどうする？　今頃カレーニナがおれのカネを彼に渡しているだろう。おれの幽霊資金は〈ポルターガイスト〉とパナマとグランドケイマンから引き剝がされた。それでもまだわからないぞ。なにか必要になれば盗めばいい。世間にはまだたくさんのドリスコルたちがいる。グローバルな極悪行為は供給過多だ。面倒の原因になるからポケットに入る以上のカネは必要ない。姿を消すならなにも必要ない。広い世界だからなカレーニナ、そしておれはあんたじゃない。おれに経費はないし、おれ自身がアイデアであって組織じゃない。名声という話ならおれはすでに勝ち取っている。おれは〈セヴン・デーモンズ〉から三人を排除した男。ジョニー・キュバーノを切断された頭部で撃った男だ。あんたがあきらめようとしないのはわかっているが、おれがあんたのおもちゃを壊したことは認めろ。

カレーニナ、トゥッカ、フレッド、それからドクターがいて、彼女がどうするつもりか予想もなにもつかないが、いま彼女は自分自身のゲームで遊んでいる。

セーラはどこだ？　ドクターが言ったようにフレッドが本当に拉致ったのか、それとも逃げおおせたのか？

うんまあ、医者で犯罪者でそのほかもろもろな変態と神がかり的なセックスをするあいだ、おれはちょびっとセーラのことを忘れていたかもしれないが、彼女が無事かどうか訊きたい。

セーラがおれを道端に落ちているガム扱いしたからと言って——彼女がそう考えるのはもっともだというのはわかっている——おれが彼女の心配をしないということには断じてならない。なんと言ってもセーラなんだからな。ほかの誰にくらべても平等に彼女のことを気にかけている。

そろそろ終わりが近づいている。もうじきだ。さまざまなことが起こっている。すべてのこと《ボール》はもう引き返せないところまで来ている。ただしおれのタマ《ボール》はまだほんの少々帯電している、お気遣いをどうも。

窓の内側に結露。シフトチェンジのために吹かれる口笛。まずいコーヒー。

そしていまおれはテーブルにひとりきりじゃない。

男はラフなスケッチみたいな顔をしている。すべてのパーツは備わっていて正しい場所にあるが繊細と呼べるようなものじゃない。スチールたわしの髪は八〇年代の《コマンドー》の頃のシュワルツェネッガー映画の登場人物のようだ。全然にこやかには見えないと言うしかなく、おれの魅力とおれの選択的ライフスタイルを百パーセント認める感じじゃない。そのうえどうもいくつか言いたいことがあって、丁寧かつ強調して伝える言いまわしがないかと考えているらしい。なんに対する意見かっていうと、彼が手にしている指ぬきみたいにちっぽけなコーヒーだ。まるで自分の第一子のように親指と人差し指にはさんでもちあげてにおいを嗅いでから降ろしてため息をついてこう言い、それにはおれも賛成だ。

こりゃ、がっかりだあ。

彼は《マペット・ショー》のスウェーデンのシェフみたいな声をしている。シェフがかつて殺人ピエロたちに喉を割かれたことがあるならばだが。おれは口をはさむ。

ああ、こいつはイマイチだ。

ミスター・ベイツ、次に淹《い》れるのは頼むからしっかり見ててくれな？　わたしのケースに少し麝香猫《シベット》コーヒーが入ってっから。

わかったよミスター・フライディ。

ミスター・ベイツ？

ミスター・フライディ？

器具を清潔な水で徹底的に洗浄してくれな。そんできみがジェイコブ・モルゲンシュテルン・プライスらしいな。

ミスター・ベイツは小柄な男で、直感ではおれならコーヒーを淹れさせる男じゃない。このふたりは友人同士であって同僚ではなさそうだが、それはふたりが今度の件に関連するスキルをもつプロではないという意味にはならない。ふたりがどうやっておれを見つけたのかおれは訊ねない。おれは言う。それであんたがミスター・フライディらしいな。

ミドルネームは本当にモルゲンシュテルン？

そうだ。

その名前の義理の兄がオスロにいるなあ。

もしかしたらおれも親戚かも。

一般論で言えば人はみんな身内だろう。

あんたの仲間たちに紹介してくれるか？

ああもちろん。ミスター・ベイツの名前はもう聞いたね。ほいじゃ、そこにいる横に広いのがミスター・オーバールックだ。入り口にずっと目を光らせてるふたりがミズ・クイントとミスター・ドリー。

おれはあたりを見まわす。オーバールックはフライデイの横に広がった双子みたいな男。クイントは痩せっぽちの老けた女で、いかにも北欧出身で、五十歳かもしれないし八十歳かもしれない。ディディ・フレイザーが化粧をせず、母ちゃんの乳首をあきらめた瞬間から生の熊肉を食べる生活を送ってきたとしたら、こんな感じだっただろう。クイントはそもそもだいぶ不穏な雰囲気をかもしだしている人物だが、そこを強調するため、そして観光客とまちがわれる可能性を避けるため、漁師が厄介ものの鮫の脳みそを串刺しにするために使っていたようなむきだしのアルミニウムの魚鉤《うおかぎ》を片方の肩にかけている。ひとつでいろいろ語ってくれるし、今年流行してるパステル調の森っぽい色にはぴったりとは言わないが、たしかにすさまじいエネルギーをもつアイテムだ。それからドリー。ドリーは毛だらけだ。基本ぽっこり開いた巨大なケツの穴に小学生がなぜか鉛筆を突っこむよう推奨されていて、気色悪い性心理的建築物を想像させないでもない小さなトロールの鉛筆キャップの、じつに不穏なバージョンだ。

おれは言う。ああなるほど、じつにうまいネーミングだ。元ネタ全部わかったよ。

うれしいなあ。

《サイコ》のモーテルのベイツに《シャイニング》のホテルのオーバールックに《十三日の金曜日《フライデイ》》に《ジョーズ》のクイントに《ファインディング・ニモ》に出てくるドリー。ドリーをそこに並べるのはちょっと苦しいと思わないかなミスター・プライス？ なに言ってんだ、冗談だろ？ 最初のシーンで二千人の子供たちが母親ともども食われて、その後ひどいPTSDの父親が残された最後の子供を探すため、健忘症を患った恋愛対象を仲間にしてこの共食いの荒野へ旅に出るっていうのに、観客は誰も彼も九十分のあいだ大笑いする。生涯でこんなにダークな光景は見たことがないぞ。

ミスター・ドリーが両腕を大きく広げる。ほらそう言っただろというふうに。

ミスター・フライデイが言う。ミスター・ドリー、ミスター・プライスとメンタルや感情の部分で同じ認識をするのがなんかの勝利になるかどうかわたしは自信ねえよ。で、おれになにをしてほしいんだ、善良な人々？

わたしらは実際に善良な人々なんだよミスター・プライス。

最初からそう言っているじゃないか。

うむ、その点をはっきりさせとくのが重要だからね、きみはとても悪い人々に対応するのに慣れてるから。

うん、そのとおり。

そいでもちろん、きみ自身が悪い人物でもある。

まあそうかもな。いや確実にそうだな。そうじゃなければよかったと願うこともあるが、誰だって自分自身の物語ではモラル的に葛藤するヒーローじゃないか？

いいやミスター・プライス、きみがそう信じてるのは、きみの映画の語彙がハリウッドで製作された明白な子供だましにかぎられてるからだなあ。それに対して、世界でもわたしらの地域では映画で内面性と自省を探る豊かな伝統があって、はるかに健全なアイデンティティを確立させるよ。

うぐ、まあ……とにかくおれに会いにきたのはそんな話をするためじゃないんだろ。

そうだった。じつを言えばわたしの用事で会いにきたんでもない。

あんたはおれに用がない？

ない。

目下のおれは注目の的《まと》になるのに少し慣れていたから、そいつはほっとするね。

じつを言えば、ここにいるただひとつの目的は、最近家族の悲劇に見舞われたミズ・クインントの精神的な支えになるためだよ。

そいつは気の毒に。

ああ。ミズ・クイントは英語を話さない。それがわたしの同行したもうひとつの理由。きみが気の毒に思っていることは彼女に伝えるが、信じるとはあまり思えんね。一連の流れにおけるきみの行動について彼女は苦々しく思ってるんだなあ、ミスター・プライス。

でも彼女はおれになにかするためここに来たんじゃないってことか。

そう。彼女の目的はきみじゃない。きみは彼女が望んでる話し合いの細っこい通路だ。ある世界に入る彼女のドア。

おれのほうは構わないよ、基本おれは第一に世話係であり、そういう口利きは得意だから、よろこんでどんなことでも手伝う。

ざっくばらんに言うがね、きみがかなり特別な類の自己陶酔型高機能ソシオパスってのは真実じゃないなあ。プレッシャーを受けてなにか決断するときのきみの脳をスキャンしたくてたまらないよ。異常認識のプロセス研究に大いに貢献するのに。同意してくれんもんかね？

あんたがよろこびそうなことに、実際スキャンをやりたがった人がいたけどな、彼女は結局おれの気がふれているというあんたの査定に同意はしていない。

それはドクターのことだなミスター・プライス。彼女のおそろしい犯罪者としての狂気にもとづいたものの見方は、独自の情報はもたらしても特殊なものと見なすべきじゃないかね。それにおれたちはこのあいだ寝たから、彼女の主観が入らないとは言えないしな。科学的じゃないって言うか。

どっちにしても彼女をとおしたデータを受け入れるつもりはないなあ。完全に正確だとは思うが、限界はある。

言いたいことはわかった。

ミスター・プライス、わたしはミズ・クインントを物心ついたときから知ってるんだよ。同じ町で育ち、彼女の夫も知ってた。その後、夫は死を迎えるために生まれ故郷にもどったんだけどな。わたしは彼女の息子の名付け親でもある。

とても親しいんだな。

そのとおりなんだが、彼女のもうひとりの子供の名付け親にはならなかった。当時わたし自身の妻が妊娠してたから、名付け子の世話もして、うちの家族をおろそかにすることはしたくなかったからだよ。もし名付け親になっていたら、たぶんいまでは違っていたこともあって、わたしらがこうして会話することもなかっただろうに。

あんたはどんな仕事をしているんだミスター・フライデイ？

わたしは個人の権利の擁護者さミスター・プライス。ディープなところで個人的なことを扱う起業家だ。

ミズ・クインントがテーブルに近づいて腰を下ろす。ミスター・ベイツがショートサイズのコーヒーを四つ運ぶ。熱すぎて飲めず、おれたちはじっと座ってコーヒーを見る。ミズ・クインントが左のポケットからデジタルじゃない小さな写真を取りだす。可愛いヨーロッパ系日本人の少女が卒業証書を広げている。おれは一瞬見わけられず、それは額に刻まれたおれの電話番号がないからだ。LuciferousYesterGirl。

ミスター・フライデイが言う。わたしは〈ポルターガイスト〉だよミスター・プライス。ここにいるわたしらみんなが。

おおカレーニナ。おれはなにかの形で逆流があるだろうってわかっていた。あんたが心底腹を立ててやりすぎたら、誰かがやってくるだろうってわかっていた。あんたがそんな真似をするのは、おれとあんたのあいだの壁である〈ポルターガイスト〉に対してだってわかっていた。でもあんたはせめてほんの少しは用心するって思っていた。

結果、怒るのはギャングだと思っていた。ギャングのどれかのひとつだって。あるいはFSBの登場だってあるかもしれないし、その手の世界的なクソ組織のどれかかもしれないって。

なぜかと言うと〈ポルターガイスト〉はツールだからだ。中立なんだよ。存在し、存在を続けていく。それが世界中の政治と法律の両サイドのあらゆる人々の意志だからだ。企業から内部告発者が隠れて、税務署から企業が隠れて、新聞から政治家が隠れて、独裁者から記者が隠れる場所なんだ。スパイが消える場所、アル・カポネが帳簿を残す場所。インフラなんだよ。《ロード・オブ・ザ・リング》で楽々モルドールに歩いていって火山エアコンのスイッチを消したら話が終わるだろ。

それなのにカレーニナ、やらかしたな。おれを憎んで全身怒りに駆られても、あんたならそこそこ慎重になると思っていた。あんたは自分が誰に斬りつけているのか承知していると思っていた。

おおハニー、本当にそう思っていたんだよ。あんたの気をそらすトラブルをあたえ、フレッドの歩みをとめさせて、どうなるか様子見だと思っていた。でもあんたはやりすぎた。ほかの誰かにつかみかかることもできたのに。彼女を生かしておくこともできたのに。遺体に署名しないままにもできたのに。あんたのしたことがハードウェアの爆破だけだったなら話は違っただろう。痛烈な忠告がひとつぐらいだったら。

だがあんたはやってしまった。

そして彼らがやってきた。

ミスター・プライス、コーヒーに手をつけてないね。

ああそうなんだミスター・フライデイ、おれはあんたの友人に説明しないといけないと思う。

うむ。

じゃあ通訳を――いや待てよ、あんたはおれが高機能ソシオパスがどうのと言ったけれど、おれが次のようなことを言ったら少しでも気にとめてくれるか、おれは悲しんでいて、こうなるとは予想していなかったって。そういうのをあんたは重視するかい、それとも事実だけを求めていて、その後どちらにしてもおれを殺すつもりか？

きみはなんでも言いたいことを言えばいい。それがわたしらの感情にどんなふうに影響するか、わたしにはなんとも。茶葉占いみたいなもんだ。

わかった、おれの言うことをミズ・クイントに通訳してくれるかい、直接そのままな感じで？

最大限の注意を払うよう助言しよう。きみが彼女を動揺させたら、わたしらの誰もよくは受けとらんだろうね。

（あんたふざけてんのか？　おれが頭からっぽだと思っているのかよ、彼女は魚鈎をかついでいて、殺人パペットみたいな見た目の男が三人と雪男《イエティ》一頭がいるんだぞ。彼女は怒らせていい人物じゃないってわかっているさ。）

ああわかっているさ。

じゃあ通訳しよう。

ミズ・クイント、おれはあんたの娘さんに起こったことに責任がある。おれはカレーニナという名の女を煽った。おれは彼女を知っていて、その知識を利用してできるかぎり思いやりのないことをした。彼女を怒らせてミスするよう仕向けたくて、それがうまくいった。でもおれは彼女がどれだけ桁外れに大きなミスをするものか想像していなかったんだ。あんたたちの組織に商業的な損失を与えてサーバファームを攻撃するだろうとは想定していた。彼女があんなことをするとは頭をよぎりもしなかったが、考慮しておくべきだったんだよ。考慮すれば予想できたはずだったんだよ、おれが彼女に言ったことは彼女の心を傷つけるのが狙いだったから。彼女はおれの友人だったし、おれはどう言えばいいかわかっていた。

フライディが北欧の言葉を発した。半分のスピードの天気予報みたいだ。耳を傾けるクイントの顔はまったく変化がない。しばらくしてから彼女がしゃべる。また天気予報だ。

フライデイの言葉。彼女は国際的な法律の文脈において、たとえば戦争犯罪にかんするジュネーヴ諸条約では、きみがリーダーシップをとる立場にあったなら、きみが知ろうとできたはずのことを知ろうとしなかったことに対してきみを告発するのはたしかに可能だろうと言ってるよ。けど、きみはこの女の行動をコントロールしてなかったんだから、起こったことに対してきみに責任があると見なすことはできない。ただし、きみは暴力という行動様式のようなものを生む一因となる感覚を招いたとは言えそうだ。だがそれはきみに特有のものではなく、ミズ・クイントの敵意の評価に値するには不十分であり、そうでなければ彼女は世界を殺していたところだ、と。

天気は悪くなる一方だ。ヘルシンキあたりで大荒れだ。フライデイがさらに耳を傾ける。

フライデイの言葉。彼女は世界を殺すかどうかとても真剣に考慮したけれど、これはあきらかに理性的な物言いではなく、彼女もそれは気づいていて、だからこそ彼女はこの選択肢を否定した。わたしはつけくわえなければならんが、わたしらは思いとどまらせるためにとても激しい説得をしてたね。

天気。

フライデイの言葉。ミズ・クイントはきみがカレーニナという女をこのやりかたで傷つけようとした理由を知りたがってる。

そうだな、カレーニナは最近小さな独立系の会社に職を得て、その会社がたまたまある協議からおれに手を引かせる交渉のために雇われていた。その会社の立場はおれの生命力の維持に明確に反していると言えそうなものだったから、おれは異議を表明したんだ。カレーニナはあんたたちの大手のクライアントのひとつ、攻撃的な諜報サービスとかの不興を買って、おれは彼女に対して策略を巡らす時間稼ぎができるものと思っていた。

フライディの言葉。きみはわたしらのサービスのユーザーだ。

ああ、もちろん。

では要約すると、やはりわたしらのサービスのユーザーであるこのカレーニナが商業的本質として前述の目標を追求し、きみの人生からきみを奪う意図でミズ・クイントの子供を拷問して殺害して、〈ポルターガイスト〉が提供するさまざまな保護を潰そうとした。

まあ――

答える必要はないよミスター・プライス、この状況は極めてはっきりしてるなあ。

ミズ・クイント。不審そうな天気。

フライディ。説明調の天気。

ミズ・クイント。めっちゃ荒れ天気。

フライディ。まあそんな感じの天気。

ミズ・クイント。戦死者を選ぶワルキューレか子の復讐のために怒るグレンデルの母親かってくらい叫んでがみがみ言っている天気。

フライディ。ハグ。

ミズ・クイント。悲しい。

フライデイ。沈黙。

実際この場所全体が静まり返っている。コーヒー・マシンがとまっているからだ。入江の先ではゆっくりと旋回する大型船が**ドドドドドド**とやっている。なにかを怒っているカモメがいるけれど、あいつらはいつも怒っている。そこで終わる。ほぼ沈黙のなかでじっとしているると、すっかりわめくのをやめていたミズ・クイントが震えながら大きな友人の肩に顔を埋めて泣く。ミスター・ベイツとミスター・オーバールックは家具みたいに見える。ミスター・ドリーはきれいに剪定《せんてい》された木みたいに見える。ひとりとしてコケにしたい相手に見えない。

やがて彼女は泣きやんで、もとどおりの椅子に腰を下ろしてから話す。

フライデイの言葉。ミスター・プライス、彼女はこのカレーニナがまだきみを殺そうとしているか知りたがってるよ。

ああ、殺したがっている。彼女の友人たちも同じだ。

フライデイの言葉。ミズ・クイントは彼女の友人たちには関心ないよ。これはふたりの女同士の問題だ。

まあどっちにしても奴らは全員からんでくるぞ、この時点では奴ら全員にとっての問題みたいになっているし、おれのほうも奴らを殺そうとしているって打ち明けないとな。

フライデイの言葉。それからミズ・クイントはきみ自身をさらしてくれないかと言ってる。

ええと――

ミズ・クイント。いかめしい。

フライデイ。困惑。

ミズ・クイント。さっさとやれ。

フライデイの言葉。申し訳ない、言葉の使いかたがおかしかったね、わたしは裸になれと言いたかったんじゃなくて、きみはカレーニナという女の前にきみの姿を見せなければならんという意味だった。

わかった。

きみがそんなふうにして、女がきみを捕まえにくれば、ミズ・クイントはこの件について自由に話しあうことができるなあ。

こいつは修復的司法タイプの対処にするのかい、つまりふたりはハグをして和解、そこでカレーニナがおれの顔をあっさり撃って終わりとか？

フライデイ。質問。

ミズ・クイント。魚鈎。

（沈黙。魚鈎はとても表現力豊かな物体だ。全員でしばらくそれを見ている。とうとうおれは誰かがなにかを言うタイミングだと考える。）

そうか、うん通訳はいらないよフライデイオーケイ、おれは提案をのむが、おれのためにもあることをしてくれたりなんかは？

ミスター・プライス、どう転んでもわたしらはきみの命を救うことになりそうだが。

ちょっとした頼みだ。プロとしての厚意の範囲みたいな。

言ってみるといい。

あんたたちビルをひとつ消せるか？


ショートメッセージ送信。

ヘイ。

おーい？

トントン、いるか？

うんプライスなに？

あんたか？

わたし。なんの用？

弁護士が無事かたしかめたくて。

自分が話しているのが誰か覚えていてやってるね？

うん、これはおれの弁護士の電話だから――

わかったよ、のってあげる。仕方ないな、ハイ、プライス。わたしよセーラ！　半人半山《ファウ》
羊神《ヌス》とポニーとヨーグルトの毎日よ。

だからおれは弁護士が無事かたしかめたいんだって。

可愛いね。

可愛いんじゃない。

可愛いよ、恋心を忘れられないんだ。

恋心じゃない。

ヨーグルト。毎。日。腸内アパートメントをきれいにする胚芽《はいが》とセージブッシュ。生物分解性のヨガ・マットよプライス。

恋心じゃなく居残りつづける感覚と呼ぶことにしよう。責任感みたいなものかな。

いまさら責任感を覚えてるって？　いつからそんなふうに思ったわけ？

だから責任感かどうかよくわからないって、たいした意味はなくて、おれの脳みそのなかで定着できないチップみたいな感じだから、ちょっと訊いてみようと思っただけだ。

いいでしょう、おまえがわたし――わたしつまりセーラ、この電話の持ち主のおまえの弁護士について知りたいなら――わたしはドアから出てってちょうどそこに悪い連中がいて、いま誰もわたしの居場所を知らない。この世のものとは思えない身体をもつビッチなドクターでもね。あのドクターがどれだけホットだったか見たでしょプライス？　あの女はわたしよりずっとホットだった。同じ宇宙に彼女が存在すると知って、リアルで身がすくむようで、自分もイケてると思いたいけれど、あんなふうな女が同じ種族だなんてちょっと不気味なくらい。

そうか。

わたしは今頃おそらくオーストラリアに向かっているところねプライス、わたしが少しでも賢いなら。おまえ、わたしが賢いと思う？

思う。

わたしが賢いとクソ願ったほうがいいね。オーストラリアに向かっておまえの人生から永遠に消えるんだから、たまたま通りすがった人みたいにちょっとした人生のアドバイスをしてもいいこと？

頼む。

仮説として、わたし・セーラ・あんたの・弁護士で・生物分解性の・ヨガ・マットじゃない誰かとおまえがセックスするとしたら、おまえがまるでわたしに気があるみたいにして、その人物に彼らがわたしの状況についてどう考えているか訊ねるのは避けるべきね。礼儀にもとづく例外として、わたしの正確な居場所を特定することに時間を注ぐかもしれないから。たとえばその人物が、まあ、わたしにはわからないけれど、正気じゃないくらいホットでどうしようもないくらいクソ危険だったりしたらなおさら。

ああそうなったらじつに不幸だから覚えておくよ。プロとしての質問をしてもいいかな？

すれば。

じゃあ、仮説として真面目なシナリオを披露するから熟考してくれ。あんたが、そう、あんたが個人でよくよく熟考するんだ。おれがどうしてもほしいのは、ほかの誰かじゃなくてあんたの反応だから。かりにあんたは最近ある人物と厳密で法的な対話をもってじっくりとことんやりつくし、あるとてもすばらしくて興味深い発見をして、対話者のほうは最近の海外送金にかんする既存の事柄についてなんらかの解決を求めようとしているとしよう。それからあんたの同僚たちはこの件と、ほんの少し前にあんたがとても深いかかわりをもった人物であるあんたの対話者に意見をもっていて、率直に言って相互に満足のいく解決策はどんな工作であってもいずれ、遠く隔たった優位な場所とでも言いたいところからながめていたいものになる。心身ともにそれが好ましいからだ。このシナリオはあんたに倫理上のジレンマを提示するかな？

返事は？

おーい？

いやプライス、そうはならない。

待ってくれよ、それはどういう意味だ。返事は？

四方から。サイレン。世界中。が。おれを。追って。くる。おれを追ってくる。雨みたいな最低のハリケーン・カトリーナみたいな夕暮れみたいな警官たちが。車に乗ったおれを追ってくる。車を運転中なおれ。重大局面にクソ濃いコーヒー、それもなんと北欧のシベットのやつ。いくつもの排ガスの跡。遠くへ運転して遠くへ運転して運転して運転して警官たちが追ってくる。

それはもう全員って感じ。

世界。中の。

魚鈎を背負った北欧の女にみずからをさらせと言われて、はいと答えたらこうなる。

立体交差の下へ。そこなら安全に感じるからさ、奴らはヘリコプターまで飛ばしてきたんだぜ？　勘弁しろよヘリコプターって。それも一機じゃない。ここまでしなくていいのに。こんな騒動まったく必要ないぞ、全員の時間の大いなる無駄で、ここまでだめな奴扱いされるいわれはない。おれがなにしたよ？

立体交差は壁や要塞みたいな感じだが、いつまでもとどまっていられず、もうじき一般道で、そこに出るとますます警官が増えるだろう。コンベンションか映画のワンシーンかなにかのようで、近頃ではそういうのをコンピュータでやって、なにもかもがちょっとばかり完璧すぎる感じになっている。立体交差が終わる。もう時間がない。影がちらりと見えてさっと消える。三つ数えると、最初の警官が背後から追ってくるのが見える。

ヤバいどうするよ、奴らたくさんの銃を構えていて頭にきてる。

おれは〈ポルターガイスト〉に頼まれたことをやった。安全とされるサーバーを通じてひとつ注文を出したが、彼らはそのサーバーにカレーニナが侵入したと知っていた。

するとカレーニナはおれを指さして言った。

炭疽菌。

ある局面から見れば完璧に不公平なことで、おれはどの種類にするか細心の注意を払ったし、無差別のテロ行為のように見えそうだが実際は狙いを定めすました攻撃とたくらみでしかなかったわけで、まあいいさ、たまには両手を空に投げだして、わかったよ本当におれが悪かったと言っておく。

世界中の警官全員、完全武装、そしてちっぽけな車に乗ったおれが奴らの前を突っ走っっっていまにも本当にぶっ殺されるんじゃないことを祈っている。灰色の道路に白い車線、おれは白い線に引いた粉のことなら得意だが、この線はだめだ。なんとおれが車に乗ってるんだぞ。本物の悪党みたいにカーチェイスしているが、おれはこんなの苦手だ。大の苦手だ。おれのやることじゃないんだよ、こいつは身につけるにはクソ複雑な技術がいる。高速で飛ばす運転についておれが知っていること？　二十分《グランド・セフト・オート》をゲームプレイしてから怒ってやめたことくらいだ（**交差点だクッソクソク**——おれは生きているがそれでもクソ）。

何本も走る細い道路からあり得ないくらい狭い一本きりの小道に入って、住民が道の上に洗濯物を干していて、隣りあった非常階段から身を乗りだして握手できそうな路地裏やらで、ワン・ダイレクションなボーイズバンド的に一方通行の車の流れができる。窓の外で建物があっという間に後方に流れて、めまいがするような落下するような、おれはもっと違う道を——いや。いやいや。大丈夫だ。大丈夫。とにかくまっすぐ運転しろ。とにかく運転しろ。

壁が迫ってくる。車との隙間がほとんどない。警官たちの車のほうが大きく、塗装をいくらか剝がされるがそれでも追ってきて、この路地裏だけじゃなく並行する五本の路地裏すべてからおれを追ってきて、警官のヤバい大波みたいで、北斎が法執行機関でキャリアを追求することにしたみたいだ。

　こいつはまずい。警官たちは数で勝っているのをいいことに、おれのまわりに広がっておれを箱に詰めようとしている。画面上の小さな箱。奴らはおれを箱に詰めようとしていて、その箱がどんどん小さくなっていく。奴らはおれを捕まえて、おれはくたばってムカつくインターネット・ミームみたいに拡散されてネタとなるだろう。《ジャックのバラッド》。鉛のような足、鋼《はがね》のような神経、NOSオクタン・ブースターを入れて環境にやさしい15インチホイールのタイヤを履かせたお手頃価格の韓国製ハッチバックで天国への栄光のドライブ。そうだ、逃げたほうがいいぞ、オリーブオイルなんかを缶に入れて運んでいるイタリア系の老婦人。いまは歩行者の通行には好ましくない状態になっている。

　ジャック、すばしこくなりやがれ。背後を確認しろ（**背後は確認するな**）。空を背景にザ・トライアングル・ビルが見え、そいつはデカくて役立たずのタワー建築みたいだがどこか堂々としていて、その前に警官やら盗人がわんさかいる。警官が多すぎる。あそこにいるのはまちがいなくバイクに乗ったトゥッカで、その隣のサイドカーなんぞにいるのはまちがいなくフレッドで背中に長いケースをかついでいて、まちがいなく彼は射殺可能な視界を手に入れている。万が一、カレーニナが弱気になったときのためで、そうなったら彼は古いバレットを構えておれの片目を撃ち抜くだけでいい。いいともさモチベーションがあがるってことだ。またアクセルを踏め。そうだ。そうだ先行きは上々とはいかないがそれでいい。

おれはスティーヴ・マックイーンとは言えないがアクセルとブレーキは踏めるし、この国の道路では時速十マイル（時速約十六キロ）とかでもタイヤがキーッと音をたてると予想できるがこの車は違う、こいつはすげえ。クソありがたい、この車はポールダンサーみたいにするりと角を曲がる（**うわマジかよバスうわマジか**大丈夫おれは大丈夫だ）。

コーナリングのよさにも、アジアの南東のデザイン哲学に対しても、ヒャッホーと両手を空に突きあげたい。それに自分がとてもゆるやかで比較的感染力の弱い炭疽菌を街に解き放ったことにも、両手を空に突きあげたい。おれはレッド・カート・ボナンザだけに感染させるつもりだったし彼は治ったと聞いたが、それでも。

けれどいまおれが片方でも手を突きあげたら誰かに撃ち抜かれるだろう。かりにフレッドを抜きにしても警官たちが本気で、こいつらはパパの時代のドーナツをもぐもぐやっていたのどかな警官たちじゃないからだ。こいつらは現代のバージョンで、戦車はあるし五〇口径の銃なんぞがあるし、今夜のニュースの特集になろうとしている。空からの大量のサポートやテクノロジーもあってマジいたるところにいる。おれは車一台に自分ひとり。

ダッシュボードにはスーパー・ターボ・ズームロケットのボタンがあって、いまここで押すつもりはさらさらないが、一秒ごとにそいつがすばらしいものに見えてくる。

よし鋭く右へ、おれたちはいまや二台にすぐそこまで迫られているが大丈夫、大丈夫だ。ヤバい、こいつは大丈夫じゃない。もし捕まれば、殺人よりコカインよりずっと重い量刑がくだって何年もぶちこまれるぞ。そんなのはいくらおれでもまぎれもなく絶対にごめんこうむりたい。

ふと思う、ドクターはどこにいる。こいつを見ているのか？　来てくれよドクター、こいつはある意味見どころがあるに違いないぞ。少しは。こういう狂気のカーチェイスはあんたならきっと気に入る。

ふと思う、あのまともじゃないセックスは彼女にとってもルビコン川であって、あともどりできない転機だったのかもしれない。

ふと思う、彼女はもう一度あのセックスをやりたいだろうか。

集中しろジャック。集中。指示に従えばきっとうまくいく。

指示に従うだと？　シルバーの超ミニドレスと厚底に魚が入ったヒールを身につけていない者の指示に最後に従ったのがいつだったか覚えているのか？

大きな赤い煉瓦が迫ってきて、左に曲がり、おれたちは大きな産業道路にもどる。滑走路みたいに幅広くてまっすぐだ。赤い煉瓦にはペンキで塗った広告みたいな文字が書かれている。マイクルズ。缶詰と保存食作りのマイクルズ。夫婦で経営、一九三二年頃に倒産。むかしのままのロゴが残っているが、いまは倉庫でしかない。さあここがボタンを押すポイントだ。ドク見ているか？　見ていると心から思いたい。おれたちにはすませていない用事があると感じている。

指示に従えジャック。

ボタンを押すポイントだ。ボタンを押すポイントだ。ヤバい。５。

指示に従えジャック。

4。

バックミラーに映る物体たちが思ったより近づいている。

3。

指示に従え。指示に従え。2。

指示に従え。天国か地獄かで缶詰業者マイクに挨拶しろ。1。

指示に従え。指示に従え。

従う。

何者かがおれのケツの穴で爆弾を爆発させる。ちっぽけな韓国車はいま戦闘機になる。NOSで空中へ加速し、追っ手の視界から消える。宇宙でたぶん一分ぐらい呼吸する。車を傾ける。おれたちはいるべきところにいる。フェンスを飛び越える頃合い。徒歩の被疑者、優秀な警官どもが迫ってくる。

呼吸する。待つ。奴らが見るまで待ておまえは待て――

その場から動くなジャック・プライスおまえは逮――

それは逃げろという意味のフランス語だ、ジャック逃げろ。

実際は逃げられないし隠れられない。どこにも行けない。ヘリコプターとたくさんのパトカーとかで犯人を追う番組を見たことあるだろ？　あれは警察にできる最小限の部分しか見せていなくて、いま奴らは最大限のことをやっている。それにおれは徒歩の男だ。おしまいだ。

終わるはずだ。世界に正義というものがあれば。そのはずだ。

ズームアウトして衛星になりきってみよう。世界を輝く青いおはじきだと見る。俯瞰《ふかん》するエフェクトで。ここでズームインしてこの街を見て、それからこの地区を見て、それからこのあたりの町並みを見る。さあ、あんたは指揮統制がおれを見る方法と同じようにおれを見ている。カレーニナがおれを見ている方法で。あんたなにか気づくか？

そういうこと。マップがこの地域のものじゃない。それどころか近くでさえもない。

どういうわけかメイン・システムにおかしな情報が少し入りこんでいる。一部は完全にまちがっていて、まともな箇所もたまに動きが遅くなる。匿名情報ホットラインはいかれているし、街角の防犯カメラやATMがどれも嘘の答えを与えている。戦場の霧ってことだよ、負荷のかかった局面へ高度に複雑なギアをもちこめば、いくつかの人工遺物が使い物にならなくなる。そんなふうになっているんだ。イラクのファルージャにいようが、あんたがいまいるその自宅にいようが関係なく、あんたには上空援護が必要だ。ヘリは女の子の最高の友だち。カレーニナがもてる親友だ。最上位機種でリアルタイムの衛星へのアップリンクとブロードバンドの同時接続と周波数偏移通信まで備えていて、そして――

そして彼女はあんたがデバイスをつなげる瞬間を見つけられると考えているとして、だったら彼女やチャーリーのような者はたぶんあんたのクソのなかに立つことができるかもしれないが、いいかあんたはデバイスを強固にしてそういう奴らが立てないように確実にすればそれで上等、うまくいく。ギアをしっかり固めてハッキングされないようにすれば、ハッキングされることはないとわかる。ハッカーに対する弱点物質《クリプトナイト》にあたる人物に連絡する。その人物のハンドルネームは秘密《クリプト》のナイトかもしれず、ここで彼がなにをしているかわかるな？でもそういうことをしてもらうために誰に連絡したらいいか、あんたは知っているか？

ミスター・ドリーに連絡する。

つまり目下カレーニナはおれをトラッキングしていて、うまくその作業をやれている。彼女はおれの電話番号を知っている。おれを衛星赤外線カメラとライヴの環境監視でとらえている。このショーを司令車から切り盛りしておれを迷路のネズミみたいに扱っている。魔法使いが杖を振るように通りを閉鎖していき、マシンを操っておれの動ける箱をどんどん小さくしていき、おれは実際にそうなっていくのが感じられる。選択の幅がなくなっていくのが見えてクソみたいに怖い。地下に降りてもあっちこっちに通りを進んでも警官たちが見えて、奴らは銃をもっていて、カレーニナが迫ってきて彼女に捕まるとおれも認めたくなる。

おれを捕まえられたかもしれないな。

おおカレーニナ。あんたはやらかした。

いまこの街を我が物にしているのはドリーだ。おれの箱はどんどん小さくなっていくが、それにつれて壁がどんどん薄くなって消えていく。発電所近くで暴動が起きているという報告があり、機動部隊の半数はそっちに対処するためここを離れていく。インデペンデンス・

プラザ周辺のメンテナンス作業でもヤバいことが起こる。スチームパイプと聞いたが、たぶんガスだ。カレーニナは少しずつ血を流すように支えをうしなっているが、彼女はそれを感じられない。そして彼女がおれをどこで追い詰めるか選んだとき、彼女は地元のクロスタウン・トレインで工事がおこなわれていることも知らない。どういうわけかマップに表示されていなかった。データ反映のラグか？　システム上の欠陥についての話。今日は通行許可を出す誰かが時間どおり仕事に現われなかったらしい。だが仮橋の重量制限は本物で、つまり戦車は渡れないが司令車は大丈夫だから、カレーニナは雷鳴と炎の勢いで行進する。彼女はスクリーンでデータをたしかめて誰も彼も自分に続いていることがわかる。戦車の迂回《うかい》ルートが見つかり、名目上の予定到着時刻《ETA》が出る。ただし、戦車のクルーは待機命令を受けている。彼らはそれに従う。

　カレーニナはそのまま進む。世界中の警官全員がまだそこにいるからだ。スクリーンに彼らが見える。

　クロスタウン・トレインにもどるとフレッドとトゥッカがバイクを乗り捨てて歩いている。フレッドはビリヤードのキューみたいな長いケースをかついでいる。彼らは急がない。世間話をしている。カレーニナがうまくやったとわかっているからだ。彼女がおれを追い詰めている。彼らは心配していない。〈デーモン〉たるものこうあるべきで、指さしただけでそいつらを死なせ、軍を指揮して死者の山に立つ。こうあるべきだ。彼らはいま主導権を取りもどした。そして人員名簿の空きを埋めれば、世間は四人の〈デーモンズ〉がいたことを忘れるだろうし、ジャック・プライスの名は謙虚に教訓となるだろう。おれがこんなことを知っているのは、なにが起こっているのか全部電話で見れるからだ。おれがもっているとはカレーニナが知らない電話で。

こいつは彼女の目には見えず、ほかにもたくさんそういうのがある。通りを歩きながらちょっとした歌を歌っているおれとか。ンン・ンン・ンン・フーン・フーン・フーン。いまじゃテーマ曲みたいになっている。ミスター・リンデンの法律事務所の電話番号。〈ダース・ベイダーのテーマ〉ぽく。ちょっと気に入っている。

カレーニナはいまドリーの魔法の王国に暮らしていて、そこに本物はなにもない。彼女は顔認識プログラムを走らせていて、そいつは目下おれが箱の反対側でハンガリー料理のデリのカウンターの下に隠れていると告げている。彼女は警官たちを次々に振り切っているのだが、信号を拾うトランスポンダーは警官たちがみんなまだぴたりと彼女にくっついてきて、ほんの数秒ぶんしか離れていないと告げている。彼女は槍の先端のように先鋒隊を率いておれに飛びかかって、首をケツまで沈めてやるつもりでいる。派手に突入するためにSWATの突撃班を前に据える。

ただしカレーニナ。おおハニー、彼らは存在しない。槍なんてないんだよダーリン、その司令車に乗るあんただけで、ほかのみんなはアルバカーキで左に曲がった。ヘリでさえも消えている。システムの故障、エンジン・トラブル、一切合切が起きたが、なぜか彼女はそのメッセージを受けとらなかった。なぜかヘリからの反応をまだ受けとっている。彼女がここまでおれにクソ集中していなければ、わかっただろうに。空中でヘリの音がしていない。顔をあげればからっぽの黒い空が見えたはずだ。

もう彼女だけ、まったくのひとりきりだ。彼女だけ、そして狭い通りに司令車をたくみに入れる運転手と。

5。

4。

3。

2。


ドリーは明かりを切る。

街の東半分全体の電力を切る。

電話通信や緊急通報のサービスを切る。

おれたちは闇にかこまれて、あんまり暗くて四百年前にさかのぼったみたいになる。海では船が緊急時の自家発電で明かりをつける。沿岸警備隊が応答を求めて呼びかけを始める。誰も答えない。

二マイル後方では、フレッドとトゥッカがなにか起こったと知って走りだす。もじゃもじゃペーターと彼の海トロールの友人は、たとえどこに行けばいいのやら知っていたとしても、遠すぎてもうなんの手も打てない。

おれたちはこのツナの缶詰工場にいる。安いオレンジ味のブレスケアミントのにおいがする。マジだって。なんでだろうな？ 広くて暗いからっぽの場所は巨人の部屋に見えるが、天井から不気味なロボットぽいものがぶら下がっているから、エイリアンの解剖をしている人の部屋にも見えて、結局は全然、人の部屋でもなさそうだ。ティックタックのミントのにおいがするエイリアンのための解剖室的な。

こういう場所はふつう腐った魚のにおいがするものだろうし、かつては絶対そうだったはずだが、いまは殺菌したみたいに清潔で、怖いくらいだ。特別な目的のための場所。床全体と作業空間のすべてがバキュームフォームで作ったひとつながりのプラスチックだ。夜の作業が終わればすべてのドアを閉めてボタンを押して、オレンジの香りの業務用漂白剤をすべての表面の隅々まで流してからすすげば完了。すすぎ液は濾《こ》して薬品として再利用して、作業空間はすっかり新品同様になる。

これから話し合いのようなものがあるんだろう。ミズ・クイントと友人たちがおれと意見をかわしたときがそうだった。こっちが実際はそこまで話をしたくなくても強制めいた会話だった。今回も同じ場面だがドリーは同席していない。彼は作業中でなにをしているのかはあきらかだ。ミスター・ベイツが執事役、ミスター・フライデイは通訳。ミズ・クイントが部屋の中央に立っている。なにが起こったのかについて話し合いのようなものが始まるのがはっきりしていて、怒りの天気に続いておそらく涙とハグがあるだろう。おれにはじつは小さな懸念がある。ミズ・クイントが全北欧人の共感を呼んで絆でも作ったらどうなるんだろう？　おれはだんぜん正義の回復の支持者だが、いまは、この流れにかぎっては、支持しがたい。

カレーニナが運転手とやってきて、懐中電灯と拳銃を構えている。ＳＷＡＴの班が配備されていてすべて問題なしで、警官たちの大軍勢もすぐうしろに控えているとわかっているから余裕だ。彼女の機器ではそういうのがまだ生きているからだ。ヘリでさえまだ上空にいるが、倉庫に入ったから無線は通じない。

ベイツが運転手と握手をする。おいあのプライスって男を捕まえたか？　いーやなんも見えなくてな。ゴーストタウンってやつだ。

カレーニナが作業空間に入ってくる。おれに気づかない。らんらんとした目。クイントがここの責任者だ。〈ポルターガイスト〉の全員が彼女にかしずいていて、それは一目瞭然《いちもくりようぜん》だからだ。

カレーニナはクイントを見る。クイントはカレーニナを見る。長い沈黙。

そしてカレーニナはクイントが誰なのかクソほどもわかっていない。ふたりのあいだに通じるものはない。なにかわかってひらめくものもない。なにも起こらない。

カレーニナがあたりを見まわし、おれを見る。

プライス？　膝をついて命乞いしなよ、そのみじめな――

クイントがため息を漏らして魚鈎をシュッとのばし、カレーニナの側頭部に突き刺す。会話はいっさいない。

カレーニナはくたばる。

クイントは彼女の残骸を見おろして肩をすくめる。フライディを見る。天気。

フライディの言葉。ああそうだな、仇《かたき》は討ったということで。

おれたちは一列になって部屋をあとにする。ベイツがドアを閉めて緑のボタンを押し、それにはこう書いてある。

洗浄。

第四部

クイントがおれに魚鉤をプレゼントする。少なくともおれはプレゼントだと考える。彼女はおれに凶器を始末しろと言いたいだけかもしれないが、フライデイが部屋にいなくて通訳できないし彼女の表情はなんとも読めない。とにかく彼女は魚鉤をこれはもうあんたのだと言いたげにおれの手に押しつけて、おれはそいつを受けとる。おれの手は猿の手で、猿の手は渡されたものを素直に受けとるものだからだ。彼女はしばらくおれを見る。おれは彼女を見る。魚鉤には少しではあるが、西のスロープがこそぎ取られたときの、カレーニナの内的経験に必須の機能部分がまだ付着している。この魚鉤は人の頭蓋骨の一部ではなく何世代もの鮫だかなんだかの一部をこそぎとってきたのだと思うが、正直そう断言できる要素はない。どこにいるのか知らないが、たぶんドクターなら調べられるだろう。

フライデイがやってきて、もちろん天気が生まれる。この人たちはなにをするにも天気について話してからで、こういうところにおそらくイングマール・ベルイマンかタルコフスキーらしさがあるのかもしれないという感覚を抱く。おれには言葉が一言だって理解できないから、ちょっと想像してみる。

クイントのセリフ。雨になりそう、上の牧場から羊を連れてきて。

フライデイ。ああそうするつもりだが、雄羊の一匹が勃起してるよ。

クイント。雄羊なんだからいつも勃起してるの、とにかく連れてきて。西の丘に霧が出ているから、熊がおならする前に雨になるってことよ。

フライデイ（おれに）。クイントはきみが細い男で彼女は悲しいと言ってるなあ。

まあそうだな、たぶんおれは少々細いかも――

そうじゃない。彼女はきみの人生が細いと言いたいんだ。きみの人生にはきみしかいない。世界と本当にふれあうこともなく、もしきみが人生をうしなっても誰も気づきそうになくて、それは彼女にとって悲しみなんだな。きみは細い男で、きみは少し太ったほうがいいだろうと言ってる。

まあその点についてはおれにもプランがあって、ある女がいたけど、彼女はおれをそれほど好きじゃないってわかって、じつは今頃たぶん死んでいる。どっちにしてもおれは彼女からメッセージを受けとったと思っていたけれどそれは――まあいまのは気にしないでくれ、いいんだおれは細くて、それはわかっているんだ。

クイントはきみのなかにからっぽの袋があって、きみはそれを愛と子供たちで満たさないとだめだと言ってる。彼女は世界中のあらゆる道を旅してきて、悲嘆を知っていて喜びを知っていて、先程はひとりの女を殺したが、結局それはすばらしい経験などではなかったと言ってるなあ。宇宙には気づけない。わたしたちひとりひとりの人間だけがそこに気づけるんだ。彼女は人をないがしろにするようなことをするなときみに言ってる。

彼女はそれだけのことを全部言ったのか？

いいや。

えっ？

いいや。彼女は空港行きのタクシーについてわたしに訊ねてた。だがわたしはきみが聞いたことを役立てることができて、通訳したほうが助言を素直に受けとる類の男だと思ったから。以前読んだ自己啓発本にそう書いてあった。

は？

ミスター・プライス。いいかい、どこから出てきた言葉かは関係ないなあ。わたしの国の偉大な詩人の引用かもしれない。かつてわたしが言われた言葉かもしれない。姉の息子が壁の下着姿のクリス・ヘムズワースの写真の隣に貼ってるモチベーションをあげるためのポスターの言葉かもしれない。どこから出てきた言葉かは関係ないよ、それが真実だと考えるかぎり。

たしかにそうだが――

なんできみは友人の脳まみれの魚鈎を抱えてるんだ？

そいつも深遠《しんえん》な言葉の一部とか？

いいや、わたしは純粋にちょっと混乱してるんだな。

あんたもおれもそうだよ、ブラザー。ふたりとも混乱しているんだ。

そしてそれで終わった。彼らは去る。分別のある目立たない車がやってきて彼らを空港へ連れていき、それで終わった。グッバイ、〈ポルターガイスト〉。けれどハロー、〈ポルターガイスト〉でもある。マシンがどこかほかの場所でふたたび処理を始めるようになったからだ。北欧のデジタル・レジスタンスは強力で、どうやら自分たちは戦時中だとつねに信じているようだ。

先だって〈セヴン・デーモンズ〉が街にやってきて、一件の契約を結んだ。最新の新入りの試用期間中。そして誰を邪険に扱ったかまったくわかっていなかった。

そうだ、おれのほうも同じだった。

いまや残る〈デーモンズ〉は三人で、ひとりは蟹のように歩いている。ひとりは地獄のようにおそろしくて、ひとりは狙撃手だ。

三人の〈デーモンズ〉とおれ。

おれは魚鈎についた友人の脳を洗い流す。クイントがこいつをおれによこした判断は正しかった。

これは全部おれ自身がやったことだ。

ほぼすべて。

ほぼ。

だからあんたは片足をもう片足の前に出す、それがあんたのやっていることだ。片足をもう片足の前に出す、じっとしていたら死ぬからで、そうなったら誰だって手の打ちようがないだろ？

片足をもう片足の前に出す。けれどそれだけじゃ生きていることにはならなくて、死んでいないだけだ。人生を勝ちとりたければこいつを感じて、あんたが生きているこいつを愛せ、そうすれば片足をもう片足の前に出してるだけじゃなくなって、鏡を見れば自分自身の顔が見えていい感じでにやりと笑える。自分のスーツを着る。イタリア製のカーフスキンの靴を履いて、友よ、それからあんたは片足をもう片足の前に出すんだ。これはあんたの人生であんたは一歩ずつそれを手に入れていく。

片足をもう片足の前に出してあんたの流儀でそれをやる。

だからおれはおれの流儀でここにいて、ここは陽気に楽しむ連中、リッチできれいな連中がいる。最高のパーティでありさえすれば基本趣味がいいかどうかなんてあまり関係なくパーティするホットな奴ら。セックスのことを考えたくなるゴールドとミラーと照明。当然アンビエントな音楽。むこうのダンスフロアはシャッターを閉じたみたいに暗い。〈抑圧《インヒビション》〉という店で、もちろん抑圧からの解放を誘っていて、だから文字を横線で消したのがロゴになっている。大笑い。ここはめずらしくて高価だがたいしてうまくない酒を飲めるバーだ。ショーン・ハーパーが夜の空いた時間の大半を過ごす店で、基本、毎晩のことだ。彼はいつも決まった席に座る。彼はここで楽しみ、ここで言い寄り、ここで誘惑する。ある個室で彼のペットに寄付をせがみ、別の個室で演説をぶって、それからこのバーにもどってきて全盛期のシナトラのように肩の力を抜く。けれど彼はあんな感じに見える。細く見えるんだ。彼はおれよりずっと細く見える。

ショーンのことは覚えているよな、そう覚えているとも。ショーンはおれが初めてドクターの犬に出会った建物を所有している。ショーンは少々見下げ果てた奴で、なにかとんでもない理由で〈セヴン・デーモンズ〉を雇ったから、おれはそれに気を悪くして、おれたちみんないまこうなっている。けれどいまどうもショーンは付録みたいになっている。

それこそが要点だ。そこがすべてと言っていい。

ここにいるショーンは金持ちの小僧で、チャリティをやってカネをまきちらして、なにかに手を伸ばす必要はまったくなく、なんでも彼の膝に、というか基本まっすぐ彼のチンコに落ちてくる。なのに彼はなにかを本気で気遣うことができない。

ショーン・ハーパーがディディ・フレイザーを殺した理由などまったくなかった。彼がディディに目をとめたのは通りすがりにディディが彼を罵ったからだが、それは殺した理由じゃない。彼がディディを殺したのは殺しがクールかもしれないと突然ひらめいたからだった。一度も経験のないことをやってみようと思ったのだ。あんたおれの話についてきてるか？

彼がディディを殺したのは、自分でやってみて本物の反応が生まれそうなただひとつのことだったからで、事実たしかに反応はあって、その反応がおれだった。いざそうなると怖くなって、彼はさらに強気に出ないとならなくなった。〈セヴン・デーモンズ〉を雇おうと思いついたのは、世間をビビらせる大悪党になればちっぽけでつまらない自分じゃないものになれると思ったからだ。彼は取るに足りない豆粒チンコで、自分でそれがわかっていたからこそ人殺しになりたかったわけで、だからこそ状況がまずくなると〈ショーンがワルになったとき〉みたく彼の決定的な瞬間にしようと決意した。ディディ・フレイザーはより大きなプランの一部じゃなかった。より大きくなるためだったが、ショーンをどんどん小さくしただけのプランの一部で、その結果おれたちはこうなっている。

外に彼の運転手がいる。シフトを終わらせて家族のもとにもどるのが待ちきれない男だ。ドアマンがいる。こちらは清潔に身なりを整えて到着したばかりで元気いっぱいだ。このふたりのどちらかがショーン・ハーパーの人生をどう思っているか想像してみろ。じゃあ、ディディ・フレイザーがこんなクソガキの素行を見かけてどうしたか想像してみろ。彼女ならスタジアムの大きさのメガホンを買って月に届くくらい罵ったさ。

だがショーンの奴は……

おれは彼を殺そうとここにやって来たが、殺してもたいして意味がない。彼はいまのままでも生きていないのと一緒だ。彼はどんな反応も生まない男で、人生でやってきたすべての積み重ねを説明するとずばりこうなる――彼がおれを殺そうと雇った世界的な傭兵暗殺者集団は彼が雇い主だということを忘れて、彼のほうも雇ったことを忘れている。ここで起こっているのはスウェーデンの腐れミニシアター作品レベルの無益さだ。

でもそういうことなんだとおれは思う。

外におれは大きな木製の茶箱と男ふたり、それから荷造りスタッフ数人を配置して、彼らはこれが商品隠しだと考えている。ある意味そうだ。

変えられない決定はあとで下すつもりだ。

で、ある密告者が葬儀にやってきて、司祭が言う、おいバディまだ気が早いけれどいまからうちに帰っても意味がないぞ。

うんちょっと考えてみたらあんたもオチがわかるだろう。

とにかく葬儀にやってきたのはこのおれだが、実際には通夜のような偲《しの》ぶ会のようなもので、ビリーが埋葬されて一週間後のことで、依然として人が死んだ雰囲気と悲しむ人々でいっぱいで、それは死んだ男には家族がいて彼はとても愉快な男だったからだ。ちょうどそこにおれの使っているメッセンジャーのひとりがビリーの弟のレックスに荷物を届ける。コカインはけっして眠らないからな。

ここはビリーの家だ。頭がおかしくなりそうなほど淡い家で、すべてがジェネリックやフェイクの歴史を物語っていて、好きなら思うように建てればいいんだと言いたげで、由緒正しいフェイクの家を建てたかったんだから別にいいだろ？　って感じだ。それがおれの友達で、建築にこだわりなんかなかったらしい。ビリーの子供がむこうで少し泣いてから笑い、それを気まずく感じている。悲しみと死を背負った八歳だったらやって当然のことだ。それからビリーの妻がいて優しくてセクシーだが、ビリーと同じように風変わりで混乱しやすくて、長くほっそりした脚をしていて腰のところで結んだカウボーイ・シャツ姿だが、訪れているストリッパーたちのことなんか知らないふりをしているのは男はどうやっても男であるからか、葬儀の場でそんなことを話すべきじゃないと思っているからか。おれには人間らしい人間というのはどう振る舞えばいいのかさっぱりわからない。

こいつはいけない。おれはここで目にする男たちがどいつも完璧に体毛を処理していると想像しないではいられず、そんな気分ではこの場にうまくなじめない。

ビリーの妻が言う。ハイ、ジャック。来てくれてありがとう、わたしまだとても悲しい。やあローリー。どう声をかけていいかさっぱりわからないよ、なにがあったかわかっているのか？

テロだって言われてるけどジャック、ほんとにわからなくて。

それでおれはローリーをハグしてからピーナツのあるほうへ向かう。レックスはいつもピーナツの近くで見つかる。たとえおれの探しているレックスがビルや街にいなくても、どれかしらのレックスがいつもピーナツをボリボリやっていて、五口前に食べるのをやめるべきだったと知っているがもうやめられず塩・脂肪・ビール・塩・脂肪・ビールにえんえんとはまった男みたいな顔をしている。彼はあらゆる種類の消化の悩みを抱えて帰宅することになるだろう。

やあレックス。

やあプライス。

ビリーは気の毒に。

うんまあこれが人生ってやつだよ。

これが人生だが、それでもむかつく。

そうだな。オレも今年ずっと手がけてきた仕事が今朝中止になったとこだしな。なんと事務手続きの不備だぜ。いまのオレはチンポ抱えて再開の連絡を待ってるだけだ。一週間はかかるって言うんだぜ、じっと座ってるほかになにしろってんだよ？

レックス、玄関のテーブルにあんたあての荷物がのっているからあれであんたの苦しみは和らぐだろうが、たぶん人がいるところで包みを開けるのは好ましくない、だいぶ個人的な荷物であんたにとっては仕事にもからむものだからオフィスで開けたほうがよさげだが、おれの言いたいことはわかるな？

おうあんたの言いたいことはしっかり伝わったよ。ありがとな、これで部下たちもたぶんいくらか憂さ晴らしできるよ。

礼はいい、なあレックス、こいつは無料で提供ってことにしておくが、おれのほうもあんたに等価交換してもらいたいことがあって、それがどういう意味かっていうと頼みに対する頼みなんだが。

うんいまの言葉の意味はわかるけどな。話は当然のむぜ。

ちょっとした融通どころじゃないものが必要になりそうだって話なんだが。

ちょっとしたどころじゃないってどんなだ？

あのさレックス、おれはあんたのところから借りたいものがあるんだが、すっかり正直に言えば全部返せそうにないって話なんだ。

ちっっっプライス、それじゃマジクソ不等価交換じゃねえか。

わかっているけどさ、立派な目的があるんだ。はっきり言うぞ、あんたを信用しているから。この悲しい出来事に関連しているんだ。

おいテロリストか？　あんたその件でなんかやんのか？

おれがその件でなにかやるつもりかって？　おれはその件でいろいろやってきて、それはこの時代の人々が歌にして何百年も忘れずにいるようなことなんだぞ、レックス。ここからメキシコまで、ここからパキスタンのアボッターバードまでも、おれがすでにやってきたことのこだまが聞こえているさ。そしてこれからやろうとしていることはカリフォルニアの山火事並みのことになる。なにもかも跡形がなくなるまで燃えに燃えるだろう。昨日なんか日本のＦＢＩの奴と話をしたって知ってるか？　おれは北欧の民間諜報組織のガタイのいい強者たちとやりとりして、この数日間は世界を股にかける悪党軍団とやりあっていた。昨日は仲間と共謀していた第一容疑者のレディ――この街の出身じゃない――が大脳の運動皮質に魚鈎を刺されたのを見た。彼女はいま海辺の缶詰工場の排水だめに浮いている。マジで魚たちと眠っているんだよ。そう、おれはこの件でなにかやるつもりだ。ビリーのために、そしておれの国のためにやる。

すげえ。

だろレックス。

すげえ、そいつは最高だぞ、愛国者のやることとみてえだ。

おれもそうだと信じているんだレックス、こいつはおれたちの時代の愛国者としての大きな戦いだと信じている。おれたちは英国兵《レッドコート》や宇宙からやってきたエイリアン野郎とかこの敵対する宇宙がおれたちに投げつけてくるそういうのと対決する植民地海兵隊《コロニアルマリーンズ》だ。そしておれたちは敵に思い知らせてやるんだよ。**手を**。**出しちゃ**。**いけない**。荒くれたちに。ちょっかい出す。のがどういうことか。

（ここでレックスがヨーデルみたいな鬨《とき》の声みたいな声を張りあげて、おれにはそれをとめられず、このピーナッツとビールのにおいがする巨体の醜い輩《やから》には憂さ晴らしの効き目があったようだが、同時にあきらかにそんな声を出すにはふさわしくないTPOであり、たくさんの人たちがおれたちのほうを見るからレックスは言う。ごめん。）

おれは言う。原初の叫びセラピーだな。大声出すのが悲しみにはいちばんだし、いまので西海岸だってすっかり蘇生できるぞ。レックス、なあ、電話してくれな。おれたちにはやるべきことがある。

りょうかいだよジャック。おいジャック、あんたを大尉と呼んでもいいか？

だめだレックス、でも反乱軍でのおれの秘密の本当の肩書、大佐ならいいぞ。ところで手持ちの起爆装置をひとつ借りてもいいか、いますぐに？　残りについては今日のところは必要ないからリストを送る。今日はカチリとやれば人をめっちゃ怖がらせる赤いライトのパーツだけあればいい。

おうそんなのいくらでも貸すさ、もちろん。ありがとう、プライス大佐殿（気をつけの姿勢で）。

休め！　レックス。これが民主主義だ。

ショートメッセージの送信。

やあドク。

プライス。

悪いことが起こったらしいな。

ええ起こった。

そしてあんたはその場にいなかった。

いなかった。いちゃつく用事があったから。

あんたがそんな態度を取るときって腕組みして怒っているのか、とろけそうになって誘惑しているのか区別がつかないって知っているか？

用件は？

大人としての話し合いをすることかな。

まさかやめてよ、わたしたちは十八歳じゃないんだから、寝たからつきあうべきとかそんな話は――

違うってドク、こいつはプロとしての話だ。

それならいい。話してみて。

まずあんたが服を着ているかどうか知りたい。

もちろんわたしは服を着てるってプライス、真っ昼間だから。

少しでも肌を露出させて偽物の処刑室に腰を下ろして、いまにも吊るされようとしている演技をして、本気で興奮しているとかはないな？

はあ？　いいえ。プライス妄想がひどいよ。それにわたしは仕事中だし。

あんたは自由時間をそんなふうに過ごすんじゃないのか。

わたしは映画に行って寿司を食べる。本が好きだけどノンフィクションは好きじゃない。

わたしにはユーモアのセンスがたっぷりあるけれど、たいていの人はそこをわかってくれない。

わかるよ、おれもまったく同じだから。

プライス。やめてよ。

わかった、会って話したいことがある。

言いたいことがあれば、いま言えばいい。

ドクおれは無礼にはなりたくないし、おれの人生においてあんた個人がたいして大切じゃないと言うつもりもないが、おれが話しあいたいのはあんたじゃないんだ。

本気で言ってるんじゃないよね。

いやドク、本気だ。おれはフレッドとじっくり話しあいたいことがある。彼にプレゼントまで買った。

おまえ頭がおかしい。

彼は狙撃手だから、おれは彼にスイカを買ったよ。狙撃手はスイカが大好きで、それさえあればいいんだろ？

わたしのさっきの返事を見て。

とっくに周知の事実なんだと思っているが、あんたから悪いことみたいに言われるとやっぱり傷つくな。頼むドク、願いをきいてくれ。

……わかったよ。住所を送る。一時間後に。

そしてどうかお願いだからなにか服を着てくれよ、おれは慎み深い男なんだから。

ファック・ユー、プライス。

おれもファックしてやるよ、ドク。

……ファック・ユー。

あんたを。ファックしてやる。

ファック・ユー。だ・まれ。

たしかに腕組みしているし、たしかにセックス・ルームもどきで裸にはなっていない。ドクが背にして待っているのはレストラン。この言葉をパーツごとに区切るおれの言いかたをぜひ聞いてほしい。レスト・オー・ラン。いかにもこの店っぽいからだ。勇気のあるイタリアのバックスキンのケツから生まれた大人なスタイル。古い行きつけになるにはあたらしすぎて、あたらしい流行になるには古すぎる。ずっとここにあって数えきれないほど目にしたが、一度も足を踏み入れたことがなかった。おれの好むような店じゃないが、よくよくながめると誰も好むような店じゃないと気づく。会いたくない人々が会うための場として存在する店。緑とゴールドのインテリアで握りの太いフォーク類が並んでいると言葉少なになるし、なけなしのよそよそしい緊張緩和もブースとブースを仕切る厚手のベルベットのカーテンにからめとられていく。ここは妻を離婚後に連れてくる店だ。ここは愛人と来る店だ、愛人の赤ん坊に会うために。おそらく何者かがアフガニスタンに侵攻したときに国際連合の連中が行く店で、だからこそこの店は潰れない。ここはどなってもソムリエにしか声を聞かれない店だ。

こんなふうにマジでどん詰まりの状況のために、この店には個室がある。

トゥッカは車で待機。パーティには歓迎されない、彼を見ると、歩こうとして転ぶとき奴の凍った脚がたてるぞっとする物音を連想してしまってヤバいテリーヌを楽しめそうにないって理由で、おれはそう意見した。ドクはこれをすべて書き留めた。彼女はとても几帳面《きちょうめん》だから。

フレッド。やあフレッド。

ミスター・プライス。

近づいてみるとフレッドはフレッドがあるべき様子に見えない。深くドラマチックに傷ついた表情だとか、鼻から煙を出して怒っているだとか、どうしてもこの男の根底にある原初の本質を伝える生理学的指標のようなものを求めてしまう。なんと言ってもフレッドは〈第一のデーモン〉であり、そういうことは人に跡を残すはずだが、それがない。フレッドは少しばかり退屈して少しばかりいらついているようだ。おれが彼の娘のチューーバのリサイタルに遅刻させてしまい、フレッドは内心チューーバのリサイタルに行きたくなかったのだが親はそういうのに行くべきだからあきらめて行くことにしていて、生物学上クソたしかな我が娘のチューーバのリサイタルでヴワーと鳴る一音一音を親というのは愛すわけで、そいつに結局行けないという人生から永遠になくなることのないゴミ状況に憤慨しているみたいだ。

ほら、あんたにスイカをもってきた。

なんですって?

スイカだ。あんたに贈り物として。

なぜわたしがスイカをほしがるんです?

てっきりあんたは狙撃手だから——気にするな引きとるよ——しけてるな、定番にこだわる人間ってもう誰もいないのか。いいかフレッド前置きしておきたいことがあるんだよ、おたがい気まずくならないようにだが？

先を。

フレッド、〝先を〟の一言で返事をすませるってのはなんだよ？いいよ、気にするな、おれの手にした品物を見てくれ、これがなにかわかるか？

それは一種の爆破物の遠隔起爆装置ですね。

そうさ、ただしこの瞬間においては遠隔なんかじゃないってこと。こいつはおれの保険だ。おれは一定の間隔を置いてこれを押すが、なにも起こらない。ある特定の方法で押せば、なにかがたしかに起こる。だからおれの計画は、あんたとおれが同時にここをあとにすることだ。あんたが出口を選ぶことにすれば、短時間であっても後悔するような意見の不一致は起こらない。わかったか？

わたしが今回きみを殺そうと試みれば、きみはわたしたちを皆殺しにするオプションをもつということですね。

それにあんたが試みに成功しておれがこいつを押さなくても――

ああわかっていますよ――

ドカーン。

丁寧に説明してくれてどうも。

あんたがどうせ警戒するだろう嫌な出来事を事前に教えておくのがいちばんだと思ってさ。

ああわかりますとも。相互確証破壊の戦略ですね、もちろん。一九七〇年代のたいした遺物といったところでしょうか。きみが生まれた年代の。

おれは自分の時代の申し子さフレッド。おれたちは放射能世代だ。おれが街の郊外で育ったと知っているか？　そこにはとんでもない発電所があって、おれが学校に通っていた頃そこの人たちが放射線測定器を生徒に見せてくれて、教室でいちばん放射能を帯びた物体は化学教師がおやじさんからもらった古い腕時計と、おれだった。それにおれの住む地区の者たちは事実上の有毒廃棄物扱いされて埋葬されるらしいって読んだ。

そんなことがあるのですか？

いいやフレッド、全部でたらめだがあんたの興味を引いただろ？

おお、たしかに。こちらもお返しとして見解を述べてよろしいですかね、ミスター・プライス？

どうぞ。

ありがとう。今日は好奇心をそそられてきみと会いましたよ、ミスター・プライス。好奇心をそそられたのはわたしがきみに魅了されているからなんですよ。そもそも今日きみに害をあたえるつもりなどなかった。そのための時間は明日たっぷりありますのでね。

明日なにが起こるんだ？

きみは死ぬでしょう。とにかく先程の繰り返しになりますが、きみはわたしが心に描いた男であるかどうか知りたくて、好奇心をそそられたのですよ。当然きみは思ったとおりの男でした。

話についていけないなフレッド。

　では細かく説明させていただきましょう、ジャック・プライス。この特筆すべき一連の流れで、きみは時折わたしのことを広報担当と表現しましたね。それは本当のところ、厳密に言えば正確ではない。なるほどわたしは実際に広報で働いたこともあれば、軍では単独狙撃手としても心理作戦将校としても奉仕したこともありますがね、わたしが受けた訓練は行動経済学と異常心理学のものなんですよ。すなわち、わたしは人々が経済的な決定を下す方法、そして何者かの精神作用――いわゆる思考――が正常な社会活動範囲の外にある場合の精神と脳の機能、このふたつを組みあわせたものを研究分野とする科学者なんです。しばらくのあいだですが、わたしはクワンティコのＦＢＩの著名なプロファイラー班と――〝と〟であって〝で〟ではありませんが――仕事をしたことさえあります。連続殺人犯《シリアルキラー》のプロファイリングを大いに楽しんだと、認めるしかありませんね。ところがじつに悲しいことにそれは、きみも直感のプロファイリング――映画やテレビで頻繁に描かれているように性質と象徴による判断――と考えるだろうものとして認識せざるを得ず、雑なデータモデリングよりもはるかに正確性が劣ります。ただしモデリングにおいてもっとも問題が発生するエリアは、正しい推測を適応して一般集団の知識を特定の仮説に変えなければならないとても知性の高い人々の小規模な集団なのです。

　フレッド、話についていけないと言ったとき、意味不明を追加してもっと話についていけなくしてくれと頼んだつもりじゃなかったが。

ええ、愚かなふりをするのをきみは楽しんでいますね。ところがきみの知性の機能レベルは実際とても高い。きみは節度も抑制もまったくないと言えそうな極めて知性の高い男です。きみは物質にも、なにかを所有することにも、きみの職業にも、きみの家にも、ペット、友人、家族といったほとんどの人々が価値を見いだすものにも思い入れを全然もたない者として自分自身を見なしているとわたしは信じていますよ。きみは奇妙にも攪乱《かくらん》された状況について、友人を通してテロリストの憤《いきどお》りと遭遇《そうぐう》した余波に責任があると考えていますね。それはきみにとって嘘偽りなくトラウマとなりましたが、それはきみという存在の根底を傷つけたのではなくむしろ一過性のものであり、それをきっかけにきみは壺から自分の悪い精霊《ジーニー》を外に出すことを許した。こう言ってはなんですが、つねになりたかった自分になるための言い訳だったのであって、わたしたちが次なる言い訳だった。わたしたちはきみに残っていた共感能力を切り離し、怪物のようにふるまうことをきみに許し、その一方できみはほかに道はないのだと感じていた。けれどきみはつねに道を選んできて、きみはつねに思い入れをもってきたのです。どれだけ抗おうがきみはそうだとわかっています。だからこそきみはおしまいなんですよ。最後には、きみはヒーローの行動を取るでしょう、そうしなければならないからです。それがきみという人間であり、表面下できみがつねにそうだった人間だ。きみは言い訳が必要な男なんですよ、ミスター・プライス。良心を振り捨てるために理由が必要で、きみは理由を見つけてきた。けれどその過程においてきみが気にかける者たちを守るために対策も講じてきて、そうした人々が次第に減ってきてさらにあきらかになったことがありますね。きみは自分のなかに愛がまだあることを学んだとわたしは考えていますよ。人間らしさはまだきみのなかにある。また、そうしたことを学ぶうちにきみはわたしのような人間に対し、いままでになく脆弱になっているとわたしは考えますね。ですからきみがわたしになにを言いたかったのだとしても、わたしがきみにこう言います。今夜きみが眠るときは、きみが眠る最後のときになると。明日わたしはきみに電話してひとつ提案をして、きみはそれを受けいれるでしょう。きみはきみが気にかける人々の苦しみを終わらせることと引き換えに、色鮮やかだとしてもまったくもってからっぽなきみの人生をあきらめることを選ぶでしょう。きみはそうしますよ、これまでどんなことをしていてもきみは良心をもっていて、わたしはもっていないときみは知っているからです。

すごいなフレッド。

ミスター・プライス。

ここでおれがしゃべってもいいのかな、それとも分析はまだ続くのか？

どうぞ、きみの番です。

よーしフレッド、あんたたちってのは、おれを殺すために雇われたのはわかっているよな。ショーン・ハーパーが醜くって年季の入ったペンキ工場が爆発したみたいに見えるいかれた老婦人を殺したからだが？

ディディ・フレイザーの死は承知していますよ。

よし、で、その出発点はおれたちみんなとはアホみたいに関係なくなっているよな？　おれたちのあいだに起こったすべてのことはディディになにかしら関連したポイントをとっくに過ぎているると同意できるんじゃないかって意味だが？

同意しましょう。

ショーンのことはあんたがここにいる名目上の理由でしかない。かりにショーンがあんたに連絡して仕事は中止だと言っても、あんたはまだあきらかにレモン搾り器でおれのはらわたを押しだしたいんだが、名目上あんたは彼のために仕事をしているよな？

そのとおりです。

だったらフレッドこういうことだよ。あんたはショーンのことを忘れたが、おれは忘れなかった。おれだって奴なんかどうとも思っていないが、少なくとも良心は理解している――自分のなかにまだ残っているのかいないのか正直ちっともわからなくてもな。でも世間は良心ってやつでまわっていると思うから、こんな提案をしよう。あんたがいま立ちあがって服を全部脱いで通りを歩いて**ジャック・プライスがおれのタマを頭まで蹴りあげた**と叫ぶか、明日あんたがおれに電話したときにおれがショーンの顔に一発、胸に二発撃つかの二択だ――待てよ逆だったか。まずは胸から狙うものなんだよな、それからパンパンとやるのか？まあいいや。言いたいことはだいたい伝わっただろ、どちらだ。おれはショーンを退屈だが目的は果たすやりかたで殺すだろう。そしてあんたが個人レベルで気にするはずがないのはおれもわかっているが、おれはもうあんたの個人ブランドを徹底的に破壊していると思う。でもおれがいまあんたのクライアントを殺したら、あんたは終わりだよ。いまから〈セヴン〉を作りなおすことはできるし不可能じゃないが、ショーンが死ねば誰ひとりあんたを尊敬することはなくなる。〈セヴン・デーモンズ〉は終わりになるだろうが、それは誰かがあんたから乗っとるまでの話だし、きっと乗っとられるぞフレッド、きっとだ。狙撃手ヴォロドヤがすでに街にいて嗅ぎまわっているって聞いた。しかもトゥッカだってあたらしいマネジメントに切り替えるときだと思っているようで、内心では不満を抱いているらしいぞ。ここにいるドクでさえもあんたの灰色のスーツに包まれた退屈で人を見下したケツに別れを告げようかと考えているかもしれない。彼女の頭のなかには荒ぶる野性があるんだ。でもとにかくあんたはもう終わりだ。だからストリップを始めたらどうだ。フレッド。

ミスター・プライス、いまの説明ではその取引からわたしがなにを手に入れるのかよく理解できないのですがね。どちらにしてもきみはわたしに不名誉しか残さないようですが。

うわマジかよ、そうだったか？　おれもアホだな、あんたが正しい。いやしまった。おれはあんたみたいに優雅で洗練されたプロじゃないもんで。ああ、そこにあるやつだが、おれが港で拾ったんだ。まちがいなくカレーニナだろうが、見わけるのはむずかしいってわかっているよな、大腿骨《だいたいこつ》だけじゃ。でも彼女の形見をもっておくのはあんたにとっていいことだと思って。

プライス……

ほらフレッドわかるか。あんただって頭にくるんだ、おれと同じに。だからひとつはっきりさせてくれ。あんたはこの街に七人の暗殺者たちのリーダーとしてやってきた。いまはふたり半しかいない。それがどういうことかわかるか？　それがおまえの支払う代償《ザ・プライス・ユー・ペイ》だ。**それがおまえの支払う代償だこの弱っちいマザーファッカーめ。**はっきり伝わったかな？

明日きみと話をしますよ、ミスター・プライス。ぐっすりおやすみ。

おうあんたもな。ああ待ってくれ、いまのは死をにおわせた言葉で、おれって完璧にあんたのクールな決めゼリフを踏みつけたかな？　悪いな。


ＶｏＩＰの暗号化された通話の発信。

ようレックス？

大佐、あんたかい？

ああレックスそうだ。おれたち仲良しみたいだな。元気か？

イエッサー。元気だよ。

それから然るべき人たちに伝わってるか？

イエッサー伝わってるよ。話は広めたよ大佐。

レックスこれはだいぶヤバい行動になるぞ。被害をともなうだろう。レックスおれは嘘はつけない。

大佐わかってるよ。でも〈自由の木〉は犠牲なくして手に入らないからね大佐。

あんたに祝福をレックス。

大佐にも祝福を。

ショートメッセージの着信。

そうね、さっきのはふてぶてしくてうるさくて大胆だった。

気に入っただろう。

おまえはケツの穴であること自体を武器にしてるようなものね。

そんなのわかっているが？

あらおもしろい。

で、あんたはいま裸で奇抜な処刑室にいるのか？

わたしはいまどんな類の奇抜な処刑室にもいない。

おれにはお見通しなんだぞ。ドクあんたは誰の味方だ？

わたしはおまえにとても怒っているんだけどプライス。

どうしてだ？

おまえはわたしの前にやってきて、本当にあり得ないくらいバカすぎて醜悪でメンタル的に不健全なことをして、それからあっさり帰った。

だってフレッドに言われたことをやって、地上での最後の夜の眠りを宝物にしないといけないと思ったから。

おまえには十二時間しか残っていないのにやりたいのは眠ること？　おまえってなんなの、それにどうするのプライス。

最初の質問に答えるとノー。でもあんたおれの質問に答えなかったな。

ほかに教えてほしいことがある。

どうぞ。

起爆装置につながっていたのはなんだった？

おれの手についた青い跡はなんだったんだ？

修正CRISPR-Cas9ゲノム編集ツールで生物分解性のマイクロフィルム懸濁液。

そいつはおれにとっていいものじゃなさそうだな。

いいものじゃない。起爆装置につながっていたのはなんだった？

なにもつながっていなかった。

おまえって頭からっぽね。

ファック・ユー。

ああ、やっと言ってくれた。

おれはゲームをしてるんじゃないんだドク。

わたしだって。おまえが次に聞く音はドアのチャイムの音になるよプライス、絶対に開けたほうがいいからね、そうじゃないとわたしがドアを蹴破るから。

あんたを撃ってしまうかもしれないぞ。

本当に最後の夜を安ベッドでひとりで過ごしたいの、おまえとセックスしたかっただけなのに廊下の床に横たわる死んだ女の隣で？

待てそういうことか？

このドアを早く開けなさいプライス。おまえのにおいがする。ここに来て呼吸して。やっぱりあんたぶっ飛んでる。よしドアの前に来た。

呼吸して。そっと。最初は気づかないはずだけれど、おまえの身体がわたしはここにいるとわかるから。おまえはフラッシュバックを経験するの、香りは記憶と密接に結びつくから。

なにも起こらない。

まだね。

なにも……ファック。

そうよプライス。

ファック。

わたしいまからおまえとセックスする。

あんたはここに押し入っておれを好きにすることはできるが、おれを楽しませることはできないからな。

言うまでもないけれどおまえを楽しませることはできる。このじゃまなドアを開けなさい。

どこかで腰を下ろしている。ダイナー。エスプレッソ・バー。どこでもいい。最後の日の朝、どちらに転んでも。眠るかわりにコーヒーとセックス。ドクターはよくわかっている。

おれはどんな気分か？　生きている気分だ。傷つきやすい。ずっと浴びていなかったシャワーを浴びたみたいに清潔だ。湖で泳ぎつづけているようにフレッシュ。洗礼を受けたように生まれたて。緑濃い並木のある広い大通りを歩いて、そこが街なんかじゃないように歩く。クソみたいなことを言おうとしていておれはしあわせでしあわせな普通の人間のようにしあわせで、思いの丈を吐きだしてひどいことをするのが許された男というだけじゃない感じがする。フレッドの言うことに一理あったようだ。おれはこの数日で人として成長したのかもしれない。電気ショックのセックスと北欧の魚釣仲間たちを通じて自分のなかにいくらかの人間らしさを再発見したみたいだ。おれは逃亡中だった。〈デーモンズ〉に死人も同様だと宣言されたが、まだここにいる。たぶんおれはこの世界を少しだけ深く理解した。たぶんおれは古い街に別れを告げてあたらしい街で生きる日々に区切りをつけたらしい。たぶんおれは故郷に帰ってきた。

そうだ、おれも驚いている。

ニュース番組で中継とつないだトーク。おいボリュームをあげてくれよ何事だ？

すべてのチャンネルで押し込み強盗の話だ。

むかしの焼き直しを使った新手の番組だろ――

いいや、本当なんだよ。街じゅうで人々が通りに引きずりだされてるんだ。ただの一般人が家から道に引きずりだされてる。貧乏人も金持ちも関係なく。犯人はどこからともなくやってきて手当たり次第だ。

引きずりだしてどうするんだ？

ぶっ殺すんだよ。男の頭をかち割って、目玉がぽろりとぶら下がる。ひどいことをやるのさ。十人だとか二十人だとか大勢が死んで、はっきりしたことは誰もわからん。もっと多いかもしれないな。わたしは百人だと聞いたが、正確なところはどうだろうね。最悪だよ。被害者はみんなこのひとりの女とつながりがあるそうだ。この弁護士と。

クソ。

どうした？

なんでもないんだ、ちょっと古い考えの持ち主なんだよおれは。御婦人が心痛を抱えるのは見たくない。

（数百人のはずがない。そんな時間はなかった。おれがフレッドと話して、それから計画を練るのに最低三十分はかかって、被害者ひとりについて移動を含めて平均十分かかるとして、ただしそれは全員が近くに住んでいると仮定したらの話で、そうじゃなかったとしたら……たぶん六十人。多くて六十五。それでも古典的ですさまじく極悪非道な戦術であり、おれも脱帽するしかない。この街でいまどきこんなものは目にすることがなく、こいつは古めかしい狙いをつけての殺人ってやつだ。〈スリー・デーモンズ〉はなにも気にしていない。それで警官たちはどこにいる？　一般市民は警官から支援を受ける権利がある。司令と統制のインフラの決定的な怠慢ってことだ。外部オペレーターによる基礎能力の妥協。何人も首になるだろうよ。）

画面にセーラの写真。職業上のポートレイト。

そうだ。こいつは手始めだ。

五十七人だ。鬼畜は五十七人の個人を自宅から道へ引きずりだして人前で殺した。もちろんおれをハメるためだが、そこが第一の狙いじゃない。これは日常業務。これはパフォーマンスだ、セーラのための。

やあ、フレッド。事件の裏にあんたが見える。

フレッドはおれのためにやっているんじゃない。おれがまったく気にかけないことを知っているから。おれが気にかけるわけないだろ。おれはまともに人を好きになることができる。たぶん恋に落ちることだってできるかもしれないが、突き詰めてみると大地の表面にはおれがいて、そしておれ以外のすべてがいる。ドクもまったく同じだ。ドクはおれとの関係がなんにしろかかわることができるが、それでも必要になればおれの顔面を撃つだろう。たぶんそのあとでしばらく悲しむだろう。愛情をもって、と表現できそうな気持ちでおれを思いだすだろう。

だが彼女はおれの顔面を撃つだろう。それがおれたちという人間だからだ。おれのほうはおそらく、彼女の喉を撃つだろう。思い出のためだが、正直言っておれはそこまで銃を使いこなせないから顔を撃ったらどんなことになるかわからないからだ。きっと耳だかなんだかを吹き飛ばしてやりなおすはめになる。それでも撃つとおれは言っている。

マジでセックスは最高だ。おれはいまそのことを考えている。彼女の曲線、彼女の締めつけ。そのうえ彼女は最高のセックスのための詳細なデータをもっている。あれは学校の壁に貼るべきだ。あれは――

ところでどこまで話したっけ？　うんそうだセーラ。

セーラ。

セーラは当然この状況を他人事だとは思わないから、ついに彼女はおれを憎んでおれがモンスターだと考える。人のことを気にかける人だからな。奴らがセーラにどうするか選べると言ったらどうなる？　彼女が〈デーモンズ〉のもとに出向くか、そうしなければクライアントに続いて家族を殺すと言ったら？　彼女がどこにいるかは関係ない。このニュースを耳にしたら、彼女はもどってくる。そしてもしおれが姿を現わせば奴らは彼女を解放できる。だって奴らはおれを手に入れてしまえば彼女の使い道はなくなって、彼女は通りにいるただの女になるから。

おれが出向かなければ、奴らは彼女に礼儀正しく接していたとしても結局は彼女を殺す。おれのいまの気分がわかるか、腰を下ろしてこの件を考えろとおかしな本能が囁く。決断にあたってプラス面とマイナス面をじっくり考えるが問題はそこじゃない。全然そこなんかじゃない。

認識の問題があるってことだ。

そうとも認識の問題だ。おれが抱えているのとは別のやつ。

〈セヴン・デーモンズ〉は全犯罪宇宙と世界のアンタッチャブルな卑劣漢どもで、奴らはその認識どおりの行動をする。仕事のために現場に向かって、仕事が終わるまでひどいことをやる。仕事が終わらなければ過激になる。もっともっとひどいことをやる。世界中どこの拷問者も殺人者も、いくらなんでもそれは完全にやりすぎだと思うことをやってからまたやって、最初のは偶然ではなかったのだと思い知らせる。奴らは練習したいし、ハッピー・アワーまで時間があるからだ。安心してるんだ、何者かが奴らに手を出して奴らにひどいことをするなんてけっしてないから。

ただしここにきて、ジャックおじさん人形がレオの頭部をどこに置いたか注目を促したい。アンタッチャブルな奴らがタッチされて、それは奴らのブランドに傷をつけることで、それも問題の一部だが、いまじゃそれはキャリアアップと呼べそうな観点からおれにとっての厄介事にもなっている。金融の上流階級をクライアントとする無害なホワイトカラーのコカイン・ディーラーという立ち位置はすっかり台無しになった。ケンゾーの服を着たジョニー・キューバーノを殺して評判は台無しになり、それ以来ずっと状況は悪化するばかりで、おれが祖国に炭疽菌攻撃を仕掛けて街中を巻きこんだ追跡劇を逃れてからは……おれはもう絶対にもとにはもどれないと言うしかない。

問題はヒーローの物語における個人のブランディングってやつだ。物語は満足させなければならない。さらに詳しく言えば、あたらしい安定状態で終わらなければならない。果てしない悪の経済には犯罪ニュースの消費者がごまんといる。山賊や海賊や奴隷商人やドラッグの運び屋、従来のギャングやあたらしいマネー・ギャングや略奪する富裕層、企業の悪人や民間軍事会社、テロリストや諜報機関やほぼすべての政教には殺し屋がいて、おれが地上の野望あふれるプロの卑劣漢〈セヴン・デーモンズ〉を成敗するたびに代わりにやってもらった的なクソ満足感のようなものは物語に生まれる——けれどレベルを引きあげて終わらなければならない。おれが次にやることは最初よりも比べ物にならないくらいデカくて怖いものにしなければならず、そうしないとどんなことをしてもやわい腹をさらしてしまっておれはく・た・ば・っ・て・しまう。おれがあたらしい基準を作りだして、誰もが自分の居場所をはっきり知って、いまのように無秩序な再編成の続く余地をなくさないかぎり、ジャックのケツをジャックする最初のせこい野郎《ジャッカス》が得点を入れてしまうだろう。そしておれはこれからの十年をグアムに隠れて過ごすつもりはない。誤解するなよ、おれはグアムが大好きだけれど、結局はグアムになじめる男じゃない。

　つまりは勝つだけじゃ不足ということだ。おれには大勝利がいる。てことはめちゃくちゃリスクがあるってことだ。

　ショートメッセージの着信。

　プライス？

　ああ。

　あいつらおまえの弁護士を捕まえたよ。

ああ、だと思った。

それにあの女も。カレーニナをとても怒らせたコンピュータの女。

待てよあいつらチャーリーを捕まえたのか？

そうだよフレッドはおまえの急所をずっと狙っていたからねプライス。

プライス？

プライス？

プライス、フレッドがふたりを見つけたらしいぞ？

ＶｏＩＰの発信。

おれは言う。ドク、おれはスイカを心からの善意であの男のために買ったんだ。

たかがスイカよプライス。

そうだがおれは贈り物としてあれを彼に買って、本気でこんなことをやめる方法として彼に申してでたんだ。

プライスなに言ってるの、彼がそんなこと気にすると思う？

彼がなにを気にするかじゃないドク、おれだ、おれが気にする。おれはあの男にプレゼントを買ったのにこれが奴の反応か？　あんな奴くたばればいいのさドク、あんな奴くたばればいい。うっかりしたぜ、おれはすっかり忘れていたんだ、あんたが楽しくつきあってくれたことやあんたの女のパーツのせいで、あの人でなしをどれだけ憎んでいるかすっかり忘れていたんだよ。この流れではどうするのが適切かわかるかドク？　わかるか？　おれはマジクソわかっているんだよ、そしてあんたもおれのじゃまをしないのが身のためだ。いまのところおれたちの関係にはちょうどいい感じのあいまいさがあって、おれはあんたの存在になんだかハマっていて、いつの日かあんたがおれをめずらしい蛾《が》の毒で殺しても気にしないし、たぶんそうなりそうだとわかったらおれはちっとも信頼できない民間のロケットにあんたを入れて宇宙に打ちあげるだろうし、そうすれば毎晩星を見あげてあんたの完璧な身体が凍りついて永遠におれのまわりで軌道を描いているんだと考えることができる。でもいまこそ今度のことを終わらせるつもりだとわかってくれ。そしてもしあんたがじゃましたらおれはあんたを殺すし、詩的に殺している時間なんかない。あんたは選ぶしかないんだドク。この利益ある敵対関係はここまでなんだよ。おれはもう一度フレッドに会うことを要求して、今度はケリをつける。《真昼の決闘》だよドク、カウボーイの時間だ。あたり一面が銃と爆弾とクソまみれになって、誰にしろ粉々に吹き飛ばされない者が勝つ。誰が勝っても知るもんか。おれは奴を倒す。

ドク聞いているか？

ドク頼むからおれがいまあんたを熱くさせたなんて言わないでくれよ、おれはいまそんなことしていられないからさ。どうするか選んでくれ。

わかったよドク、いいことを教えよう。あんたがいますぐドア脇のおれのコートのポケットに手を入れたらメモが見つかるだろう。それを読めばおれがどこにいるかもなにをするつもりかもわかる。あんたは味方になるか敵になるかが――

わたしはもうどうするか決めているからプライス。

冷たい。とても冷たい声。

彼女は、ドクターはつらい別れのように鋭くて澄んだ美しい目をしている。口元は少し険しくて、忘れ物をしていた雰囲気で自分の服のポケットからズダ袋を引っ張りだす。スローモーションと花火とグロッケンシュピールの鉄琴音楽と冷たい、とても冷たくてほのかに酔わせるワインの味、痛みがあるだろうと言ったときの彼女がおれをどんなふうに見たかを思いだす、とてもくっきりと思いだす。

おれの死からの逆カウントダウン。


目覚めるとおれはズダ袋をかぶせられた男だ。なかなか好奇心をそそられる手配。まあいい。話を始める。話をするのがジャック・プライスってこと。だからおれは語りかける。

やあフレッド元気か？　近くにいるんだろう？

いますよ、ミスター・プライス——そしてきみは元気ではなさそうですね。

そうだな鼻になにかくっついているな。もうズダ袋をはずすつもりか？

いいえミスター・プライス、はずすつもりはないですね。きみはもちろん、動くことができません。わたしの同僚があらかじめきみにあたえた薬のせいですが、きみをさらにみじめたらしく見せたいと思いましてね。袋をかぶせられて椅子に座っていると、まわりでなにが起こっているか聞こえるでしょうし、きみの心臓でなにが起こるかわかるでしょうが、心の目をつうじてのみ、きみはそれを見るでしょう——少なくとも最後の瞬間まで。この状況は至極おなじみのものになると信じていますよ。この件できみに正しくアプローチすれば、きみはわたしのために悲鳴をあげるはずです。きみは過去のこだまのなかで自分を見失い、わたしはついにきみが本物の痛みを感じる声を聞くでしょう。

おれはあんたにスイカを買ってやったのに、こんなのはまったく必要のないことだ。自腹を切って買った本物のスイカだぞ。

きみが威勢のよさを維持することを心から願っていますよ。きみのまわりでなにが起こるか説明させてください。すべての意味が明確にきみへ伝わることを願います。セーラ・ケスラーがきみの左にいて、右にはきみのパンクな友人がいます。グラフィック・デザインの学位とあれだけカレーニナを焚きつけた残念なユーモアのセンスをもっている人物です。

〝パンクな〟だと？　フレッドところであんたっていったい何歳なんだ？

わたし自身はきみと同じ屋根の下にはいなくて見晴らしのいい別の場所にいます。無線の魔法によってきみに話しかけているのですよ。ああ、それからトゥッカも自分の屋根の下にいます。わたしのものよりは多少低いですね、わたしがボスであってわたしは特等席が好きですから。しかしそれでもきみは集中攻撃を浴びます。わたしの言う意味がおわかりかな。たとえきみが動けるようになったとしても、きみはなにかしらのアクションを取ることができる前に確実に死にますね。きみはお手上げなのです、ミスター・プライス。うれしくて仕方がないと言うほかありませんね。挨拶しなさい、トゥッカ。

プライス？　てめえはいまからくたばる。

ふうん別にいいし、直球すぎてあんたたちには詩情ってものもないな。

地獄に墜ちやがれ。

また直球。なあトゥッカ、弟がなにを考えていたか知っているか？　いつか完全にあんたを出し抜こうと本気で考えていたんだぞ、あんたが一家のはぐれ者で彼こそが賢い者だとついにあんたにわからせてやろうって。彼は悲しんでいたよ。悲しいだけの人生がどんなものかあんたわかるか？　すべて、弟が小さなアーリア人の農園の少年だった頃にあんたが名前をからかったせいだ。あれがヴォロドヤにつけこむ隙をあたえて殺害を成功させたのさ。あんたの弟はあんたの荷物持ちじゃなく、自分個人として自分が大切だと信じられる何者かになりたかった。思い切って正直に言うとさトゥッカ、あんたが弟を大切にしなかったからだ。うんそうだ、おれのやったことだが、原因はあんただった。だからちょっとばかりあんたは後味が悪いかもな。

……くたばれプライス！　**くくくくたばりやがれ！**

おやまあフレッド、トゥッカは泣いているのか？　あんた〈デーモンズ〉を勧誘するときに〈めそめそ週間〉ありの広告を入れたとか？

おれは弟を愛してるんだプライス！

へえ好きに言ってろ。おれはただ弟が生きているあいだにあんたがもう少しだけ優しくしていれば、彼はまず死んでいなかっただろうって言っているだけだ。そしておれたちみんなもいま、こんな不幸な状況になっていなかったと。

ぐわあああああああああん！

たいしたものですね、ミスター・プライス。褒めてあげましょう。さて、ミス・セーラとミス・チャーリー、聞こえますか？

セーラが言う。ええ。

チャーリーが言う。ミクスだよバーカ、ミスでもミズでもねぇわ、このクソ時代遅れめ、ミクス・チャーリーだよ、ジェンダー関係なしのポスト階層制の礼儀正しい呼びかけの形だろ、あんたが人間のふりしたニキビじゃなければね。

きみたちふたりからのイエスとして受けとりましょう。大変結構。さて、同僚のドクターがきみたちの前の床に二丁の拳銃を置いているのが見えるはずです。わたしがスタートと言って一分以内にきみたちのどちらかがもう片方をまだ殺していなければ、わたしがきみたちの頭を射抜いてふたりとも殺します。ミスター・プライス。きみが一言でも話せばやはりわたしはふたりとも殺しますよ。3からです。2。1。スタート。

こんなことが起こるんだとおれは絶対の自信がある。絶対だ。セーラがチャーリーをながめてチャーリーがセーラをながめて、その瞬間にふたりはおたがいのことがわかるって絶対の自信がある。チャーリーはセーラをながめておれがいつも見ていたものを見る。生きるに値する善良な女を見る。クライアントがカネをもっていて結果を期待する場所では自分は善良すぎるとわかっているから、街の悪い地域のために働く善良な弁護士を見る。チャーリーはセーラをながめて彼女が正しいことをして失敗するクソな経緯をすっかり見る。生と死にはさまれたこのおかしな半透明の瞬間に、そのふたつにはさまれたこのスピリチュアルな瞬間に、完璧に見てとる――

セーラがチャーリーをながめると、彼女はまともに目を合わせることができない。それでもこのあらゆる意味で妙な癖があってエルフやモンスターの出てくる本とマイク・ハマーのオリジナルの白黒のコミックが好きで寮のルームメイト的なエモでゴスなデザイン女を見て、まっしろなファンデーションの下に、この脈打つ生命力の源泉を備えた妹のような人物を見る。だがそれでもセーラはなにが起こるかわかっている。セーラはこの嫌な瞬間に自分がまちがっていたと悟る。自分は結局おれと違わないと。セーラはどうしても生きのびたくてその選択をする代償を悟る。それを直視することができないまま銃に手を伸ばしてついにチャーリーと目を合わせて言う。ああごめんなさい本当にごめんなさいチャーリー、わたしは絶対に譲れなくて絶対に――

セーラが見るのは見つめ返すチャーリーで、その視線はなにも、原子程度もくたばれの気持ちを伝えるなにかが浮かんでいない。

おれのコカインのブランディング・マネージャーはあっさりセーラの頭を撃つ。

ごめんねボス。ほんとにごめん、お気に入りの弁護士だったとかいろいろ知ってるけどね、差し迫った状況だったもん。

いいんだチャーリーよくわかるよ。

わかってくれる?

ああチャーリーわかる。おれだってそうしただろう。

だよねボス、あたしもミスター・プライスならどうするかなってさっき考えたんだ。そうしたらこれが絶対にあたしの答えだった。

ミスター・プライス……

なんだフレッド。

むっちゃ高層ビルにいるフレッド。なじみの古い銃をもつフレッド。フレッドフレッドフレッドおれはどうしてもあのマザーファッカーを殺したい。フレッドが眼下を見おろして、ドクがポケットに入れていたズダ袋を見て、おれには彼がトリガーにふれるとき一呼吸する音が聞こえる。

半マイル（約八百メートル）離れた場所からフレッドは弾を正確にクソズダ袋に撃ちこむ。

弾を。

正確に。

ど真ん中に。

マジ信じられないと言いたい。あの男は——そいつはすごいショットだった。

もしもおれがそのズダ袋をかぶっていたならば正真正銘おれの命運は尽きていただろう。

だがそうはならずに、あたり一面に飛び散るスイカ。

フレッドこの感謝することを知らないカスめ、おれのスイカを無駄にしやがって。

プライス？

喧嘩腰にもほどがあるってことだ。おれは和解を申し入れてフルーツを贈ったのに、あんたはM82なんかでそいつを撃った。恥を知りやがれ。

トゥッカ、ドクターを殺しなさい。ただちに。

いやフレッドそんなことは起こらない。

そんなことは起こらない。ドクはここにおれと一緒にいていかにもドクっぽく見えて、しばらく前におれのズダ袋をはずしてくれるほど親切だったから、いまおれはすばらしい光景をたしかめるだけでいい。いいか、この場所は最高でほうほう、あの二番目に高い高層ビルをながめるとトゥッカがいるが彼はひとりじゃない。彼は立ちあがって動くことができるよう下肢装具のようなものをつけて片手には包帯が巻かれている。こうしたことは少々わかりづらいかもしれない。彼は水平になっているからだ。彼はもがいて身体をねじっているが、たいしてうまくいっていない。ヴォロドヤがダクトテープで彼をぐるぐる巻きにしたからスミソニアン博物館の展示物のように見えるし、彼があまりに激しく身体を突きだすたびにカミソリ・スーツを着たルシールに身体を切られて悲鳴をあげている。そうこうするうちにヴォロドヤとルシールはトゥッカを横向きに転がしていって彼はそのまま高層ビルのてっぺんから落ちる。三階か四階ぶん下に、かつてホテルのとても料金の高い部屋群だった傾斜したような箇所があり、トゥッカはそこに跳ね返って少し転がってから四十階ぶんを落下していく。

ヴォロドヤがフレッドに手を振る。

ルシールが言う。**ルシール！**

まわりをよく見ろフレッド、あんたは状況を勘違いしていたな。

沈黙。

フレッドそのライフルにふれようとしたらこの会話は突然終わるし、おれは本気だ。いくつか言いたいことがあるんだフレッド、けど少しでも動いたらあんたはその場で死ぬから、おれはエピローグに語らせるだけにする。あんたは自分が助かるように言うことややることを考えたくてたまらないだろうが、ずばり言ってとてもいいことを考えつくしかないな。あんたは誤解していたんだよフレッド、そしてここでなにが起こっているのか把握するときだ。だってあきらかに完全に一杯食わされたよな、そうさもちろんドクが手を貸してくれた。でも、この城壁で横たわって目覚めるまでは、一杯食わされたのはあんたなのかおれなのかわからなかったと言うしかない。でもこの若いレディはこういう結論を下したわけで、あとからその点について彼女とおれはかならず話しあうよ、約束する。とにかくフレッド、こんな経緯だった。あんたが街にやってきたときあんたは影響力と資金とおもちゃをこれだけもった不遜《ふそん》な戦士で、世界を虐殺する神の風そのものだった。誰だってそんなものは尊重して避けるしかない。でもそんなときあんたはショーンのカネを受けとって自分をおとしめた。いまだにあんたがそんなばかげたことをした理由がさっぱりわからないぞ。だってあんたが率いるのは〈セヴン・デーモンズ〉で、彼らはそんな仕事をするための組織じゃないだろフレッド。彼らは国家を揺さぶって大統領を暗殺するための存在だし、あんたは歩くビジネス・プランで基本まともな男のはずなのに。なんだってこんなことをしたんだよ？　二流のすることだ。でもそんなときにあることが起こって、そこからあんたにとってすべてが悪いほうへ向かったんだよフレッド。おれがあんたよりすばやく行動してジョニー・キューバーノを殺し、その瞬間からあんたは弱く見えるようになった。おれがあんたを倒さなくてもほかの誰かがたぶんやろうとしたし、仲間たちにはそれがわかった。それで彼らは捨て鉢になったりアホなことをしたり、あるケースでは欲情したりして、そいつはこういう場合には疑問な反応ではあるが、そのほかは自然な反応だろ。で、続いておれは次々に先手を打っていったってわけだ。いつそうなったのか正確なことは言えないが、一連の流れのどこかであんたたちは〈セヴン・デーモンズ〉でいることをやめた。あんたたちはただのフレッドと彼の悪い仲間たちになって、誰もそんなのにはビビらない。世界的な権力をもつ栄誉ある体制ではなく、ただの玉突きみたいに簡単な案件を手がける広報担当とそのへんでだらだらしている連中になった。

　でも大事なことがあるんだよフレッド、〈セヴン・デーモンズ〉はけっして負けない。それがこの名の表現することだろ。だからあんたがそこで見ている人たち――叫ぶフィンランド製ブリトーを鉄筋コンクリートの五百四十七フィート（約百六十六メートル）下に落としたばかりのヴォロドヤとルシール、それからインフラ整備にとって損失でしかなかったんだがな、あんたに兄貴を殺されたレックス、それにほとんど考えることもなくほとんど見も知らない女を撃ち殺したばかりであり、カレーニナの頭にずかずかと入って彼女に自分自身を殺害させるように追いこんだチャーリー、そしてドクとおれ——おれたちであたらしい〈セヴン・デーモンズ〉をいまここで作るよ。〈セヴン・デーモンズ〉はもうあんたじゃないんだ、フレッド。おれたちだ。

さて敬意を表して一度だけあんたに訊ねるよ、あんたがあたらしい〈デーモンズ〉に参加したいかどうかだ。年長の政治家の役割で、言われたことをそのままやって、あんたがパイプを作っている高級官僚たちにおれたちを紹介するか、あるいはこのままどこかに姿を消したほうがいいかってことだけど。

ああ。

えっ?

ああ、わたしはきみたちに参加したいですよ。もちろん。

おっとフレッド本当に予想外だよ、あんたはおれにどなって叫ぶとかしておれたちは決着をつけることになるって思っていたんだ。

いいや。わたしは理性の男なのでね。

おっとこいつは気まずいな。おれたちのあいだにはわだかまりがたっぷりあるからなフレッド。

自分の魂を覗いてみなさい、プライス。そして自分がセーラのことを気にかけたかどうか教えてほしいですね。死んでしまった者たちにたいしてまったく気にかけていないと正直に言いなさい。正確には世界の誰も気にかけていないと。

んーフレッドあんたがやろうとしたことは見えたよ。あんた、おれがここにいるドクを気にかけていないと言わせて彼女を寝返らせようとしたな。それか、たぶんたしかに彼女を気にかけていると言わせて彼女を寝返らせようとしたか。どっちかはおれにはわからないが。

そんなことはしていませんとも。

なあフレッドいまのは立派な試みだったが、地面には血が残っているんだよな。そして暗闇と苦難も。おれたちはなんとかうまくやれるんじゃないかと思っていたが、なあフレッドおれたちのあいだの問題は絶対にクソ解決できないだろ？

そんな問題はないですとも。

あるんだな。

どんな問題が？

あんたはスイカを撃った。

えっ？

あれはプレゼントだったんだぞ。

プライス――

だめだな、あれはプレゼントだったのにあんたはそれを撃った。

プライス！

あんたはスイカを撃ったんだよフレッド。それは取り返しがつかない。

プライス——

カチリ。

そこで騒音。

レックスと部下たちについてひとつ言えるのは、彼らがどこかの場所を崩壊させる準備をすれば、そいつはかならず崩壊するということだ。そして彼らはプロであり、すべての書類仕事も片づいて、そのビルは立入禁止となる。事故は起こるものだと言われるが、こうした作業ではあり得ない。フレッドのような誰かが完璧な居場所を探したちょうどそのとき、ミスター・フライデイと〈ポルターガイスト〉の友人たちのような誰かが作業指示書を削除してしまわないかぎり。でもそんなことってありそうにないよな。味方にコンピュータの達人がいたらそんなことはまずあり得ないだろうが、その頃にはカレーニナがほぼほぼ大腿骨一本になっていた。ああトップに立つってつらいな。

あんたがフレッドだったらなおさらだ。

ザ・トライアングル・ビルの基盤から始まり、世界が古いテレビゲームみたいに壊れていくように空中へ小さな振動が伝わって、それからこの騒音が響くが、あんたはそれを聞くことができない。騒音はあんたの骨のなかで鳴るからだ。おれは身体のなかに広がって空へと離れていく騒音を感じることができ、そこで一度に一階ずつ同じ脈動が繰り返された。ドー

ン。ドーン。ドーン。次々と、ついにはひとつきりの音とひとつきりの空中に立ちあがる波となって、フレッドが立っている最上階に到達して、そこで短く炎と煙が吹いた。**ドーン、ドカーン！**

　ビル全体がひとつの物体として存在するのをただやめて、落下するパーツの目録となった。その最上階に一瞬なにかを見た。走る男、まるでいま起こっていることから逃れられるかのように、どうにかしたら生き延びられるかのように、妙なふらふらした足取りで突進していく。さすがのフレッドも結局は心底生きていたいからだ。続いてビルに起こっていることが到達して彼を捕らえ、本当に彼をつかむようにして崩落の中心へ彼を引っ張り、埃と炎の巨大な柱全体はまるで彼がそいつを吸いこんでいるかのように小さくなっていった。

　そこで終わった。

　かつてタワーがあった場所に瓦礫の山。

　そうさ。

　おれの名はジャック。

　これがおまえの支払う代償《プライス》だ。

　だからさドク、あんたはたぶんこんなことをおれに言えたんじゃないかって言っているだけだから。ねえジャックあなたの計画はお粗末でわたしにはこんなふうにもっといい計画があって、わたしが薬品を使うことやあなたをスイカと入れ替えることやそれから——

プライスいいかげんに――

おれのビル爆破計画を気に入ってくれたのはうれしいけどさドク――

プライス――

いやドク勘弁してくれよ、おれの命は危なかったんだぞ。それから真剣な質問をするぞ、かぎられた時間しかなかったのに頭部切断された遺体をいったいどこで手に入れてきた？

あんたが騙した誰かなのか、それとも？

ハニーわたしたちの関係は始まったばかりだから、細かなことはまだ知らなくていいと思う。

わかった、それはあんたの言うとおりだが、次はこんな質問をさせてくれ。いまではおれが〈第一のデーモン〉みたいなものだから、おれの指示に従うつもりなのか？　そうなると職場の序列の問題が生じるかな？

いいえプライス、だってわたしがボスになるのはわかりきっているからね、当然そうよ。

なんであんたがボスになるんだよ、旧体制の〈デーモンズ〉をぶっ壊したのはおれってことに――

プライス本気で答えると、おまえは人をぎょっとさせることをやって人に生意気な口をきいてセックスしていればほかはどうでもいいよね？

まあそれは全部真実だが、あんたはどっちにしても基本全体の運営をやれれば肩書なんてどうでもいいだろ？

……それも真実ね。

当然そうさ。

いいでしょう、おまえがボスよプライス。

そしてあんたもだ。

わたしを怒らせたら殺すからね。

まずおれをセックスに利用するならいい。

了解。

なああおれはまだあんたの名前を知らないが。

そうね知らない。

だから思いついたんだが、おれたちがベッドに入るたびにおれがランダムで違う名前を叫んで、あてるまで続けるっていうのはどうだい。

構わないけれど、おまえがそれをやるたびにわたしはその名前の誰かを探しだして殺すのはわかっておいたほうがいいんじゃない。

あんたは永遠にドクとして正式に知られることになるから、そこを覚えておいたほうがいいぞ。

わたしはおまえのあらゆるニーズに応えるために生きる。

わかったよじゃあ今度主導権《テイク・チャージ》を握るのはおれだな。

ええ。

おれが言いたいのは電気みたいにチャージするのと——

ええプライス。

あんたはもってきたのか、あの——

ええ、でも、そうだそれで思いだした。プレゼントと呼べそうなものがあって。

おれにかい、そんな気を使わなくても——

気を使ったの、ほら。

これはおれの考えているとおりのものか？

そうね、あのビルにほかの誰かがいたのでないかぎり。

あんたはフレッドの頭をおれに見つけてきたのか！

正確にはほかの人が見つけたんだけど、その人たちはこれを見つけて全然うれしくなかったから——

ちょっと待ってくれ、これを見てあんたはセックスを思いだしたか？

急すぎる？

そんな気分には——いやいい——なあいいアイデアがひらめいたよ。

で、チャーリーあんたは終身雇用を望んでいるのか？

そうだよ。

そうかわかったおれもとてもうれ——うん。ドクわかってるから。ヴォロドヤ、あんたも仕事に復帰するか？

もちろんだプライス。

レックス言わなくちゃいけないことがある。ここでの仕事はまっすぐな形での愛国心は少なめで、もっと巨額のカネを稼ぐほうに重点があるかもしれない。不法で、実際はとんでもなくいけないことなんだ。参加するか？

ああ大佐、極秘任務ってのはわかってるよ。ついていくぜ大佐。

わかった、ええと――

〈自由の木〉！

わかったよそれで――

ルシール！

わかったそういうことだ。


おれたちは〈セヴン・デーモンズ〉とは名乗らない。それじゃ殺し屋みたいだからだ。おれたちはおれたち。おれたちは愚かな仕事は受けないし、目立たない仕事もへなちょこな仕事も受けない。おれたちが仕事を請け負う人々は、おれたちのターゲットにもなり得る類の人々だ。誰がより多くいつ支払うかの問題。

おれ。

ドク。

レックス。

チャーリー。

ヴォロドヤ。

ルシール。

そして魚鉤に突き刺したフレッドの切断された頭部。

フロリダでのゴルフについてどう言われているか知っているかい？　アリゲーターから逃げるには俊足でなくてもいい。そのパーティのいちばん足が遅い者より速くなればいい。あんたも参加したければそんな感じだ。あんたはおれよりクレイジーでなくてもドクより変態でなくてもいい。

フレッドより怖くなればいいだけだ。

訳者あとがき

癖のあるミステリ好きのみなさん、待たせたな。人を煙に巻くような主人公の尺の長い自分語り、饒舌主人公とは裏腹に全体はほどよい長さでピリリとまとまった犯罪映画のようで、カール・ハイアセンがハイオクみたいにぶっ飛んで終始笑いがとまらないと賛辞を寄せているのも納得の、痛快でグロくてエロくて洒落たクライム・ノヴェルだ。

主人公ジャック・プライスはホワイトカラーのコカイン・ディーラー。かつては大都会の超高層ビルを拠点にする敏腕のコーヒー・トレーダーだったが、友人の死をきっかけに人生が変わった。世間の反感を買わないように考えて顧客の層も絞っているし、ギャングがらみで組織をかかえた従来の形態ではなく、いまどきのテクノロジーを駆使し、できるだけアシのつかない方法でビジネスをまわしているのが自慢だ。カネには不自由していないが、目立たない生活を送っている。そんなジャックが、同じマンションのクソババ……老婦人が射殺され、おれのシマを荒らすなど言語道断と事件に首をつっこむうちに、世界的に悪名高く、個性派集団である七人の暗殺者から命を狙われるはめになる。負けん気の強いジャックは尻尾を巻いて逃げだすのではなく立ち向かうことにするのだが、ひとりでどんな手を打てるのか？　というのが読みどころになる。ジャックそれはひどいぞ、と、思わず声をかけたくなる数々の非道ぶりが展開されるのだ。そんな壊れた主人公の内面がふっと漏れだす瞬間がところどころにあって、不意を突かれてしんみりしてしまうというのが隠し味になっている。

原題は *The Price You Pay* と主人公の名前にひっかけたものである。ブルース・スプリングスティーンの往年の名盤《ザ・リバー》に収録された同名の曲を意識しているのか？　と考えて、くちずさみながら訳してみたが、おそらく著者はスプリングスティーン世代よりだいぶ下であるような感触で、どうやら関係はなさそうだ。感触、と、ふんわりした物言いをした。著者について詳しいことをお伝えしたいのだが、本作はエイダン・トルーヘンのデビュー作——とされているけれども、イギリス人作家というのは固いようだが、版元サーペンツ・テイルのサイトには某作家のペンネームである、と、しっかり記載されているのだ。本人のツイッター（@NYGCN）のアイコンは、括弧にしか見えない、のっぺりした覆面にサングラスをかけたものという覆面作家らしい徹底ぶりだ。ネットには漁村育ちで三十歳までは企業勤めをしており、その後、やりたいことで身を立てようと一念発起した、という作家紹介文が存在したり、〝著者近影〟が掲載されたりという例などもあるようだが、果たしてどこまでが本当なのか。ニック・ハーカウェイなのでは？　という憶測もあるようだが、正体は不明のままである。

カーカス・レビューが本書について、作家が匿名にしていままでの束縛を捨て、やりたいように書けることの強みという点から書評を展開しているとおり、原文は読点がかなり少なく、会話文も括弧でくくられず、複数の人物への呼びかけが一文に混在していることもあり、ときにはスペースまでもが排除されていて、英語ユーザーのなかでも〝ずっと頭に入らず読み返した〟等の意見があるなど、かなり癖のある文章だ。そこに慣れてくると独特の味がある、というような原文である。減らず口系の卑猥語多用の語りに社会学用語などをちりばめたメリハリのある文章のイキのよさを損ねることなく、読みやすさもかねた日本語にできているることを願う。英語は単語と単語のあいだにスペースがあって読点がなくてもまだ読めるが、日本語でそっくりそのまま移し替えるとべったりして読みづらいので、読点は適宜、打たせていただいた。著者の意をくんで、やりたい放題のクライム・ノヴェルを楽しんでいただければ幸いだ。

前述の版元のサイト情報によると、本作を始めとするシリーズかどうかは不明だが、次回作も予定されているとのこと。あくの強い作品をぜひ期待したい。

二〇一九年九月

訳者略歴　1965年福岡県生，西南学院大学文学部卒，英米文学翻訳家　訳書『黄昏に眠る秋』『冬の灯台が語るとき』テオリン，『償いは、今』バーク（以上早川書房刊）他多数

HM=Hayakawa Mystery
SF=Science Fiction
JA=Japanese Author
NV=Novel
NF=Nonfiction
FT=Fantasy

七人《しちにん》の暗殺者《あんさつしゃ》

〈NV1459〉

二〇一九年十月　十　日　印刷
二〇一九年十月十五日　発行

（定価はカバーに表示してあります）

著　者　エイダン・トルーヘン
訳　者　三《み》角《すみ》和《かず》代《よ》
発行者　早川　浩
発行所　株式会社　早川書房

郵便番号　一〇一-〇〇四六
東京都千代田区神田多町二ノ二
電話　〇三-三二五二-三一一一
振替　〇〇一六〇-三-四七七九九
https://www.hayakawa-online.co.jp

乱丁・落丁本は小社制作部宛お送り下さい。
送料小社負担にてお取りかえいたします。

印刷・三松堂株式会社　製本・株式会社フォーネット社
Printed and bound in Japan
ISBN978-4-15-041459-7 C0197

本書は活字が大きく読みやすい〈トールサイズ〉です。